Bernd J. Fischer
Afrikanisches Roulette

Für Lara und Nicolas

Bernd J. Fischer

Afrikanisches Roulette

Roman

Personen und Handlungen dieses Romans sind frei erfunden. Ähnlichkeiten mit lebenden oder verstorbenen Personen oder tatsächlichen Vorgängen wären zufällig und nicht beabsichtigt.

RADIX ENIM OMNIUM EST CUPIDITAS
Habsucht ist die Wurzel allen Übels

ISBN 978-3-86557-172-4

1. Auflage (2008)
© NORA Verlagsgemeinschaft Dyck & Westerheide OHG
Torstraße 145   D-10119 Berlin
Fon: +49 30 20454990   Fax: +49 30 20454991
E-mail: kontakt@nora-verlag.de   Web: www.nora-verlag.de
Alle Rechte vorbehalten

Umschlagbild:
Geneviève Gruyère-Eimer, Mouans-Sartoux/Frankreich

Druck:
GGP media on demand, Pößneck
Printed in Germany

1. Kapitel

GRENZÜBERTRITT

Es war ein sonniger Morgen im Herbst 1996, als an dem kleinen deutsch-luxemburgischen Grenzübergang Remich ein schwarzer Mercedes der S-Klasse mit Düsseldorfer Kennzeichen vorfuhr, um wieder in die Bundesrepublik einzureisen. Zwar waren die meisten Zollstationen seit dem Inkrafttreten des sogenannten *Schengener Abkommens* zwischen den Teilnehmer-Staaten in der Regel unbesetzt. In diesem kleinen luxemburgischen Ort, nur wenige Kilometer von Remich entfernt, hatten 1995 Deutschland, Frankreich, die Benelux-Länder, Spanien und Portugal den Wegfall der Grenzkontrollen beschlossen; andere Staaten traten später dem Abkommen bei. Dennoch kam es immer wieder einmal zu Überprüfungen, sei es stichprobenweise, sei es gründlich aus besonderem Anlass. Vor allem zeigte der deutsche Fiskus ein gieriges Interesse an deutschen Autos, die aus dem Großherzogtum zurückkehrten, und diese Neugier stieg proportional zur Zylinderzahl der Karossen. Es war die Zeit, als deutsche Anleger massenweise ihr Geld nach Luxemburg karrten – für viele auch näher als die Schweiz-, häufig von ihren Hausbanken dazu animiert. Die *schleppten* ihre Kunden zu den eigenen Tochtergesellschaften im kleinen Nachbarland, wo das Ersparte sicher war vor den Stielaugen des Finanzministers.

Ein junger Zollbeamter stoppte den schweren Wagen, an dessen Steuer ein Schwarzer saß – fast so schwarz wie der Lack seiner Limousine. Der elegant gekleidete Afrikaner zeigte seinen deutschen Pass, der ihn als Dr. Ing. James Zawusi auswies, 58 Jahre alt, geboren im westafrikanischen Ongalo* und wohnhaft in Düsseldorf. Der Zöllner machte keinen Hehl aus seiner Überraschung und erlaubte sich die

*Im Atlas nicht zu finden – aus gutem Grund

Frage, wieso er denn einen deutschen Pass besäße und so gut deutsch spräche, obwohl der noch fast gar nichts gesagt hatte. Zawusi nahm die Frage nicht übel; wie oft hatte man sie ihm schon gestellt? Verständlich, denn wie ein Ostfriese sah er nun einmal nicht aus.

»Ich bin mit Anfang 20 nach Deutschland gekommen und habe im Rahmen eines Stipendiums an der TU Berlin Maschinenbau und Kernenergie studiert und wurde dort auch zum Dr. Ing. promoviert. In Berlin lernte ich auch meine deutsche Frau kennen, die an der Freien Universität Volkswirtschaft studierte. Wir sind seit über 30 Jahren verheiratet und haben zwei Kinder. So, nun wissen Sie fast alles über mich.«

Trotz dieses eher freundschaftlich – entspannten Dialoges bat ihn der Beamte auszusteigen. Zawusi war *not amused*, und auf der Stirn seines breiten Rundschädels zeigten sich ein paar Zornesfalten, die sich vom Ansatz seines krausen Haares bis zur randlosen Brille herunterzogen. Er wuchtete seinen massigen Körper aus dem Daimler und zog sich das Jackett seines dunkelblauen Nadelstreifenanzugs an, das auf einem Bügel im Fond gehangen hatte. Ein blütenweißes Hemd, eine Cartieruhr, Modell Santos, dazu passende Manschettenknöpfe und eine dezent gemusterte hellblaue Hermès-Krawatte trugen zur eleganten Erscheinung des Afrikaners bei – ein Sozialfall sah anders aus.

Der junge Zöllner winkte zur Zollbaracke hinüber, die schon bessere Zeiten erlebt hatte, woraufhin ein älterer Beamter heraustrat, etwas rundlich – untersetzt, und nach den Sternen auf seinen Schulterklappen zu urteilen, war er der Vorgesetzte des jungen Mannes. Er begrüßte Zawusi freundlich und meinte – schon fast entschuldigend –, er müsse ihm ein paar Fragen stellen und bat ihn in das Zollhäuschen. An einem alten Holztisch nahmen beide gegenüber Platz. Zuvor hatte Zawusi seinen Wagen rechts herangefahren und verschlossen.

Der Zollbeamte hielt seinen Pass in der Hand, voll gestempelt mit Visa verschiedener afrikanischer Länder, aber auch für Dubai, den Libanon und die USA. Er reise offensichtlich sehr viel, meinte der Zöllner und fragte, was er den beruflich so mache.

»Ich weiß, Sie stellen hier die Fragen. Trotzdem möchte

ich gerne wissen, was hier vorgeht. Habe ich etwas verbrochen oder mich verdächtig verhalten?«

»Nein, sicher nicht. Wir tun nur unsere Pflicht. Auch im Schengen-Bereich bekommen wir von Zeit zu Zeit den Auftrag, Kontrollen durchzuführen, manchmal auch aus einem bestimmten Grund. Aber damit haben Sie mit Sicherheit nichts zu tun. Und Sie wissen ja, unser Finanzminister hat derartige Haushaltslöcher zu stopfen! Also, was machen Sie?«

Ich bin Unternehmensberater und Industriemakler. Ich vertrete europäische und zuweilen auch amerikanische Firmen bei ihren Investitionsprojekten in meinem Heimatland Ongalo oder anderen afrikanischen Ländern, aber auch im Nahen Osten. Hier und da vermittle ich ein Geschäft. Wenn ich zum Beispiel Kenntnis habe von einem Industrieprojekt, einem Kraftwerk, einer Düngemittelfabrik oder einer Aluminiumhütte, versuche ich, dafür Lieferanten in Europa, aber besonders in Deutschland zu finden. Wenn einer von denen den Zuschlag erhält, gibt's eine Provision für mich. Das ist aber nicht so einfach, wie sich das anhört. Man muss eine große Zahl von Projekten bearbeiten, um einmal eins zu realisieren. Und selbst das dauert häufig zwei, drei Jahre. Da braucht man einen langen Atem.«

»Interessant. Und das machen Sie alles so als Privatmann?«

»Nein, ich habe ein paar Gesellschaften dafür, zum Beispiel die Inter-Trade Engineering GmbH in Düsseldorf oder die Industrie- und Tiefbau KG in Bremen.« Er schob seinem Gegenüber zwei Visitenkarten hinüber, die ihn als Geschäftsführenden Gesellschafter dieser Firmen auswiesen.

»Gut, was hat Sie nach Luxemburg geführt? Gehe ich richtig in der Annahme, dass Sie dort ein Konto haben? Entschuldigung, aber ich muss Ihnen diese Frage stellen.«

»Schon recht, aber ich muss Sie enttäuschen. Ich habe meine Konten – privat wie die der Firmen – bei der Deutschen Bank in Düsseldorf und Bremen und dann noch ein kleines Konto bei der Postbank in Essen für den täglichen Kleinkram. Warum ich in Luxemburg war? Wie Sie wissen, hat einer der größten Stahlkonzerne der Welt, die Arsteel, hier ihren Sitz. Und immer, wenn es um Industrieanlagen geht, ist Stahl im Spiel – sehr viel Stahl. Zurzeit arbeite ich an einem Projekt für eine riesige Aluminiumhütte in Ongalo, und die Arsteel ist ein potentieller Stahllieferant für diese Anlage.«

»Na schön, und wieviel Bargeld führen Sie mit sich? Sie wissen, dass alle Beträge, die 10'000 DM oder den Gegenwert übersteigen, deklarierungspflichtig sind.«

Zawusi zog ein elegantes Portemonnaie aus schwarzem Krokoleder aus seiner Gesäßtasche und breitete den Inhalt auf dem Tisch aus: 1'250 DM, 350 Schweizer Franken und ein paar Tausend belgische Francs – auch in Luxemburg offizielles Zahlungsmittel – im Gegenwert von etwa 500 DM. Dann nahm er seine Cartier-Brieftasche aus dem Jackett; sie enthielt keinerlei Bargeld, nur Kreditkarten, Personalausweis, Führerschein und ein paar Fotos von Frau und Kindern.

»Mit mehr kann ich nicht dienen.«

»Dürfte ich um Ihre Autoschlüssel bitten?«, fragte der Zöllner.

»Was soll das denn jetzt? Wollen Sie jetzt auch noch meinen Wagen auseinander nehmen? Sie behandeln mich wie einen Verdächtigen!«

»Herr Dr. Zawusi, ich sagte Ihnen doch schon, dass wir nur unsere Pflicht tun. Niemand wird hier verdächtigt.«

Zawusi schob ihm unwirsch seine Wagenschlüssel über die Tischplatte. Der Beamte nahm sie, stand auf und ging hinaus zu seinem Mitarbeiter, dem er offensichtlich eine paar Anweisungen gab, um anschließend wieder gegenüber seinem *Gast* Platz zu nehmen.

»Wo waren wir stehen geblieben? Ach ja, Sie waren bei der Arsteel und sind nun auf dem Heimweg nach Düsseldorf. Jetzt wundert mich doch eins. Die Arsteel hat doch ihren prächtigen Sitz in der Stadt Luxemburg, auf der Avenue de la Liberté. Von dort zurück hier ins Rheinland wäre doch der direkte Weg die Autobahn in Richtung Trier mit dem Grenzübergang bei Wasserbillig. Stattdessen kommen Sie hier in unserem verschlafenen Remich an, wo nur ausnahmsweise mal jemand von uns anzutreffen ist. Gibt's dafür einen besonderen Grund?«

»Und ob. Aber ich verstehe: Sie meinen, ich hätte etwas zu verbergen und daher versucht, mich sozusagen über die grüne Grenze ins Land zu schleichen. Ich muss Sie schon wieder enttäuschen. Natürlich hat die Arsteel ihre Konzernverwaltung in der Stadt, aber was denken Sie, wie viele Mitarbeiter in dem alten Prachtbau überhaupt Platz haben? Dort sitzen der Vorstand und ein paar Stabsstellen sowie die Exportabteilung. Das war's auch schon. Ansonsten sind die Tausende von Leuten über das ganze Land verstreut, und meine Gesprächspartner für die Stahllieferungen sitzen buchstäblich and der Quelle, nämlich in Esch-sur-Alzette, dort, wo der Stahl gekocht wird. Unsere Verhandlungen gestern zogen sich in die Länge, und die Herren haben mich anschließend zum Abendessen bei *Lea Linster* in Frisange eingeladen. Und danach habe ich im *Parc* in Mondorf-les-Bains übernachtet, denn ich wollte mir die lange Heimfahrt nicht mehr zumuten. Die Hotelrechnung liegt übrigens im Wagen, in meinem Aktenkoffer. Von Mondorf ist's ja wohl kein Umweg, über Remich wieder auszureisen, um dann die Mosel entlang in Richtung Trier zu fahren. Außerdem wollte ich unterwegs noch Wein einkaufen. Zufrieden?«

»Voll und ganz, nichts für ungut. Behalten Sie noch einen Augenblick Platz. Ich schaue nur schnell nach meinem Kollegen draußen, und dann können wir die Übung wohl beenden.«

Zawusi sah durch das kleine Fenster, das schon lange nicht mehr geputzt worden war, wie der Beamte mit dem jüngeren Zöllner sprach. Dessen Schulterzucken deutete er als Fehlanzeige; der hatte wohl nichts gefunden.

»Wie sieht's aus?«, fragte der Chef.

»Nichts, rein gar nichts. Hier in dem Aktenkoffer, schauen Sie selbst, sind nichts als Geschäftspapiere, Pläne, technische Zeichnungen, Zahlenfriedhöfe, Korrespondenz mit der Arsteel, Aktennotizen – für mich alles böhmische Dörfer. Dann gibt's hier noch das Diktiergerät, Schreibutensilien, Kleinkram; ich habe alles notiert. Geld war nicht zu finden. Ich habe natürlich auch in die Innentasche geschaut und die Verkleidung abgetastet, ohne Befund.«

»Gut, haben Sie eine Hotelrechnung gesehen vom *Hotel le Parc* in Mondorf?«

»Ja, hier ist sie. Er hat mit der Karte bezahlt, so dass man auch die Uhrzeit seines Auscheckens kennt; der ist tatsächlich vorhin dort abgefahren.«

»Und im Kofferraum?«
Der Zöllner öffnete den Deckel.
»Hier ist lediglich diese Reisetasche, die ich natürlich genau gefilzt habe. Das übliche Zeug für eine Kurzreise, Wäsche, Reisenecessaire, Rasierzeug, Wecker- und zwei Krimis. Dann gibt's noch diesen Regenmantel – natürlich ein Burberry – und diese beiden Schirme. Das war's dann auch.«
»Was ist mit dem Reserverad?«
»Liegt hier drunter. In den Hohlräumen drum herum das übliche: Putzlappen, Kleinwerkzeug, eine Taschenlampe, Handschuhe und so.«
»Ich würde es trotzdem gerne sehen.«
»Wie Sie wünschen.« Der junge Beamte stellte die Reisetasche nach draußen, schob Regenmantel und Schirme ganz nach hinten, rollte dann den Bodenteppich zurück und öffnete dann die Klappe, unter der sich das Ersatzrad befand. Es bot sich alles so da, wie er es beschrieben hatte. In der Mulde des Rades befand sich ein runder, eingepasster Fünf-Liter-Reservekanister, wie er bei Luxusautos manchmal zur Ausstattung gehört. Der Chef nahm ihn heraus; er war aus Stahl oder Aluminium und schien gefüllt zu sein. Er schüttelte ihn, hörte aber nicht das gluckernde Geräusch einer Flüssigkeit. Um leer zu sein, schien er ihm aber zu schwer. Er drehte und wendete ihn und stand vor einem Rätsel. Dann öffnete er die Verschlusskappe und konnte kein Benzin riechen. Zu sehen war nichts. Mit einem Kugelschreiber stieß er durch die Öffnung und spürte einen Widerstand, eher weich, etwas nachgebend. Es hätte Stoff oder Papier sein können. Nun betrachtete er noch einmal sehr genau die Unterseite und entdeckte einen umlaufenden Rand, etwa einen Zentimeter von der Außenkante entfernt und rund zwei Millimeter dick. Er fasste ihn zwischen Daumen und Zeigefinger und stellte fest, dass er es mit einer Art Schraubdeckel zu tun hatte, den man öffnen konnte, wie bei einem Marmeladenglas. Nun musste er kräftig drehen, denn der Kreisumfang war recht groß, und das Gewinde schien ziemlich tief nach innen zu reichen. Mit seinen dicken Wurstfingern hatte er Mühe, diesen dünnen Profilrand zu bewegen. Aber bald sollte es geschafft sein. Der Deckel ließ sich abheben, und

die beiden Beamten sahen zunächst schwarz. Der jüngere griff hinein und zog einen langen schwarzen Wollschal heraus. Aber dann blickten sie ein eine Goldgrube.

»Ich fasse es nicht! Wie sind Sie nur wieder darauf gekommen?«

»Erfahrung, mein Lieber, Sie haben noch viel Zeit.«

Der Reservetank war unter dem Schal gefüllt mit 1'000 DM-Scheinen, alle gebündelt und mit einer Banderole von der Banque de Luxembourg. Sie holten einen Packen nach dem anderen heraus und legten diese sympathischen Bündel zunächst in den Kofferraum. Es waren zehn, und gemäß Aufdruck auf den Banderolen enthielten sie jeweils hundert Scheine, also 100'000 DM.

»Nach Adam Riese«, meinte der junge Zöllner, »müsste es sich hier um eine Million handeln.«

»Gut gerechnet«, bemerkte der Chef. Sie packten die Bündel in eine leere Plastiktüte, die im Kofferraum lag. Bevor sie mit ihrem Schatz in ihr Zollbüro zurückgingen, nahm sich der Chef noch die Arbeitshandschuhe vor, die in der Reserveradmulde lagen. Es war intuitiv; er wusste selbst nicht genau, was an denen so interessant sein sollte. Er betastete sie und glaubte, in einem der Finger Papier zu fühlen. Noch mehr Geld? Jetzt hatte er wieder das Problem mit seinen eigenen Fingern; wie gut, dass er gar nicht erst versucht hatte, Uhrmacher zu werden. Wieder musste ein Kugelschreiber her. Damit gelang es ihm, das vermeintliche Stück Papier herauszufummeln. Es war ein sehr klein zusammengefalteter rosa Zettel und nichts anderes als die Kopie der Auszahlungsquittung, mit welcher der Empfänger der Million den Erhalt bestätigt hatte. Der Zöllner erkannte darauf sofort die markante Unterschrift seines Besuchers, so wie er sie gerade noch in dessen Reisepass gesehen hatte. Das hübsche Sümmchen war bei der Banque Blumenthal (Luxembourg) S.A. bezogen worden, der Tochtergesellschaft der angesehenen Frankfurter Privatbank Blumenthal & Co.

Die beiden Grenzbeamten verschlossen den Mercedes wieder und gingen mit ihrem Fundstück zurück in die Baracke.

»Na, Herr Doktor, was haben wir denn da?«, triumphierte der Boss.

»Ja, ja, ich weiß, ich hätte das deklarieren müssen. Aber das Geld gehört a) nicht mir und stammt b) nicht aus unsauberen Geschäften. Das müssen Sie mir glauben.«

»Also den Glauben lassen wir a) mal außen vor und was ich b) muss, bestimmen Sie wohl als Letzter. Ich nehme vielmehr an, dass Sie uns ein paar Erklärungen geben wollen – oder irre ich mich da?«

»Natürlich. Ich hatte ihnen erklärt, was ich beruflich mache. Bei solchen Geschäften sind immer wieder einmal Provisionen fällig, und in der Regel gehen solche Zahlungen auch sehr diskret vor sich, das heißt in bar.«

»Sie meinen Schmiergelder?«

»So würde ich es nicht nennen, ein hässliches Wort. Das sind sogenannte *N.A.s*, oder *nützliche Aufwendungen*, die bis zu einer gewissen Höhe sogar steuerlich als Akquisitionsaufwand anerkannt werden. Bis jetzt war das jedenfalls so, ich glaube, das soll sich demnächst ändern.«

»Wie schön für die Empfänger. Die kriegen mal eben eine schlappe Million bar auf die Pfote, *käsch in de Täsch*, wie wir Kölner sagen.« Er sah seinen Kollegen an und meinte:

»Ich glaube, wir haben den falschen Beruf.« Und zu Zawusi gewandt:

»Und gibt's auch eine Gegenleistung der armen Schlucker, für die sie die Kohle transportieren? Das sind doch sicherlich Beamte in Drittländern, Minister und andere wichtige Persönlichkeiten – vielleicht in Ongalo?«

»Nun, das ist alles viel komplizierter.«

»Gut, das können sie alles dem Staatsanwalt erklären. Wir müssen das Geld zunächst einmal konfiszieren. Sie bekommen natürlich eine Quittung, dieses Mal nicht rosa, sondern weiß wie die Unschuld, und der Fall wird der Staatsanwaltschaft Düsseldorf gemeldet. Dort haben Sie dann hinreichend Gelegenheit, den Vorgang darzulegen. Und wenn alles in Ordnung ist, bekommen Sie ja das Geld vielleicht sogar zurück, nur um eine saftige Geldbuße wegen der unterlassenen Deklarierung werden Sie nicht herumkommen. Das Interesse ihres Finanzamtes steht dann noch auf einem anderen Blatt. Ich bereite schnell die Quittung vor, und dann können Sie weiterfahren und ihren Wein einkaufen. Und weil wir so nette Menschen sind, belassen wir

Ihnen das Geld in ihrem Portemonnaie. Aber eins noch: haben Sie eigentlich keine Angst, so mutterseelenallein mit einer Million im Kofferraum durch die Gegend zu kutschieren? Haben Sie ein Waffe dabei? Wir haben zwar keine gefunden, aber bei Ihren intelligenten Verstecken hätten wir vermutlich das ganze Auto zerlegen müssen.«

»Nein, ich habe keine Waffe. In meinem ganzen Leben habe ich noch nie ein Schießeisen in der Hand gehabt, zumal ich keinen Militärdienst geleistet habe. In Ongalo konnte ich nicht eingezogen werden, da ich zum Studium in Deutschland war. Und als ich dort durch Heirat später meinen deutschen Pass bekam, war ich dem wehrpflichtigen Alter entwachsen. Ich bin geradezu allergisch gegen Waffen; das liegt wahrscheinlich an meiner Herkunft. Sie wissen doch, wie bleihaltig die Luft in meinem Herkunftsland ist. Und im Übrigen: wenn ich zur Selbstverteidigung eine Waffe dabei hätte, müsste die schon griffbereit im Wagen liegen, und Sie hätten sie sofort gefunden.«

»Die Lage in ihrer Heimat scheint Sie aber nicht daran zu hindern, mit diesem Land ihre Geschäfte zu machen.«

»Aber niemals Waffen- oder Rüstungsgeschäfte. Und wenn in einem korrupten Land Fabriken gebaut werden, kommt dies doch der Bevölkerung zugute. Selbst wenn sich Machthaber dort die Tasche voll stopfen, so finden doch Hunderte, manchmal Tausende durch solche Investitionen einen Job. Was glauben Sie, wie viele Arbeitsplätze durch diese Aluminiumhütte, die ich eben erwähnt habe, geschaffen werden, zum einen direkt, zum anderen bei Zulieferern oder Dienstleistern. Und in diesem Falle soll eigens für diese Anlage ein Hafen gebaut werden, der auch wieder vielen Menschen Arbeit gibt. Und Geldtransporte wie dieser sind die absolute Ausnahme, und wer sollte – außer den Leuten bei der Bank – schon davon wissen, und die werden mich ja wohl kaum anschließend überfallen.«

»Ihr ausgeklügeltes Versteck bestätigt nicht gerade ihre Behauptung der Ausnahme. Wer sich so etwas ausdenkt und vermutlich für einiges Geld anfertigen lässt, muss doch eine Verwendung dafür haben – ich meine, nicht nur einmal.«

»Diesen präparierten Reservetank hat mir im letzen Jahr ein Geschäftspartner gegeben, der mich gebeten hatte, ihm

ein paar Hunderttausend aus Zürich mitzubringen. Er fährt den gleichen Wagen wie ich, und ich hätte den Kanister schon längst zurückgeben sollen.«
»Also doch nicht das erste Mal.«
»Das hatte ich auch nicht behauptet, sondern ich habe von *Ausnahme* gesprochen. Ab und zu kommt es mal vor, aber deswegen ist es doch nicht mein täglich Brot. Ich bin doch nicht die Firma Brink's.«
»Aber das Rote Kreuz wohl auch nicht.«
»Sehr witzig! Um auf Ihre Frage nach einer Waffe zurückzukommen: ich habe definitiv keine. Und was würde es mir bei einem Überfall nützen, eine wüste Ballerei anzufangen? Das würde doch alles nur noch schlimmer machen. Ich bin da Fatalist. Dass ich an der Grenze einmal auffliegen könnte, war mir klar. Aber das ist ja wohl kein Kapitalverbrechen, sondern nur ein Verstoß gegen irgendwelche Devisenbestimmungen. Ich sage immer *no risk, no fun.*«
»Sie können gut argumentieren, ich bin beeindruckt. Aber belassen wir's jetzt dabei. Hier ist die Quittung – und machen Sie's nicht noch einmal. Gute Fahrt!« Und mit kaum überhörbarer Ironie fügte der Chef noch an:
»War nett, Sie kennen gelernt zu haben.«
»Sie erwarten jetzt aber kein *Ganz meinerseits* von mir.«
Zawusi verließ die Baracke und ging – sichtlich deprimiert – zu seinem Wagen zurück. Bevor er einstieg, zog er sein Jackett aus und band sich auch die Krawatte los. Für elegantes Auftreten gab's im Augenblick keinen Anlass. Er zwängte sich hinters Steuer und brauste los.

2. Kapitel

VERMISSTENMELDUNG

Die Zawusis hatten sich vor ein paar Jahren ein hübsches Einfamilienhaus im schönen Düsseldorfer Stadtteil Golzheim gekauft, nur wenige Schritte vom *Golzheimer Krug* entfernt, einem beliebten Restaurant und kleinem Hotel. Das Haus hatte eine weißgeschlemmte Ziegelfassade, wie die meisten Villen in diesem Viertel. Sie waren fast alle 1926 anlässlich der Bauausstellung *Gesolei* errichtet worden. Bis zum Rheinufer waren es nur wenige Gehminuten.

Zawusi hatte seine Frau aus Luxemburg angerufen, um ihr mitzuteilen, dass er am Abend nicht mehr nach Hause kommt, sondern mit den Herren von der Arsteel noch essen gehe und in Mondorf im *Parc* übernachten würde. Er käme morgen gegen Mittag und gehe erst am Nachmittag ins Büro. Christa Zawusi freute sich, dass ihr Mann einmal mitten in der Woche zum Mittagessen zu Hause sein werde; das kam so selten vor. Er war dauernd unterwegs, und selbst, wenn er in Düsseldorf war, kam er mittags nicht nach Hause. Wenn er kein Geschäftsessen hatte, ließ er sich etwas Essbares ins Büro kommen.

Sie war froh über diese Ausnahme und würde ihm etwas Leckeres zubereiten. Die Tage wurden ihr manchmal etwas lang. Natürlich gab's in Haus und Garten immer etwas zu tun, aber ausgefüllt war sie damit nicht. Die Kinder waren so gut wie aus dem Haus. Tochter Katja wohnte zwar noch hier; sie arbeitete als Dolmetscherin bei der nahe gelegenen Messegesellschaft und kam erst am Abend nach Hause. Und das oft nur, um sich umzuziehen und anschließend mit ihren Freunden auszugehen. Sohn Peter promovierte an der Uni Köln in Betriebswirtschaft und ließ sich allenfalls am Wochenende sehen – und auch das nicht immer, es sei denn, es gab schmutzige Wäsche abzuliefern. Das war nun einmal so, und Christa beklagte sich nicht darüber.

Denn ihre Kinder waren in Ordnung und lebten ihr Leben. So war sie die ganze Woche über viel allein. Morgens joggte sie eine halbe Stunde, und zweimal in der Woche spielte sie mit einer Freundin Tennis, wenn das Wetter es erlaubte. Hin und wieder kamen ein paar Damen zum Bridge. Gleich nach dem Studium hatte sie James geheiratet, dann kamen die Kinder, und für eine berufliche Karriere war's dann irgendwann zu spät. Aber es ging ihr gut. Ihr Mann war sehr fürsorglich und verdiente viel Geld – sehr viel Geld. So konnten sie sich fast alles leisten, und manchmal begleitete sie ihn auf seinen Reisen. So war sie viel in der Welt herumgekommen. Um ihre Kinder musste sie sich keine Sorgen machen; die würde sicherlich ihren Weg machen.

Als James Zawusi gegen 13 Uhr immer noch nicht eingetroffen war, versuchte Christa ihn im Auto anzurufen. Sicher steckte er bei Köln im Stau, aber er rief sie doch immer an, wenn er sich verspätete. *Der gewünschte Teilnehmer ist zur Zeit nicht zu erreichen*, hörte sie. Sie versuchte es noch ein paar Mal – ohne Erfolg. Dann rief sie seine Sekretärin, Frau Schubert, an. Die wusste auch nur, dass der Chef erst am Nachmittag ins Büro kommen werde.

»Der ist bestimmt irgendwo blockiert, im Großraum Köln ist doch immer der Teufel los mit all den Baustellen.«

»Das habe ich auch gedacht, aber wieso ruft er mich nicht an? Das ist doch überhaupt nicht seine Art. Und ich kann ihn auch nicht erreichen.«

»Vielleicht ist er in einem Funkloch und hat keinen Empfang. Ich versuch's auch zwischendurch und gebe ihnen natürlich Bescheid, sobald ich ihn erwischt habe. Sie sollten sich keine Sorgen machen; er taucht bestimmt gleich auf.«

»Also an das Funkloch glaube ich nicht so recht, doch nicht in dieser Gegend.«

Christa und Frau Schubert versuchten – jede für sich – noch viele Male, eine Verbindung zu bekommen, vergeblich. Um 14:30 fuhr Christa zur nächsten Polizeistation in der Ulmenstraße; vorher hatte sie der Sekretärin noch Bescheid gegeben. Auf dem Revier gab sie eine Vermisstenmeldung auf. Nein, aus dem Raum Köln seien heute keine besonderen Verkehrsstörungen gemeldet worden, bedeutete man ihr. Ein Funkloch in diesem Gebiet halte man für eher unwahrscheinlich, vielleicht einmal für ein paar Minuten auf einem kurzen Streckenabschnitt. Auch ein Versuch der Polizei, Zawusi auf dem Mobiltelefon zu erreichen, blieb ergebnislos.

»Wissen Sie denn, wann Ihr Mann in Luxemburg abgefahren ist und welche Strecke er genommen hat?«, fragte der Polizeibeamte, der das Protokoll aufnahm.

»Er hat um 09:05 Uhr im Hotel *le Parc* in Mondorf-les-Bains, im Süden von Luxemburg, ausgecheckt. Ich habe dort angerufen, und auf der Kreditkartenabrechnung ist die genaue Uhrzeit vermerkt. Ob er danach sofort losgefahren ist, konnte man mir natürlich nicht sagen, aber man gehe davon aus, da man ihn anschließend nicht mehr gesehen habe. Und ich nehme es auch an; was hätte er noch in Mondorf tun sollen? Er hatte noch die ganze Rückfahrt vor sich, wollte unterwegs noch Wein einkaufen und gegen Mittag zu Hause sein. Aber bei unserem Weinhändler war er nicht; auch dort habe ich inzwischen angerufen. Ich kenne den Händler in Nittel an der Moselweinstraße, also auf der deutschen Seite. Von Mondorf aus hat er sicher einen dieser kleinen Grenzübergänge genommen, aber wie heißen die noch? Sie habe nicht zufällig eine Karte?«

Mit einem Griff hinter sich hielt der Beamte ein Etui mit der Deutschen Generalkarte in der Hand und entnahm ihm Blatt 12. Auf dieser Karte im Maßstab 1:200'000 war auch der größte Teil des Großherzogtums zu sehen, und auch die kleinsten Orte waren verzeichnet.

»Schauen wir mal. Also von Mondorf zur Moselweinstrasse hätte er logischerweise den Grenzübergang bei Remich nehmen müssen, alles andere wäre ein Umweg. Sehen Sie selbst.«

»Ach ja, jetzt erinnere ich mich. Letztes Jahr habe ich ihn einmal begleitet, und wir haben auch in Mondorf übernachtet und sind am nächsten Tag bei unserem Weinlieferanten vorbeigefahren. Und bei Remich sind wir über die Grenze gegangen; ein verlassener Posten, man konnte einfach durchfahren. Natürlich kann er auch seine Pläne geändert und den Weineinkauf auf ein anderes Mal verschoben haben. Unser Keller ist noch gut bestückt, und nach Luxemburg fährt er immer wieder einmal. Vielleicht ist er auch noch einmal nach Luxemburg-Stadt zurückgefahren, um dort noch etwas zu erledigen. Aber dann hätte er anschließend die A1, die Autobahn nach Trier genommen. Ach, ich weiß es nicht. Es ist bestimmt etwas passiert; er gibt immer Bescheid, wenn er sich verspätet.«

»Nun wollen wir nicht gleich das Schlimmste annehmen, Frau Zawusi. In den meisten Fällen klären sich solche Situationen schlussendlich als harmlos auf. Ich werde jetzt einmal die beiden Grenzübergänge anrufen, obwohl ich mir davon nicht viel verspreche, da sie, vor allem die kleineren, meist unbesetzt sind. Und wenn Ihr Mann da einfach durchrauschen konnte, hat ihn keiner bemerkt. Aber vielleicht haben wir ja Glück, denn zurzeit werden gerade an den Übergängen nach Luxemburg stichprobenweise Kontrollen durchgeführt – auf der Jagd nach Schwarzgeldern. Sie wissen schon. Behalten Sie noch einen Augenblick Platz; ich versuche, die Grenzposten zu erreichen.«

Der Beamte verließ den Raum, und Christa Zawusi hörte, wie er im Nebenzimmer telefonierte, ohne jedoch etwas verstehen zu können. Die paar Minuten, bis er zurückkam, erschienen ihr wie eine Ewigkeit. Er machte ein bedenkliches Gesicht, und Christa ahnte nichts Gutes.

»Ich habe eine gute und eine weniger gute Nachricht für Sie. Ihr Mann ist tatsächlich heute früh gegen 09:20 Uhr in Remich an der Grenze angekommen; das entspricht der Abfahrtszeit kurz nach neun Uhr in Mondorf. Dieses Mal war der Grenzposten besetzt, und Ihr Mann wurde gründlich kontrolliert. Nach längerem Suchen fanden die Kollegen vom deutschen Zoll in einem eigens präparierten Reservekanister eine Million Mark in bar! Das Geld wurde natürlich beschlagnahmt, und der Fall wird der Staatsanwaltschaft übergeben. Der ganze Vorgang dauerte etwa eineinhalb Stunden, und gegen elf hat man ihn ziehen lassen.«

»Das ist ja furchtbar.« Christas Entsetzen kam dem Polizisten nicht gespielt vor. »Aber dann hätte er dennoch längst hier eintreffen müssen. Und wieso hat er mich danach nicht angerufen?«

»Stimmt. Theoretisch müsste er schon vor einiger Zeit hier angekommen sein, zumal er ja offensichtlich nicht bei Ihrem Weinhändler war; dazu war ihm sicher die Lust vergangen. Sagt Ihnen denn die Geschichte was?«

»Nein, überhaupt nicht.«

»Was macht Ihr Mann denn beruflich?«

Christa erklärte es ihm, betonte aber, dass sie die Einzelheiten seiner Projekte nicht kenne. Sie erzählte von seinen vielen Reisen und den Beratungshonoraren oder Provisionen, die er bekomme, wenn er ein Anlagegeschäft vermittelt habe. Auch er zahle von Zeit zu Zeit Provisionen an einen Vermittler, und das geschehe dann ab und zu in bar.

»Mein Gott, so ist das eben. Mein Mann tut nichts Unrechtes. Ich habe auf gemeinsamen Reisen schon gesehen, dass er ein paar Umschläge einsteckte mit 10 oder 20'000 darin, aber dass er eine ganze Million transportiert, und das noch völlig alleine – nein, ich glaube es einfach nicht.«

»Frau Zawusi, wir haben es hier mit Fakten zu tun. Da hilft uns Ihr Glaube nicht viel, entschuldigen Sie. Das Vernehmungsprotokoll wird uns jeden Augenblick zugefaxt. Wir werden auf jeden Fall jetzt eine Fahndung einleiten. Haben Sie denn eine Ahnung, wo das viele Geld herstammen und für wen es bestimmt sein könnte? Hat ihr Mann ein Konto in Luxemburg?«

»Nein, keine Ahnung! Ich kann mir beim besten Willen keinen Reim daraus machen, und von einem Konto in Luxemburg ist mir nichts bekannt. Ich weiß, dass er dort, wie auch in Frankfurt und Düsseldorf, immer wieder einmal mit Banken zu tun hat. Aber dabei geht's um seine Projekte und nicht um sein eigenes Geld. Über Einzelheiten bin ich, wie gesagt, nicht informiert, und es hat mich, ehrlich gesagt, auch nie interessiert.«

»Wissen Sie denn, warum Ihr Mann in Luxemburg war?«

»Das schon. Der Besuch stand im Zusammenhang mit einer Aluminiumhütte, die in seinem Heimatland Ongalo gebaut werden soll. Und dafür ist der Luxemburger Arsteel-Konzern ein potentieller Stahllieferant. Mein Mann arbeitet seit Jahren mit dieser Gruppe und ist daher immer wieder mal dort. Mehr kann ich beim besten Willen dazu nicht sagen. Meinen Sie, mein Mann könnte überfallen worden sein?«

»Eine solche Möglichkeit kann man nicht ausschließen, wenn jemand mit soviel Geld herumfährt. Aber dann müsste einer von diesem Transport gewusst haben, nicht aber von der Konfiszierung an der Grenze. Dort ist er jedenfalls gesund und munter – na ja, vielleicht nicht munter – gegen elf Uhr losgefahren. Ich schlage vor, Sie gehen nach Hause, und wir tun unsere Arbeit. Ich rufe Sie an, sobald ich mehr weiß.«

3. Kapitel

TRAURIGE GEWISSHEIT

Völlig niedergeschlagen war Christa Zawusi die paar hundert Meter nach Hause gefahren und hatte sofort ihre Kinder angerufen, die so schnell wie möglich nach Hause kommen wollten. Dann hatte sie noch Frau Schubert informiert, die nach wie vor nichts von ihrem Chef gehört hatte.

Es dauerte keine 24 Stunden, bis auf dem Revier, bei dem sie ihre Vermisstenmeldung gemacht hatte, ein Anruf der Kollegen aus Trier einging. Klaus Hartmann, der Beamte, der den Fall übernommen und Frau Zawusi empfangen hatte, nahm das Gespräch entgegen.

Ein Bauer hatte in der Umgebung von Igel, einem langweiligen Straßendorf zwischen Trier und Wasserbillig, nahe der luxemburgischen Grenze, auf einem einsamen Feldweg und hinter einer halb zerfallenen Scheune den schwarzen Mercedes des Dr. Zawusi entdeckt, der zur Fahndung ausgeschrieben war. Am Steuer saß ein Afrikaner, tot, offenbar durch einen Schuss in die linke Schläfe niedergestreckt. Die Leiche sei bereits auf dem Weg in die Pathologie der Düsseldorfer Universitätsklinik. Der Wagen befinde sich inzwischen im Hofe des Polizeireviers in Trier, verschlossen und vorher gründlich untersucht. Die Kollegen aus der Provinz waren wohl etwas übereifrig gewesen. Hagemann konnte sich vorstellen, dass die Kripo Düsseldorf lieber selbst vor Ort die Spuren gesichert und die Vorbereitungen für den Abtransport der Leiche getroffen hätte. Nun war's zu spät. Er versuchte, Christa Zawusi zu erreichen, und da nur der Anrufbeantworter lief, hinterließ er eine Nachricht und bat sie, sich so schnell wie möglich zu melden. Nach etwa einer Stunde erschien sie, in Begleitung ihrer Tochter, auf dem Revier. Hagemann erklärte den Damen behutsam, was geschehen war. Sie brachen in Tränen aus und waren nicht mehr zu beruhigen.

»Wer war das Schwein?«, schrie Katja.

»Wir wissen noch gar nichts. Unsere Untersuchungen beginnen gerade erst. Aber nach den ersten Erkenntnissen deutet nichts auf Fremdeinwirkung hin.«

Inzwischen hatte sich Christa Zawusi so weit gefasst, dass sie wieder sprechen konnte.

»Wollen Sie damit etwa andeuten, er habe sich selbst etwas angetan? Völlig absurd! Mein Mann war ein durch und durch positiver Mensch, immer voller Optimismus, gesund, es ging ihm gut. Uns allen ging's gut. Warum sollte er sich erschießen? Außerdem besitzt er gar keine Waffe, da bin ich mir hundertprozentig sicher. Er hasste Waffen.«

»Ich verstehe Ihre Verzweiflung, aber wir wissen wirklich noch nichts. Immerhin hatte er beim Grenzübertritt ein erhebliches Problem mit dem vielen Bargeld im Kofferraum.«

»Ich weiß, aber das ist doch kein Schwerverbrechen. Eine Ordnungswidrigkeit, klar. Mein Mann hat doch die Million nicht gestohlen. Ich vermute, er war mal wieder zu gutmütig – wie so oft – und hat einem Freund oder Geschäftspartner einen Gefallen getan. Dafür hätte er eine entsprechende Strafe bekommen, aber deshalb bringt man sich doch nicht um! Jemand muss davon gewusst und ihm aufgelauert haben. Ich hab's fast geahnt, als sie mir von dem Geldfund erzählten.«

»Eine solche Vermutung kann man natürlich nicht ausschließen«, meinte Hagemann, »aber wir müssen jetzt die Untersuchungen abwarten. Sie sollten jetzt nach Hause fahren, sich aber zu unserer Verfügung halten. Soll Sie jemand begleiten?«

»Nein danke, es geht schon. Wir haben's nicht weit.«

Hagemann sah den beiden noch eine Weile nach, wie sie – Arm in Arm – zu ihrem Auto trotteten. Eine traurige Situation, die ihm doch nahe ging.

4. Kapitel

SOKO JAMES

Auch wenn erste Indizien eher für einen Suizid sprachen, übernahm die Mordkommission unverzüglich den Fall und bildete unter Leitung von Hauptkommissar Jürgen Heinrichs eine Sonderkommission, die sich den Titel *SOKO JAMES* gab.

Der offizielle Vorname von Zawusi war James. Seine Eltern hatten den beiden Namen Abubakar und Sani noch James hinzugefügt, eine kleine Referenz an die englische Nurse Jane, die schon fast zur Familie gehörte und auch die älteren Geschwister liebevoll großgezogen hatte. Sie nannte den Jungen nur James. Bei seiner Einbürgerung in Deutschland war es Zawusi gelungen, diesen Vornamen als ersten in den Pass eintragen zu lassen, und so nannte er sich fortan James A.S. Zawusi. Für seine zahlreichen Kontakte in aller Herren Länder war das etwas leichter.

Jürgen Heinrichs war ein hoch gewachsener, hagerer Typ mit markanten Gesichtszügen und einem grauen Bürstenhaarschnitt. Seine stahlblauen Augen hatten etwas Forschendes, Durchdringendes – das hatte der Beruf vermutlich mit sich gebracht -, ohne dabei kalt zu wirken. In zwei Jahren würde er in Pension gehen müssen. Anders als die meisten seiner Kollegen sah er diesem Zeitpunkt keineswegs mit Ungeduld entgegen, im Gegenteil: er liebte seinen Beruf. Zwar hatte er ständig mit Mord und Totschlag zu tun, aber die Erfolgserlebnisse motivierten ihn immer wieder aufs Neue. Irgendwie glaubte er an die ultimative Gerechtigkeit und an die Prämisse, dass die Vernunft über das Böse triumphiert. Aber nur auf die Ratio, die Fakten und Indizien wollte er sich nie verlassen. Die Täter waren Menschen, die Opfer waren Menschen, und sie, die Ermittler, waren auch *nur* Menschen. Zuviel hatte er immer wieder mit menschlichen Unzulänglichkeiten zu tun, mit kaum nachvollziehbaren Aktionen und Reaktionen, mit Gefühlen und Empfindungen, um alles nur mit dem Verstand erklären zu können.

Er hatte so manchen Fall gelöst, den er – gegen alles Tatsachen und Indizien – weiterverfolgt hatte, einem Gefühl gehorchend. Dabei wusste er, dass es manchem seiner Kollegen oder Mitarbeiter schwer fiel, ihm zu folgen, aber die Ergebnisse sprachen für ihn. Seine *Trefferquote* wurde neidlos, gar bewundernd anerkannt. Heinrichs hatte sich nach dem ersten juristischen Staatsexamen für den Polizeidienst entschlossen, nachdem er vorher, während eines Praktikums bei der Mordkommission in Wuppertal, im wahrsten Sinne des Wortes Blut – nein, nicht geleckt, aber doch gesehen und gerochen hatte. Während seines Jurastudiums in Köln hatte er viele Vorlesungen in Psychologie besucht, ein für ihn faszinierendes Gebiet – und für seinen Beruf sehr hilfreich.

Einen Ruhestand konnte er sich überhaupt nicht vorstellen, zumal er alleine lebte. Vor zwei Jahren war seine Frau völlig überraschend, nach einer kurzen, schweren Erkrankung, verstorben. Kinder hatten sie keine. Zwar hatte er einen großen Freundes- und Bekanntenkreis, dennoch fühlte er sich manchmal einsam. Und so hatte er sich nach dem Tode seiner Frau noch mehr in die Arbeit gestürzt. Natürlich würde er weiterhin viel Sport treiben und Reisen machen, aber das alleine konnte es doch nicht sein. Vielleicht konnte er noch bei einem Unternehmen als Sicherheitsbeauftragter anheuern oder sich als Privatdetektiv selbständig machen – und natürlich Krimis schreiben. Das auf jeden Fall, aber das konnte er auch noch mit 70 oder 75. Stoff hatte er für mindestens zwanzig Romane. Aber zwei Jahre lagen noch vor ihm in seinem jetzigen Job, und nun hatte er den Fall dieses toten Afrikaners zu lösen, vielleicht einer seiner schwierigsten?

Heinrichs fuhr als erstes in die Uniklinik, um mit dem Pathologen zu sprechen. Er ließ sich von der jungen Kommissarin Karin Meyer begleiten, die er mit in seine SOKO berufen hatte, eine viel versprechende Nachwuchskraft. Ebenfalls gehörte Karl-Heinz Schneider seinem Team an, ein erfahrener Kollege seit langer Zeit, zwei, drei Jahre jünger als er. Ihn hatte er gebeten, nach Trier zu fahren, um den Wagen nach Düsseldorf zu überführen. Außerdem sollte er sich den Fundort genauer anschauen.

Dr. Roland Becker, der Pathologe, war ein alter Kumpel, etwa im gleichen Alter. Sie kannten sich von der Uni Köln.

»Was hast Du herausgefunden?«, fragte Heinrichs.

»Einzige Todesursache ist ein gezielter Kopfschuss in die linke Schläfe, 9mm, aus nächster Nähe. Die Kugel liegt dort für euch bereit. Keinerlei Anzeichen von Gewalt, von Widerstand, nichts. Keine Hautpartikel unter den Fingernägeln, keine Hämatome, keine Kratzspuren – rein gar nichts.«

»Das heißt, du tippst auf Selbstmord.«

»So gerne ich dir ja einen spannenden Mordfall zur Aufklärung gönne – ich komme in der Tat kaum zu einem anderen Ergebnis. Es sei denn, das Opfer hat den Täter gekannt, der ihn ohne Vorgeplänkel einfach so abgeknallt hat.«

»Hast du denn bei der Obduktion vielleicht ein Motiv für einen Suizid gefunden? Du weißt, was ich meine: Krebs im fortgeschrittenen Stadium, Alzheimer, was weiß ich?«

»Fehlanzeige. Der Mann war kerngesund; ich habe eben noch mit seinem langjährigen Hausarzt telefoniert, der war in seiner Agenda vermerkt. Er hat mir den Befund seines letzten Check-ups – gerade mal zwei Monate alt – zugefaxt. Alles im grünen Bereich. 12 bis 15 Kilo weniger hätten ihm sicherlich gut getan, aber bei der Größe sollte man das nicht überbewerten. Ein leicht erhöhter Cholesteringehalt, ein Kostverächter war der wohl kaum. Leichte Tendenz zur Hypertonie, wogegen er seit Jahren ein Blutdruckmittel nahm, kleine Dosis. Eine beginnende Arthrose in den Knien – ja, mein Gott, die haben wir auch irgendwann. Der Mann ging auf die 60 zu. Er war kein sportlich durchtrainierter Typ, aber trotzdem hätte der noch alt werden können. Also da ist kein Motiv zu erkennen; da müssen schon andere Gründe vorliegen.«

»Schmauchspuren?«

»Nein, aber das besagt nicht viel. Die können bei der Vorbereitung der Leiche zur Überführung hierher abhanden gekommen sein. Da waren noch so einige Details, die darauf schließen lassen, dass hier nicht die erfahrensten deiner Kollegen am Werk waren, so wie die den verpackt haben. In der friedlichen Provinz haben die vermutlich nicht so häufig solche Fälle. Hat man denn die Waffe gefunden?«

»Es soll eine im Wagen liegen. Karl-Heinz Schneider ist gerade nach Trier gefahren, um das Auto hierher zu bringen. Gibst Du mir Bescheid, wenn ihr fertig seid, damit ich die Freigabe der Leiche zur Bestattung beantragen kann?«

»Ist doch klar. Tut mir leid, dass ich mit Mord nicht dienen kann.«

»Davon hatte ich eigentlich genug in meinem Polizistenleben. Aber schauen wir mal, etwas stimmt hier nicht.«

»Ja, du mit deiner Spürnase.« Und zu Karin Meyer gewandt, meinte Becker:

»Ihr Chef hat einen Geruchssinn, da muss jeder Hund vor Neid erblassen. Der kriegt alles raus; er riecht es förmlich.«

Der Arzt begleitete die beiden hinaus und lud sie noch zu einer Tasse Kaffee in die Cafeteria ein.

Am Spätnachmittag fuhr Schneider mit Zawusis Daimler auf den Hof des Polizeipräsidiums und ging geradewegs in Heinrichs' Büro.

»Da bin ich wieder. Sag mal, kann ich die Karre nicht als Dienstwagen bekommen? An so was könnte ich mich gewöhnen.«

»Das glaube ich gerne. Wie ist's denn gelaufen? Habe sich die Kollegen in Trier kooperativ gezeigt?«

»Doch, ja. Anfangs taten sie sich etwas wichtig. Wann haben die schon mal einen solchen Fall? Und sie hätten sicherlich gerne daran weitergearbeitet. Sie haben die Fingerabdrücke im Wagen genommen und natürlich auch außen – das Übliche – und mir zur Auswertung mitgegeben. Im Fußraum, fast unter den Pedalen, haben sie diese 9mm-Beretta gefunden, angeblich nur mit Handschuhen angefasst und in diese Plastiktüte gesteckt; scheint in Ordnung zu sein. Die Fingerabdrücke müssen wir noch nehmen, geht gleich in die Spusi*. Ansonsten haben sie im Wagen nichts Auffälliges gefunden, und ich kann auch nichts feststellen. Seine Kleidung ist mit der Leiche hierher gebracht worden; wie's scheint, lässt auch daran nichts

*Spurensicherung

auf einen Raubmord schließen, und Geld und Kreditkarten, alle Papiere, waren noch da. Im Kofferraum liegen noch eine Reisetasche, offensichtlich unberührt, ein Regenmantel und zwei Schirme. Auf dem Beifahrersitz lag dann noch ein eleganter Aktenkoffer, aber da ist fast nichts drin.«

»Warst du am Tatort – ich meine, Fundort?«

»Klar, ich bin mit einem der Kollegen hingefahren. Dieses Igel liegt an der B49, etwa drei, vier Kilometer vor dem Grenzübergang Wasserbillig. Von dem Ort geht eine Landstraße nach Norden in Richtung Trierweiler, die nach rund sechs Kilometern die Autobahn E44 überquert; in Luxemburg wird die zur A1. Etwa auf halber Strecke, also noch vor der Autobahnüberquerung, biegt rechts ein Weg ab, unbefestigt, aber befahrbar. Ein Schild weist darauf hin, dass er nur von Anliegern und landwirtschaftlichen Fahrzeugen benutzt werden darf. Nach etwa 800 Metern steht links eine verfallene Scheune, das heißt, es war wohl eher eine Stallung – oder beides. Sie liegt etwa 50 Meter feldeinwärts. Und hinter dieser Ruine hat man Zawusi in seinem Wagen gefunden. Es ist ziemlich schwierig, dort Spuren zu entdecken. Der Boden ist hart; es hat dort, wie hier, seit Wochen nicht mehr geregnet. Die Erde ist knochentrocken. Andererseits soll es an dem Tag, an dem man ihn gefunden hat, und auch die Tage davor, extrem windig gewesen sein, so dass Fußabdrücke womöglich weggeblasen worden sind. Trotzdem ist die Reifenspur des Mercedes an einigen Stellen auszumachen. Demnach ist er schnurstracks hinter diesen Schuppen gefahren; auf jeden Fall führt die Spur nicht weiter den Weg entlang. Natürlich sieht man auch, soweit man überhaupt etwas ausmachen kann, die Spuren des Wendemanövers unserer Kollegen und deren Wegfahrt. Das hätten die mal uns überlassen sollen, aber es ist nun mal passiert. Deutlicher zu erkennen sind die Reifenspuren eines Traktors mit Anhänger, aber der Fall ist geklärt. Die stammen von dem Bauern, der den Wagen gefunden und seinen Hof etwa einen Kilometer weiter hat. Ihm gehört der Stall, den er in Kürze abreißen muss. Die Gemeinde hat ihn anscheinend aufgefordert, diesen Schandfleck zu beseitigen. Daher hat er nach eigenen Angaben in letzter Zeit und auch an diesem Tag Material dort abgeholt, das er noch verwenden kann, Bretter, Holzbalken, aus denen er Brennholz machen will, Milchkannen und ich weiß nicht, was alles. Klingt glaubhaft, und es gibt Zeugen dafür. Ich habe mit ihm gesprochen; er macht einen grundsoliden Eindruck und steht noch unter Schock nach dieser Entdeckung.

Aber dann gibt's noch eine interessante Spur, und die stammt von einem Motorrad. Man erkennt sie zweimal, an einigen, wenigen Stellen, und das sieht nach Hin- und Rückfahrt aus, und auch sie führt direkt hinter diese Scheune und von dort wieder weg. Reifengröße und –marke werden zurzeit identifiziert. Aber ich befürchte, dass es sich um so einen 08/15-Reifen handelt, wie er auf zigtausenden von Motorrädern dieser Größenklasse montiert ist. Eine schwere Maschine war das mit Sicherheit nicht, eher so eine 250er.

Ansonsten ist dort nichts zu sehen. Der Weg soll bei Spaziergängern und Hundehaltern recht beliebt sein, aber der Bauer hat niemanden gesehen, was er vor allem mit dem unangenehmen Wind erklärt. Fußabdrücke sind jedenfalls keine zu finden und auch keine Reifenspuren von Radfahrern. Unsere Kollegen, die sich offenbar nicht gut von diesem Fall trennen können, haben einen Zeugenaufruf im lokalen Käseblatt, *Igeler Bote* oder so, veröffentlicht. Bis jetzt hat sich darauf noch niemand gemeldet.«

»Hm, und was sagt uns das?«

»Frag mich was Leichteres. Eines scheint mir festzustehen: da es keinerlei Spuren, weder an Zawusi selbst, noch am oder im Wagen gibt, die auf eine Auseinandersetzung, Gegenwehr oder dergleichen hindeuten, dürfte man eine Entführung ausschließen. Und wenn er aus freien Stücken dorthin gefahren ist, welchem Zweck, wenn nicht zu einem konspirativen Treffen? Eine gottverlassenere Gegend kann man sich kaum vorstellen, aber vielleicht sehr geeignet, wenn man nicht gesehen werden will. Dieser Weg geht noch etwa einen Kilometer schnurgerade aus weiter, so dass man auch einen einzelnen Fußgänger von weitem erkennen kann, um sich rechtzeitig zu verstecken, zum Beispiel im Schuppen. Ich denke, da sollte das Geld übergeben werden.«

»Aber das war doch weg.«

»Klar, aber nehmen wir einmal an, dass er dort verabredet war. Und nun musste er seinem *Geschäftsfreund* von seinem Malheur erzählen. Womöglich konnte er ihn telefonisch nicht erreichen oder – wahrscheinlicher – wollte nicht telefonieren aus Angst, dieser Anruf von seinem Mobiltelefon hätte entdeckt werden können. Also ist er trotzdem lieber hingefahren.«

»Klingt einleuchtend. Aber schießt ihm sein Geschäftsfreund deswegen gleich eine Kugel in den Kopf?«

»Ich weiß. Übrigens, die Motorradspur endet links vor Zawusis Wagen; das könnte den Schuss in die linke Schläfe erklären.«

»Scheißspiel, wir drehen uns im Kreise. Aber wir kriegen's raus. Wer sind wir denn, wenn uns das nicht gelänge? Jetzt warten wir erst einmal ab, was das Labor herausfindet. Morgen fahre ich zu seiner Frau, kommst du mit?«

»Ja, gerne.«

Heinrichs hatte sich bei Christa Zawusi angemeldet. Er wollte sich als Leiter der Sonderkommission vorstellen, die den Fall übernommen habe. Am Telefon wirkte sie ziemlich gefasst und erwartete ihn morgen um 15 Uhr. Die beiden Kommissare waren pünktlich. Frau Zawusi öffnete die Tür. Sie war ein schmale, sehr weißhäutige, hübsche Frau, Anfang/Mitte 50, und in ihrer Niedergeschlagenheit wirkte sie sehr zerbrechlich. Sie trug ein schwarzes Seidenkleid, schwarze Strümpfe. Das blonde Haar, von ein paar grauen Strähnen durchzogen, war streng nach hinten gekämmt und wurde von einer schwarzen Spange zusammengehalten. Sie bat die Besucher, Platz zu nehmen und bot Kaffee an.

Heinrichs stellte sich selbst und seinen Kollegen Schneider vor und gab einen Überblick über den Stand der Ermittlungen. Er fand, dass die Familie ein Recht habe, so umfassend wie möglich informiert zu werden, achtete aber darauf, nicht alle Details zu erwähnen, um die weiteren Nachforschungen nicht zu gefährden und aus Rücksicht auf den Toten. Es war immer ein Balanceakt, aber darin hatte er Routine.

Inzwischen trat auch Tochter Katja ins Zimmer, und die Mutter stellte sie vor. Wie viele Mischlinge war sie bildhübsch, etwa Mitte 20, gertenschlank und mit auffallend weißer Haut. Die hatte sie ganz offensichtlich von ihrer Mutter, und die fiel umso mehr auf, als sie sehr dunkle

Augen hatte und pechschwarzes Haar, das ihr bis zu den Schultern reichte. Sie trug einen dunkelgrauen Hosenanzug mit einem schwarzen Top, nahm auf der Couch Platz und schenkte sich Kaffee ein. Wie schon zuvor der Mutter, drückten ihr die Kommissare ihr Beileid aus.

Es täte ihnen leid, sagte Heinrichs, aber sie müssten eine von ihnen morgen in die Pathologie bitte, um den Toten zu identifizieren. Das sei nicht leicht, aber das müsse leider sein.

»Ja, das wissen wir«, sagte Christa Zawusi, »ich denke, wir werden beide kommen oder auch noch mein Sohn, den wir jeden Augenblick erwarten. Er hatte noch ein Examen, so dass er erst heute nach Hause kommt.«

Heinrichs deutete, so vorsichtig wie möglich, noch einmal an, dass vieles auf einen Selbstmord hindeute. Man habe keinerlei Fremdeinwirkung feststellen können, keine Beraubung, und soeben habe er aus dem Labor erfahren, dass die Tatwaffe, die man im Fußraum vor dem Fahrersitz gefunden habe, die Fingerabdrücke des Toten trage.

Die beiden Damen waren schockiert.

»Das kann einfach nicht sein«, sagte Christa, »mein Mann war ein so positiver Mensch, gesund und erfolgreich – das habe ich doch alles schon auf dem Revier gesagt-, und außerdem besaß er keine Waffe. Er wollte es nicht. Wir haben erst vor wenigen Wochen darüber gesprochen, nachdem gute Freunde nun schon zum zweiten Mal in ihrem Ferienhaus an der Côte d' Azur überfallen und ausgeraubt wurden und beschlossen haben, sich einen Revolver zuzulegen. Mein Mann lehnte das für sich ab und meinte, wenn eine solche Situation einträte, habe man das Ding doch nicht zur Hand oder richte womöglich noch ein Unheil an, wofür man dann verantwortlich gemacht werde. Man könne sich nicht vor allem schützen. Ich sehe überhaupt keinen Grund für einen Suizid, oder habe Sie etwa einen Abschiedsbrief gefunden oder irgendeine Nachricht?«

Nein, nichts; das hätten wir Ihnen schon übergeben. Im ganzen Wagen gibt's nicht die geringste Spur. Herr Schneider hat ihn gestern hierher geholt, und er wird jetzt noch einmal gründlich unter die Lupe genommen, bevor wir ihn freigeben können. Aber ist Ihnen zu dem Zwischenfall an der Grenze was eingefallen?«

»Nein, nicht mehr als ich Ihrem Kollegen auf dem Revier schon gesagt habe. Mein Mann ist kein Krimineller, und dieser nichtdeklarierte Geldtransport hätte ihm natürlich Ärger eingetragen, sicherlich eine hohe Geldbuße und vielleicht eine Steuerprüfung – aber dafür nimmt man sich doch nicht das Leben und lässt eine intakte und glückliche Familie ohne jede Nachricht zurück. Nein – und nochmals nein!«

Es klingelte an der Haustür, vermutlich der Sohn. Katja öffnete und kam nach wenigen Augenblicken mit ihrem Bruder Peter zurück. Er war ein großer, etwas schlaksiger junger Mann, ebenfalls sehr hellhäutig und auch er mit dunklen Augen und schwarzem Haar. Die Ähnlichkeit mit seiner schönen Schwester war unverkennbar. Er trug Jeans und einen dunkelblauen, dünnen Pullover. Zunächst begrüßte er seine Mutter, und die beiden lagen sich schluchzend in den Armen. Dann stellte er sich selbst den beiden Kommissaren vor und nahm ihnen gegenüber Platz.

Heinrichs drückte auch ihm seine Anteilnahme aus und fasste noch einmal kurz zusammen, was er soeben seiner Mutter und seiner Schwester erklärt hatte.

»Totaler Schwachsinn«, brauste Peter auf und musste von seiner Mutter beruhigt werden.

»Entschuldigung, ich weiß, Sie tun Ihre Pflicht, aber das mit dem Selbstmord können Sie vergessen. Dass sich auf der Waffe Fingerabdrücke meines Vaters befinden, kann mich nicht beeindrucken. Dafür habe ich schon zu viele Krimis gelesen oder im Fernsehen geschaut. Ein Profikiller trägt Handschuhe oder wischt seine eigenen Spuren ab und drückt anschließend dem Mordopfer die Waffe in die Hand. Ein perfekt vorgetäuschter Selbstmord.«

»Ich kann Sie gut verstehen, und ich gebe zu, es wäre nicht mein erster Mordfall, der perfekt als Selbstmord inszeniert wurde. Schließlich liegt der Fall bei einer Mordkommission. Natürlich schließen wir eine Fremdeinwirkung nicht vollkommen aus, aber bis jetzt haben wir nicht die geringsten Indizien, die darauf hindeuten. Aber wir stehen erst am Anfang unserer Ermittlungen und brauchen Ihre Mithilfe. Vor allem müssen wir so viel wie möglich über das Umfeld Ihres Vaters herausfinden. Ich bin unter anderem gerade dabei, die Agenda aus seinem Jackett zu studieren, aber die meisten Eintragungen sind für mich unverständliche Abkürzungen, Initialen und so weiter, und ich hoffe, dass Sie uns dabei helfen können. Wir müssen uns natürlich auch in seinem Büro umschauen und seine Sekretärin befragen. Hatte er Feinde, Neider? War er, außer bei der Arsteel, noch woanders in Luxemburg, und sagt Ihnen das Bankenhaus Blumenthal etwas?«

»Sie werden von uns jegliche Unterstützung bekommen«, erwiderte Peter. »Ich wollte eigentlich an diesem Wochenende meine Dissertation zu Ende bringen; sie ist fast fertig. Aber dieses hier geht natürlich vor. Ob er noch andere Termine in Luxemburg hatte, weiß ich nicht; da müssten wir die Sekretärin fragen. Blumenthal, die Privatbank, ist mir ein Begriff. Ich weiß, dass mein Vater mit denen schon zu tun hatte, sowohl mit dem Stammhaus in Frankfurt, als auch mit der Tochter in Luxemburg. Aber mit wem dort, weiß ich nicht, und ich denke, es hing mit einem seiner Projekte zusammen. Er hat immer mit Banken verhandelt oder Kontakte gehabt. Aber er selbst hat dort bestimmt kein Konto gehabt, falls Sie darauf hinauswollen. Ich habe in den Ferien oft bei ihm gejobbt und ihn auf seinen Reisen begleitet, auch nach Luxemburg, und dabei wäre mir das doch aufgefallen. Ich erinnere mich allerdings, dass wir im letzten Winter einen Termin auch bei der Arsteel hatten, aber am Hauptsitz in der Stadt. Auf der Rückfahrt hat er kurz bei Blumenthal angehalten und gesagt, er müsse nur schnell eine Akte holen. Er bat mich, in einem Laden ganz in der Nähe Zigarren zu holen, die er dort immer kaufte. Und ich solle mich beeilen, da wir schon spät dran waren; er hatte abends noch einen Termin hier in Düsseldorf. Als ich zurückkam, saß er schon im Auto und wartete auf mich. Auf dem Rücksitz lag ein großer, brauner Umschlag, den er offenbar dort abgeholt hatte. Der war sicher geschäftlich, und ich habe mich nicht weiter darum gekümmert, und am nächsten Tag musste ich ohnehin wieder an die Uni. Und von Feinden und Neidern ist mir nichts bekannt.«

»Ja, vielen Dank. Ich glaube, das wär's erst mal. Wir wollen Sie jetzt in Frieden lassen«, meinte Heinrichs.

»Darf ich Sie denn morgen – sagen wir um zehn – in der Pathologie erwarten? Ich wäre gerne dabei. An der Rezeption wird man Ihnen den Weg erklären, und fragen Sie nach

Dr. Becker.« Die beiden Kommissare verabschiedeten sich und fuhren ins Präsidium zurück.

»Was meinst Du?«, fragte Heinrichs seinen Kollegen, der am Steuer saß.

»Nun, die Armen sind am Boden zerstört. Ich hatte nicht den Eindruck, dass das alles gespielt war. Es schein wirklich eine harmonische Familie gewesen zu sein. Aber wie viel die nun wissen oder ahnen – da kann man nur spekulieren.«

»Mir geht's genauso. Der Wutausbruch des Sohnemanns war sicherlich kein Theater, sondern kam spontan. Aber was weiß der? Er promoviert gerade in Wirtschaftswissenschaften und scheint mir ein aufgewecktes Kerlchen zu sein und nicht gerade ein Träumer. Außerdem hat er immer wieder bei seinem Vater gejobbt; dabei muss er doch eine Menge von dessen Geschäften und Kontakten mitbekommen haben. Ich denke, den werden wir uns noch näher zur Brust nehmen. Was war eigentlich mit dem Aktenkoffer?«

»Noch im Labor.«

»Hattest Du nicht gesagt, der sei so gut wie leer gewesen?«

»Nicht gerade leer, aber viel war nicht darin. Außer dem üblichen Kleinzeug und ein paar Klarsichthüllen mit Briefen und Faxen in Bezug auf die Sitzung in Luxemburg und ein paar Aktennotizen war da nicht viel.«

»Ja, aber…«

»Aber was?«

»Hör mal, der Mensch kommt von einer Arbeitssitzung zu einem Projekt, bei dem es um Hunderte von Millionen zu gehen scheint, und hat keine umfangreichen Unterlagen dabei. Kommt mir seltsam vor.«

»Der hatte vielleicht alles im Kopp, bei dem Riesenschädel.«

»Sehr witzig! Aber im Ernst, da stimmt was nicht. Der Sohn hat natürlich Recht, wenn er sagt, die Fingerabdrücke seines Vaters könnte auch der Täter produziert haben. Das Strickmuster kennen wir doch. Erinnerst du dich noch an den Fall Marx? Ich wollte es nur nicht allzu direkt bestätigen.«

»Und keine Schmauchspuren.«

»Okay, aber du weißt, was Dr. Becker dazu gesagt hat.

Ich denke, wir sollten morgen, nach dem Termin in der Pathologie, der Inter-Trade einen Besuch abstatten. Besorge doch vorsorglich einen Durchsuchungsbeschluss, für den Fall, dass die Sekretärin nicht willig ist. Sein Büro zu Hause müssen wir uns natürlich auch noch vornehmen, aber ich habe das Gefühl, dass wir dort nicht fündig werden. Vielleicht auch hierfür einen Beschluss, obwohl wir den vermutlich nicht benötigen werden. Dann sollten wir schnellsten nach Luxemburg fahren, und die Herren von der Arsteel hören. Ich versuche, einen Termin für übermorgen zu machen und informiere die luxemburgischen Kollegen, die wir nicht übergehen können. Den Hinweg nehmen wir über Remich, um die beiden Zöllner zu hören, die unseren Freund gefilzt haben. Vielleicht kannst du mit denen einen Termin machen; die Namen stehen im Protokoll. Und dieses Bankhaus Blumenthal sollten wir auch unter die Lupe nehmen. Ich befürchte, wir werden uns nicht langweilen.«

5. Kapitel

DAS BANKHAUS

Ein halbes Jahr zuvor.

Karsten Jäger leitete die Luxemburger Tochtergesellschaft der renommierten Frankfurter Privatbank Blumenthal & Co. Er war vor ein paar Jahren in dieses altehrwürdige Haus eingetreten, das – in siebenter Generation – noch immer von einem Blumenthal, Moritz Blumenthal, als persönlich haftendem Gesellschafter geleitet, besser, mitgeleitet wurde. Er war der letzte Namensträger der Familie; er hatte nur zwei kleine Töchter, aber vielleicht kam eines Tages doch noch ein männlicher Nachfolger zur Welt. Neben ihm, eigentlich über ihm, wir noch zu sehen sein wird, gab´s noch einen Partner, Dr. Christoph Ohlig. Der Doktortitel war sehr wichtig und sollte niemals vergessen werden. Die beiden hielten zusammen über 50 Prozent, der Rest des Kapitals lag bei einer Handvoll alter Frankfurter Familien.

Es war vor allem Ohlig, Herrn Dr. Ohlig, zu verdanken, dass das Haus, das seit dem Tode des vorletzten Blumenthals, Egon, Vater des Moritz, etwas Staub angesetzt hatte, wieder zu neuem Schwung und Ansehen gekommen war. Ohlig war eine stattliche, aber nicht besonders beeindruckende Erscheinung. Er hatte einen fast viereckigen Kopf mit blonden, kurz geschnittenen Haaren, und an seinem eher nichtssagenden Gesichtsausdruck konnte auch die Brille mit dem Goldrand nichts ändern. Er nannte sich *Sprecher der Partner* und hatte sich damit den ersten Platz in der Hierarchie gesichert. Moritz Blumenthal ließ ihn gewähren und war heilfroh, dass er nunmehr einen Mann hatte, der seinen Laden mit eiserner Faust führte. Er selbst wirkte in seinem Habitus nicht gerade wie ein Privatbankier. In dieses Metier war er nur hineingeboren worden, Berufung war es nicht. Er war eher den schönen

Dingen des Lebens zugetan, vor allem, wenn sie weiblicher Natur und langbeinig waren. Ausstrahlung und Charisma seines legendären Vaters waren ihm nicht in die Wiege gelegt worden, und er war eher von schlichtem Gemüt.

So ließ er Ohlig, Herrn Dr. Ohlig, schalten und walten, auch als der, kurz nach seinem Eintritt, die Abkürzung *& Co.*, wie sie weltweit für *und Compagnie* steht und die meisten Privatbanken ziert, so auch Blumenthal seit 200 Jahren, kurzerhand nur noch *& CO* schreiben ließ, ohne Punkt und in Großbuchstaben – denn das waren, glücklicher Zufall, seine Initialen. CO für Christoph Ohlig! Sämtliche Firmenschilder, Briefköpfe, Visitenkarten, Formulare, Scheckvordrucke mussten geändert werden, eine sehr kostspielige Umtaufung. Wer sich im Hause der Rechtschreibreform, die allgemeines Kopfschütteln auslöste, nicht unterordnete, hatte mit ernsten Konsequenzen zu rechnen. Nur das Handelsregister ließ sich auf dieses Phantasiegebilde, das handelsrechtlich nicht existierte, nicht ein und beließ es bei allen Eintragungen beim üblichen *& Co.*. Und hier war selbst der Herr Doktor, zu seinem größten Leidwesen, machtlos.

Ohlig hatte schon einige Partner und so manche Direktoren hinausgeekelt. Seine Hackordnung erlaubte keine Missachtung, ob es sich um Dienstwagen, Papierstärke der Visitenkarten oder was auch immer handeln mochte. Interne Berichte, Mitteilungen, die in alphabetischer Ordnung auf der Empfängerliste Blumenthal vor ihm aufführten, landeten ungelesen im Papierkorb oder wurden – häufiger – mit einer entsprechenden Abmahnung an den respektlosen Absender zurückgegeben. So herrschte im Hauptsitz, diesem schönen Stadthaus aus der Jahrhundertwende an der Fürstenberger Straße ein Betriebsklima, das an eine Tiefkühlkammer erinnerte. Bei Direktionssitzungen durfte nur genickt werden; abweichende Meinungen oder zweifelnde Fragen kamen einer Majestätsbeleidigung gleich. Blumenthal war's recht so. Wenn er überhaupt im Hause war, drückte er sich die Nase am Bildschirm platt, um die Börsenkurse zu studieren – für sein persönliches Portefeuille, versteht sich. Es war das Einzige, was ihn in der Finanzwelt wirklich interessierte. Aber sehr häufig war er eben nicht in der Bank, um anderen Beschäftigungen nachzugehen, vor allem im sozialen Bereich. Denn menschliche Kontakte waren ihm sehr wichtig. Das konnte er beruhigt tun in der Gewissheit, dass der Partner Ohlig die domestizierte Mannschaft fest im Griff hatte.

Hinter vorgehaltener Hand wurde schon einmal die Frage gestellt, wie es der Herr Dr. Ohlig in nur wenigen Jahren geschafft hatte, einen so hohen Anteil an der Bank zu besitzen, fast soviel, wie Blumenthal geerbt hatte. Denn er kam aus einfachen Verhältnissen, und seine Bezüge als Vorstand einer Sparkasse, der er zuvor war, hätten niemals ausgereicht, ein solches Kapital anzusammeln. So wurde kolportiert, dass er bei zwei anderen großen Privatbanken hoch verschuldet sei. Man spekulierte, dass die großzügigen Kreditgeber auf diese Weise einen Fuß in der Tür von Blumenthal hätten. Denn wenn die Gerüchte stimmten, hätte er seine Anteile an sie verpfänden müssen.

Unter Ohligs Führung hatte sich das Haus nach Jahren der Stagnation wieder gefangen und befand sich in rascher Expansion. Die Luxemburger Tochter entwickelte sich zu Milchkuh der Gruppe. Das was weniger dem Können Jägers zu verdanken, sondern dem allgemeinen Boom, den Luxemburg zu der Zeit erlebte. Und so wurde der auf einer Woge der über ihn hereinschwappenden Geschäfte nach oben getragen. Bei den Gewinnen, die er jedes Jahr ablieferte, konnte er sich als Einziger einiges herausnehmen und ein loses Mundwerk leisten, und Ohlig ließ ihn gewähren wie niemanden sonst.

Jäger war ein ungeschlachter, glatzköpfiger Typ, Mitte 50, und wirkte trotz seines akademischen Hintergrundes eher ungebildet und stillos. Seine leicht vorstehenden Basedowschen Augen hatten etwas Verschlagenes. Er war nicht der Mensch, der Vertrauen einflößte, keiner, von dem man ein gebrauchtes Auto kaufen würde. So erstaunte es eher, dass er an der Spitze einer Bank stand, auch wenn er zweifelsohne das nötige Fachwissen mitbrachte. Eher hätte man sich ihn in Gummistiefeln und mit einer Mistgabel in der Hand auf einem Bauernhof vorstellen können. Sein überhebliches Auftreten und seine primitiven Witze machten ihn im Hause reichlich unbeliebt. Er war sich dessen durchaus bewusst, aber es störte ihn nicht. Schließlich konnte er es sich leisten.

Dank seiner starken Stellung hatte er es immer wieder

verhindern können, dass sich das Haus Blumenthal in der Schweiz engagierte, wo alle namhaften deutschen Banken mit Tochtergesellschaften vertreten waren. Blumenthal war eine der wenigen Ausnahmen. Der Grund war ganz simpel: eine Präsenz in der Schweiz hätte Konkurrenz für ihn bedeutet, Konkurrenz im eigenen Hause. So hatte er es stets verstanden, aufkommende Überlegungen in diese Richtung im Keime zu ersticken und Sondierungen bei Übernahmekandidaten zu torpedieren. Dabei war man sich in der ganzen Branche darüber einig, dass Luxemburg über kurz oder lang als Mitglied der Europäischen Union wegen seines Bankgeheimnisses unter Druck geraten würde, während die Schweiz außen vor geblieben war. Für Jäger war das alles dummes Geschwätz, Erkenntnisse aus dem Kaffeesatz oder der Kristallkugel.

6. Kapitel

ALTE KAMERADEN

Jäger hatte nach dem Studium der Volkswirtschaftslehre an der Uni Mannheim noch eine Banklehre bei der Handelsbank in Essen absolviert. Seit dieser Zeit im Ruhrgebiet pflegte er freundschaftliche Beziehungen zu einigen Managern der Eisen & Stahl AG, einem der größten deutschen Stahlhändler und Anlagenbauer. Auch später, als er sich beruflich verändert hatte, rissen die guten Kontakte nicht ab. Eines Tages, er war längst bei Blumenthal in Luxemburg, erhielt er den Anruf seines alten Bekannten Helmut Beit, der ihn dringend sprechen wollte. Dr. Beit, inzwischen über 70, war als ehemaliges Vorstandsmitglied der Eisen & Stahl seit einigen Jahren pensioniert. Als Berater war er jedoch immer noch für seine alte Firma tätig, vor allem auf dem Gebiet der Akquisition. Das war sein Metier, und über Jahrzehnte hatte er Großaufträge in der ganzen Welt hereingeholt, vor allem für die Lieferung von schlüsselfertigen Industrieanlagen. Man wusste seine internationalen Beziehungen zu schätzen, vor allem in der Dritten Welt, und war froh, dass er noch so fit und unternehmungslustig war.

Schon wenige Tage später saß der sehnige und durchtrainierte, fast asketisch wirkende Beit Jäger gegenüber in dessen Büro auf dem Boulevard Royal und erzählte ihm eine spannende Geschichte, die dessen Appetit anregte und einen ungeahnten Geldsegen erwarten ließ. Die beiden beendeten das anregende Gespräch mit einem ausgiebigen Lunch im *Saint Michel* in der Rue de l' Eau. Nach einem Glas Champagner Deutz genossen sie ihre Fines de Claires No 3, einen Loup de Mer aux Fenouils, eine Flasche Luxemburger Mosel aus Wormeldange und zum Abschluss eine Mousse au Chocolat und einen Espresso.

Beit war Jägers Gast, der ihn anschließend zum Flughafen Findel fuhr und versprach, schon in den nächsten Tagen mit Herrn Dr. Ohlig in Frankfurt diese Möglichkeit einer geschäftlichen Zusammenarbeit zu besprechen.

7. Kapitel

OUT OF AFRICA

Jäger vereinbarte mit Ohligs Sekretärin einen Termin für die kommende Woche und bat um etwas Zeit, den er habe mit dem Chef einen komplexen Vorgang zu besprechen. Ohlig erwartete ihn am vereinbarten Tag um elf Uhr und hatte für 13 Uhr einen Tisch für zwei Personen in einem *Séparée* des eleganten Gästecasinos der Bank reserviert. Keinem anderen Mitarbeiter war je eine solche Ehre zuteil geworden.

Jäger war pünktlich und legte los: Dr. Beit von der Eisen & Stahl AG sei ein alter Freund des Diktators Sana Alda im westafrikanischen Ongalo. Der habe schon lange die Idee, sein Land mit einer Aluminiumhütte zu beglücken und mit Beit, der ihn soeben in Luxemburg besucht habe, folgenden Plan ausgeheckt: Eisen & Stahl solle den Auftrag bekommen. Als Alibiübung würde man auch einige Wettbewerber einladen, ein Angebot zu unterbreiten, was aber an der Vergabe an die Essener nichts ändern würde, allerdings unter einer Vorraussetzung. Die Lieferungen müssten mit bis zu 100 Prozent überfaktuiert werden. Den *echten* Wert der Anlage schätze Beit auf 1 bis 1,2 Milliarden Dollar – man sei erst in der Vorplanung, und es gebe verschiedene Varianten-, berechnet solle aber schlussendlich etwa das Doppelte werden. Die kleine Differenz gehe an Alda und einige gute Freunde, die ihm dabei helfen würden. Da sich eine solche Lieferung und Errichtung über zwei bis drei Jahre hinziehe und sich aus unzähligen Einzelverschiffungen zusammensetze, würde das kaum auffallen, wenn man es nur geschickt genug anstelle. Dafür sollte es bei Beit an Erfahrung nicht mangeln. Explosion der Stahlpreise, unerwartete technische Probleme, Erhöhung der Frachtraten – und die nächste Ölkrise käme bestimmt-, also diese Preisaufschläge, verteilt auf viele kleine Teillieferungen, würden sich erklären lassen. Und man kannte dies doch von der öffentlichen Hand: jeder Verwaltungsneubau, jedes Rathaus, jede Brücke, kosteten schließlich 50 bis 100 Prozent mehr, als im Budget veranschlagt. In seinem Land war Alda ohnehin niemandem Rechenschaft schuldig und machte, was er wollte. Wer unbotmäßige Fragen stellte, riskierte, den nächsten Tag nicht mehr zu erleben. Blieben noch die finanzierenden Banken und die üblichen Kreditversicherungen, aber auch das würde man schon hinkriegen. Es wäre nicht die erste Übung dieser Art.

Die Differenz, das heißt die zuviel eingenommenen Gelder, würden – auch das wieder in zahlreichen Einzeltransaktionen – von der Eisen & Stahl an den Alda-Clan ausgezahlt unter den Titeln *Provisionen für Industriemakler*, die den Auftrag vermittelt hätten, *Honorare für Berater*, *Schmerzensgeld für umzusiedelnde Eingeborene* – Beits Arsenal war unerschöpflich. Natürlich hatte Alda bereits Konten in der Schweiz – wo sonst? – , aber für diesen neuen Geldregen wünsche er eine neue Bankverbindung, die absolut wasserdicht sein müsse. Das waren die anderen natürlich auch, aber für diese Transaktion, die selbst für seine Verhältnisse jeden Rahmen sprenge und doch recht kompliziert sei, wolle er eine neue Bank in der Schweiz, die guten Freunden gehöre und die mit ihm Hand in Hand arbeiten würden – nicht zu ihrem Schaden.

Auch ohne Jägers Breitwandgrinsen hatte Ohlig die Situation erkannt und meinte:

»Und warum erzählen Sie mir das alles? Wir haben nun mal keine Bank in der schönen Schweiz. Und wem verdanken wir das? Dem lieben Herrn Jäger!«

»Ach, das waren doch immer nur Scheißläden, die uns da angeboten worden sind.«

»Nein, mein Lieber, so war das nicht. Das Bankhaus Lippens zum Beispiel war geradezu ein Juwel, und dazu noch diese prachtvolle Villa, die wir ebenfalls hätten kaufen können. Aber Sie hatten wieder einmal ein Haar in der Suppe gefunden, der Laden war zu klein, die Villa zu teuer und, und, und. Auch Hochstätter & Co. war nicht uninteressant, aber da störten Sie die vielen Kreditengagements. Nee, mein Guter, Sie hatten immer panische Angst, Konkurrenz im eigenen Hause zu bekommen und einen Teil Ihrer Geschäfte an eine Schweizer Schwesterbank zu verlieren. Mindestens fünfmal haben Sie derartige Überlegungen kaputt argumentiert, und ich habe mich leider immer davon beeinflussen lassen. Da hätten Sie mal ein bisschen mehr als *Familie* denken sollen. Aber nichts für ungut, menschlich ist das ja verständlich.«

Das Wort *menschlich* aus dem Munde des Herrn Ohlig klang schon etwas karikaturistisch.

»Ihre Verdienste in Luxemburg sind immer voll anerkannt worden. Das sehen Sie schon an den exorbitanten Gratifikationen, die ich Ihnen jedes Jahr zukommen lasse, obwohl der größte Teil Ihres Geschäftes doch einfach so bei Ihnen hereingespült wird, vor allem durch uns hier in Frankfurt. Wir haben eben nichts in der Schweiz. Ich befürchte also, dass wir Ihrem schwarzen Häuptling mit der blütenweißen Weste nicht dienen können – oder soll ich mir jetzt eine Bank in der Schweiz aus dem Ärmel schütteln?«

Ohlig hatte sich in Fahrt geredet. In seiner grenzenlosen Geldgier sah er schon das Geschäft seines Lebens an sich vorbeiziehen, nur weil sein Haus keine Tochter in der Eidgenossenschaft hatte – und das dank Jäger.

»Wieso kann eigentlich die von Ihnen so bravourös geleitete Blumenthal Luxemburg nicht die Rolle der Privatbank guter Freunde übernehmen, der Ihr Buschmann seine Kohle anvertraut?«

»Für den gibt's nur die Schweiz – und natürlich Liechtenstein. Und auch die Eisen & Stahl will keinerlei Zahlungsverkehr mit Luxemburg in den Büchern haben, nachdem wir immer mehr unter Beschuss geraten und bei den Großbanken hier in Frankfurt schon mehrere Hausdurchsuchungen stattgefunden haben. Die haben auch zunehmend Bedenken wegen des Bankgeheimnisses, dem sie keine lange Zukunft mehr geben.«

»Sieh mal an! Und das aus Ihrem Munde. Was sind denn seit Jahren meine Argumente für einen Schritt in die Schweiz? Aber für Sie war das alles Astrologie oder so.«

»Ich sehe ja ein, dass wir jetzt froh wären, eine eigene Bank in der Schweiz zu haben«, meinte Jäger etwas kleinlaut – ein Novum bei ihm. »Aber sie wissen doch auch, dass der Druck auf Luxemburg erst in der letzten Zeit so massiv zugenommen hat. Das haben wir vor allem den Großbanken zu verdanken; wie unvorsichtig haben die ihre Kunden zu ihren Luxemburger Tochtergesellschaften geschleust. Das haben wir ja wohl etwas intelligenter angestellt. Und die blöden Kunden fahren mit Bargeld über die Grenze und kommen mit Kontoauszügen zurück. Wir müssen das dann schnellsten nachholen.«

»Schnellstens nachholen! Wie stellen Sie sich das vor? Etwa eine Neugründung!«

»Das dauert zu lange. Außerdem ist der Arbeitsmarkt leergefegt, und in Zürich oder Genf Büroräume zu finden, ist nahezu unmöglich. Bleibt nur eine Übernahme.«

»Wie lustig! Die Banken, die man übernehmen kann, liegen nur so herum. Vielleicht kann man eine per Katalog bestellen. Lippens und Hochstätter sind jedenfalls weg, das weiß ich. Und die anderen Projekte waren lange davor, die können wir ohnehin vergessen. Aber Moment mal. Vor ein paar Monaten hat uns doch dieser Münchener Unternehmensmakler – den Namen habe ich vergessen – eine Bank in Zürich angeboten, die Asiaten gehört, HongKong-Chinesen oder Koreanern, die dort wieder aussteigen wollen.«

»Japaner«, warf Jäger ein. »Das war die Interunion Bank, die von der Nippon Insurance Company kontrolliert wird. Ein absolut maroder Laden, den man mit der Zange nicht anfassen kann.«

»Dann besorgen Sie eine große Zange und packen's an!«

»Ist das Ihr Ernst?«

»Mache ich einen anderen Eindruck? Mein Gott, Jäger, Sie sind doch sonst nicht so begriffsstutzig. Wir benötigen schnellstens eine Bank in der Schweiz, oder warum sind Sie sonst hierher gekommen? Wir verhandeln eben nur über die eigentliche Gesellschaft mit Banklizenz, der Infrastruktur mit den Räumlichkeiten und dem Personal, das wir brauchen. Dann übernehmen wir allenfalls noch das Geschäft, das bei uns reinpasst. Und die Schlitzaugen lösen vor Übernahme alle Problemfälle, alle faulen Kredite, Prozessrisiken und was sich sonst noch so an Leichen im Keller angesammelt hat, heraus und überführen diesen Schrott in eine neue Gesellschaft, mit der sie sich dann weiter vergnügen können. Und für die Abwicklung brauchen die vermutlich nicht einmal eine Banklizenz. Wir übernehmen eine saubere, kleine Bank, notfalls auch ohne nennenswertes Geschäft – das bringen wir dann selbst ein.«

»Genial!«

»Hatten Sie etwas anderes von mir erwartet? Wie lange kennen wir uns eigentlich schon? So – und die Verhandlungen führen Sie. Mit Ihrer ungehobelten Art können Sie am besten der Gegenseite unsere Konditionen aufs Auge drücken und den Kaufpreis in Richtung Null. Schließlich lösen wir den Japsen ein Problem mit der Bankenaufsicht, die wahren ihr Gesicht – für Asiaten sehr wichtig – und wickeln dann in Ruhe ihre dunkle Vergangenheit ab.«

»Danke für die Komplimente! Wie heißt der Makler?«

»Habe ich vergessen. Meine Sekretärin gibt Ihnen nachher die Korrespondenz. Jetzt gehen wir erstmal essen.«

Sie fuhren mit dem Lift in den obersten Stock. Am Eingang des Casinos begrüßte Ohlig die wasserstoffblonde, üppige Bedienung mit einem Klaps auf den Po, den sie offensichtlich auch erwartet hatte. Zum Auftakt ließen sie sich einen trockenen Sherry kommen und orderten den Vorschlag des Tages: gemischter Salat, Rinderhüftsteak mit Ofenkartoffeln und grünen Bohnen. Zum Dessert gab's Obstsalat. Dazu bestellte der Boss eine Flasche Bourgogne *Nuits-St-Georges*. Während des Essens kreiste das Gespräch nur um dieses eine Thema. Sie beendeten ihren Lunch nach einer guten Stunde mit einem Espresso und einem Grappa und verabschiedeten sich von der freundlichen Bedienung, Ohlig wieder mit einem zärtlichen Klaps aufs Hinterteil, der testosteronverseuchte Jäger mit einem lüsternen Blick ins tiefe Dekolleté. Ohlig, der das Haus eiskalt, mit harter Hand führte, fehlte es an Persönlichkeit und Stil, um eine natürliche, aber respektvolle Distanz zu seinen Mitarbeitern zu wahren. So war seine plumpe Anbiederung bei den hübschen Servierdamen – es gab noch eine zweite, ebenso blond und willig – immer wieder Anlass zu spöttischen Bemerkungen und Spekulationen, was dem Respekt vor ihm nicht gerade förderlich war. Aber den hatte ohnehin keiner – eher Angst.

8. Kapitel

DIE ÜBERNAHME

Danach war alles sehr schnell gegangen. Das Haus Blumenthal & Co. (& CO!) verhandelte über die Übernahme der Interunion Bank, die einen denkbar schlechten Ruf genoss. Ursprünglich von ein paar Schweizern gegründet, war sie vor einigen Jahren von der japanischen Versicherung gekauft worden. Seitdem rissen die Skandale nicht ab. Die Interunion war immer dabei, wenn es um Vorkommnisse ging, die dem Image des Bankplatzes Schweiz eher abträglich waren. Man munkelte sogar von einem bevorstehenden Entzug der Banklizenz. Die Japaner versuchten bereits seit einiger Zeit, ihr Problemkind wieder loszuwerden, dessen Management sie offensichtlich nicht in den Griff bekamen. Bis anhin waren alle Vorgespräche mit potentiellen Käufern ergebnislos abgebrochen worden, wenn diese sich nach ersten Sondierungen schreckensbleich abgewandt hatten.

Der Makler aus München hatte nunmehr das Haus Blumenthal als möglichen Interessenten bei den Japanern eingeführt. In Frankfurt wunderte man sich, dass ausgerechnet Jäger mit den Verhandlungen beauftragt worden war, ausgerechnet er, der sich immer mit Händen und Füßen gegen ein Engagement in der Schweiz gewehrt hatte. Später sollte man mehr darüber erfahren. Jäger wurde bei seinen Gesprächen unterstützt von Christoph Lange, einem der Speichel leckenden Vasallen von Ohlig und zuständig für die Beteiligungen des Hauses, sowie von Dr. Eberhard, dem Justitiar der Bank. Der war ein umgänglicher, sympathischer Mensch, aber nicht gerade ein leuchtender Stern am Juristenhimmel. Jäger bezeichnete ihn als Idioten, was allerdings auch nichts besagte, denn für Jäger waren alle Kollegen beschränkt. Die Japaner hatten – schon für die vergangenen Verkaufsgespräche – eine der namhaftesten Züricher Anwaltskanzleien engagiert, Koller, Rahn & Partner, deren Sozius Dr. Urs Jäggi ein brillanter, aber auch aggressiver Verhandlungspartner war. Ihm konnte in der Tat der *Idiot* aus Frankfurt das Wasser nicht reichen. Aus Diskretionsgründen fanden die Gespräche nicht in der Bank, sondern in der Kanzlei in der Genferstraße statt.

Der Zeitdruck, unter dem die Verkäufer standen – die Bankenaufsicht drängte –, spielte zugunsten der Käufer. So war es Jäger mit seiner nassforschen Art gelungen, fast alle Forderungen durchzusetzen – trotz des sehr viel qualifizierteren Teams auf der Verkäuferseite. Erst später sollte sich herausstellen, dass eine solche Hoppla-Hopp-Übernahme ihren Preis hat, aber auch dabei hatten die Blumenthals noch Glück. Die Verkäufer hatten keineswegs alle Leichen aus dem Keller geräumt, was dem Jägerteam in der Eile, aber vor allem wegen des unprofessionellen Vorgehens, nicht aufgefallen war. Sie konnten allerdings noch im Nachhinein den Kaufpreis, der erst teilweise geleistet war, nach unten korrigieren. Auf der völlig überzogenen Gehaltsstruktur und den geradezu unglaublichen Pensionszusagen blieben sie dennoch sitzen, jedenfalls für die Mitarbeiter, die sie vertraglich übernommen hatten. So war die unfeine Interunion Bank unter die Fittiche der vornehmen Frankfurter Privatbank geraten und hatte ihren Firmennamen in Blumenthal Bank (Schweiz) AG umbenannt. Das Spiel konnte beginnen.

Zuvor sollte jedoch das persönliche Kennenlernen zwischen dem Alda-Clan und den Partnern der neuen Hausbank in Zürich, mit der man soviel vorhatte, organisiert werden. Sana Alda selbst traute sich schon seit Jahren nicht mehr aus dem Lande. Seine Befürchtungen, während seiner Abwesenheit könnte es zu einem Putsch kommen, waren nicht unbegründet. Schließlich hatte er das Land ausgeblutet und sich die Taschen voll gestopft, so dass er viele Feinde hatte. Auch ein Netz von mehreren Geheimdiensten, die sich gegenseitig bespitzelten, konnte ihm keine absolute Sicherheit garantieren. So wurden seine beiden Söhne, Kem und Mohamed Alda, auf die Reise geschickt.

In Begleitung von Jäger erschienen sie in ihrer malerischen ongalischen Stammestracht am Hauptsitz von Blumenthal in Frankfurt, wo sie von Moritz Blumenthal und Dr. Christoph Ohlig standesgemäß empfangen wurden. Man hatte sie in einem gepanzerten Mercedes vom Flughafen abholen lassen. Mit von der Partie war ein Dr. James Zawusi, ein enger Freund der Aldas.

Dieser bühnenreife Auftritt sorgte bei den Mitarbeitern für einiges Aufsehen. Die Gastgeber hatten für die Nachwuchsdiktatoren ein fürstliches Mahl im Gästecasino anrichten lassen, das jedoch nicht dem Hauskoch überlassen wurde, sondern dem Chef des *Restaurant Français* im Hotel Frankfurter Hof. Die blonde Bedienung musste bei diesem besonderen Anlass auf Ohligs Klaps verzichten. Ob es einen von schwarzer Hand gab, ist nicht überliefert.

Das Klima war ausgezeichnet, man verstand sich bestens, und die gemeinsame Geldgier sorgte für Harmonie. Sprachprobleme gab es keine; die beiden Jung-Schurken sprachen fließend englisch, in jedem Fall besser als Jäger und der Herr Dr. Ohlig, und der gute Freund, der sie begleitete, ebenso gut deutsch. Schließlich lebte der in Düsseldorf. Die Gastgeber würdigten ausgiebig die großen Investitionsanstrengungen Ongalos und deren Segen – für einige wenige.

Nach drei Stunden war das opulente Mahl beendet, und die Runde zog sich in den kleinen Konferenzraum der Partner zurück, um noch *technische Einzelheiten* der künftigen Zusammenarbeit zu besprechen. Hierfür brauchte man keine Zeugen, wenn sie auch noch so blond und sexy waren.

Jäger, der sich allgemeiner Unbeliebtheit erfreute, was ihm durchaus bewusst aber ebenso gleichgültig war, kam ausgerechnet bei den beiden Alda-Jünglingen gut an; hier stimmte offenbar die Wellenlänge – eigentlich nicht überraschend. Sicher hatten Beit und Zawusi gute Vorarbeit geleistet, schliesslich wollte man ein freundschaftlich – vertrauensvolles Verhältnis mit den neuen Bankern aufbauen. Nun äußerten die Aldas den Wunsch, dass Jäger persönlich sich um den neuen Reichtum kümmern möge. Andererseits wollte man – aus den bekannten Gründen – keinen Zahlungsverkehr mit Luxemburg aufbauen. So schlug Jäger vor, dass die Gelder, einmal bei Blumenthal-Schweiz angekommen, anschließend zur Luxemburger Schwester transferiert werden könnten. Ein solcher Zahlungsfluss, innerhalb derselben Bankengruppe und außerhalb der Grenzen der Bundesrepublik, würde dem deutschen Fiskus verborgen bleiben. Und zur Zeit funktionierte das Bankengeheimnis in Luxemburg ja noch; sollte der Druck verstärkt werden, müsse man unter Umständen das Konzept überdenken. Andererseits würden die Namen der glücklichen Geldempfänger nirgendwo auftauchen, da – selbstredend – Off-Shore-Gesellschaften die Kontoinhaber sein würden.

9. Kapitel

DER AKTENKOFFER

Wieder Herbst 1996.
Die beiden Kommissare Heinrichs und Schneider saßen den Zollbeamten, die Zawusi kontrolliert hatten, in dem kleinen Holzhaus am Grenzübergang Remich gegenüber. Sie waren natürlich angemeldet, und die Zöllner hatten eine Thermoskanne Kaffee und eine Flasche Mineralwasser bereitgestellt.
Der ältere und ranghöhere Beamte war sehr mitteilungsbedürftig und schilderte weitschweifend den Vorgang in allen Details, obwohl seine Besucher den Hergang aus dem zugefaxten Protokoll ziemlich genau kannten. Heinrichs' Geduld wurde arg strapaziert, bis er meinte:
»Entschuldigung, Herr Kollege, aber Sie haben ja dem Revier in Düsseldorf, bei dem Frau Zawusi ihre Vermisstenmeldung gemacht hat, den Bericht über Ihre Kontrolle übermittelt, und von dort wurde der natürlich an uns, also an die SOKO, weitergeleitet. Dank Ihrer äußerst präzisen Darstellung sind wir somit über den Ablauf ziemlich gut informiert und würden Ihnen jetzt gerne ein paar ganz gezielte Fragen stellen, wenn Sie erlauben.«
»Ja natürlich, aber…«
»Also, wer von Ihnen hat den Aktenkoffer überprüft?«
»Das war ich«, sagte der Jüngere. »Als der Chef mir die Autoschlüssel nach draußen brachte, hat er mir zugeraunt, er könne sich sehr gut vorstellen, dass sich Geld im Auto befände. Sie müssen wissen, unser Boss hat einen unheimlichen Riecher. Also habe ich mir als Erstes den Koffer genommen und mich damit in den Fond gesetzt; da hatte ich mehr Platz. Ich habe ihn neben mich auf die Sitzbank gelegt und zunächst einmal völlig ausgeräumt und von innen abgetastet. Da war so einiges Kleinzeug drin, Schreibmate-

rialien, ein kleines Diktiergerät, eine Menge Kugelschreiber und so weiter. Das habe ich alles auf die Seite gelegt und mir dann die Papiermasse vorgenommen. Es ist immer wieder erstaunlich, welche Phantasie die Leute aufbringen, um die ausgeklügelsten Verstecke zu erfinden, wie in unserem Fall ja auch, und wie leichtsinnig sie gleichzeitig sind mit Bankbelegen. Wie oft haben wir schon in Handtaschen eleganter Damen Visitenkarten von Luxemburger Bankdirektoren gefunden oder in einem Aktenkoffer zwischen Geschäftsunterlagen einen Kontoauszug oder eine Einzahlungsquittung. Oder sogar Geld. Manche verstecken ein paar Tausender – Noten in ihren Akten – das müssen Sie sich mal vorstellen.«

Der junge Zöllner hatte bei seinem Chef offensichtlich schon viel gelernt, zumindest, was das Redebedürfnis anging.

»Und dann weiter?« Heinrichs' Geduld wurde weiterhin hart auf die Probe gestellt.

»Sagten Sie *Papiermasse*?«

»Und ob. Dieser doch recht große Aktenkoffer war so voll gestopft, dass ich ihn nachher kaum wieder zubekam. Was die Leute alles so mitschleppen, aber der war ja ein Geschäftsmann, und unsereins hat davon keinen blassen Schimmer.«

»Können Sie sich erinnern, was das für Papiere waren?«

»In etwa schon. Aber man kennt sich ja darin nicht aus. Da gab's so zwei dünne Klarsichtfolien mit ein paar Briefen und Faxmeldungen und so; die habe ich nicht weiter gelesen, denn mir ging's darum, Belege oder Bargeld zu finden. Fehlanzeige. Dann gab's da drei, nein, vier Schnellhefter in verschiedenen Farben, blau, gelb, rosa und dunkelgrau. Auf dem Deckel waren die alle von Hand mit schwarzem Filzstift beschriftet, mit Buchstaben und Zahlen, zum Beispiel A/28. In diesen dünnen Ordnern waren wiederum viele Briefe, Gesprächsnotizen, Tabellen und alles Mögliche, das meiste auf Englisch. Und wissen Sie, mit meinem Schulenglisch ist's nicht so weit her. Ich wollte immer schon mal einen Intensivkurs machen; dafür bekommen wir sogar einen Zuschuss. Und wissen Sie, hier an der Grenze haben wir's doch oft mit Touristen zu tun, die kein Deutsch können. Also, ich muss da unbedingt was tun.«

»Gut«, meinte Heinrichs mit leichtem Seufzer, »ich nehme an, in diesen Ordnern haben Sie auch nichts gefunden.«

»So ist es. Dann habe ich mir den dicken Stapel vorgenommen, der mit einem breiten Gummiband oder eher einem Gurt zusammengehalten war. Das waren lauter Pläne, Konstruktionszeichnungen, wieder Tabellen, Berechnungen, endlose Zahlenfriedhöfe, Listen, und ich weiß nicht, was noch alles. Das Meiste war wieder auf Englisch – aber ich mit meinem Schulenglisch.«

»Ja, das sagten Sie schon. Und dann?«

»Ich habe alle Papiere durchgeblättert und nach Belegen und Geld abgesucht, nichts. Dabei bin ich ja nicht von so einem Riesenbetrag ausgegangen, wie wir ihn schließlich gefunden haben – dank der Nase vom Chef! Soviel Geld habe ich noch nie auf einem Haufen gesehen. Meistens haben die Leute, wenn sie von ihrer Bank zurückkommen, mal 10 oder 20'000 dabei. Ich habe auch die großen Pläne und Zeichnungen auseinander gefaltet, in denen man ja auch ein paar Tausender hätte verstecken können. Aber da war auch nichts.«

»Und was geschah dann?«, wollte Schneider wissen.

»Dann habe ich den ganzen Krempel wieder in den Koffer gepackt, der aber zunächst nicht mehr zuging. Ich habe dann das Kleinzeug an den Rändern verteilt und dann in die Mitte die Akten hineingequetscht. So konnte ich ihn mit Mühe wieder verschließen.«

»Und als Sie unseren Freund wieder abfahren ließen, hat er den Aktenkoffer, so wie er war, wieder mitgenommen?«

»Eindeutig«, meinte der Chef. »Der hat den gar nicht mehr geöffnet, und ich habe gesehen, wie er ihn auf den Boden vor dem Beifahrersitz gelegt hat, bevor er losfuhr. Aber – Entschuldigung – Sie erkundigen sich so intensiv nach diesem Aktenkoffer; stimmt etwas nicht damit, wenn ich mir die Frage erlauben darf? Es scheint doch, dass man in seinem Wagen alles in Ordnung gefunden hat, das heißt, das nichts auf Überfall oder Beraubung schließen lässt, sondern auf Selbstmord. Da müsste der Aktenkoffer doch auch noch da gewesen sein, oder?«

»War er auch«, sagte Schneider. »Ich habe den Wagen abgeholt und vorher inspiziert, obwohl das die Kollegen aus Trier auch schon gemacht hatten. Die Feinarbeit macht jetzt die Spusi in Düsseldorf. In den Aktenkoffer habe ich auch geschaut.«

»Dann haben Sie doch all die Papiere gesehen«, fand der junge Zollbeamte.

Heinrichs räusperte sich, warf Schneider einen Blick zu und überlegte einen Augenblick, ob er diesen mitteilungswütigen Kollegen die volle Wahrheit anvertrauen konnte. Schneider hatte sofort kapiert. Allerdings unterstanden die dem Amtsgeheimnis.

»Nun, dieser schöne Aktenkoffer zeichnete sich durch gähnende Leere aus«, sagte Heinrichs schließlich. »Aber dass das ja unter uns bleibt! Die Kollegen aus Trier haben der Presse schon viel zu viel erzählt.«

»Wie, was? Leer, nichts drin, ich glaub's ja nicht«, ereiferte sich der Jüngere.

»Nicht ganz«, entgegnete Schneider. »Darin befanden sich die beiden gelben Klarsichthüllen, die Sie erwähnten, und die noch ausgewertet werden müssen, und das sogenannte Kleinzeug, wie Sie es nennen, also ein Diktiergerät, eine Schreibmappe, eine Menge Kugelschreiber, eine Medikamentenschachtel, eine Lesebrille – nichts weiter von Belang. Aber Ihr dickes Aktenpaket und die Schnellhefter glänzten durch Abwesenheit. Aber nochmals: das ist streng vertraulich, zu niemandem ein Wort!«

»Sagten Sie Lesebrille? Niemals! Ich habe eben vielleicht nicht alle Gegenstände lückenlos aufgezählt, weil ich vieles für belanglos hielt. Aber ich habe alles noch sehr genau in Erinnerung; Sie dürfen mich gerne abfragen. Außerdem habe ich alles in dieser Kladde aufgelistet. Das Diktiergerät war ein flaches Sony, schwarz mit einem silberfarbenen Rand. Die Schreibmappe war aus schwarzem, glatten Leder, innen in der Mitte stak ein goldener oder vergoldeter Kugelschreiber der Marke Caran d' Ache, rechts ein Block A5 mit weißem Papier, unbeschrieben und ohne Druckspuren von früheren Eintragungen. Die linke Innenseite war mit rotem Leder ausgekleidet und hatte zwei kleine Fächer; in dem einen steckten ein paar Visitenkarten von Zawusi, im anderen einige Briefmarken. Ein ziemlich schickes Teil.«

»Bravo, sehr gut beobachtet, stimmt genau«, erwiderte Schneider.

»Dann gab's noch einen Stadtplan von Luxemburg, eine Art Katalog oder Preisliste von einem Weinhändler in Nittel-Beck hieß der, glaube ich, kann ich aber nachschauen-, ein kleines 20-cm-Lineal, farblos, Plastik oder Plexiglas, eine Handvoll Kugelschreiber und Filzstifte, billiges Zeug, mit *Meteor* markiert, vermutlich eine Kaufhausmarke, sowie einen gelben Stabilo-Boss-Marker. Mit diesen Stiften hat unser Mann augenscheinlich in den Akten gearbeitet, denn darin befanden sich viele Anmerkungen, Unterstreichungen, Korrekturen, Notizen am Rande in verschiedenen Farben. Vieles in Englisch, aber mein Englisch – gut, das sagte ich schon. Ach ja, die Medikamentenschachtel, es war Aspirin. Darin befand sich nur noch ein Blister, statt zwei, und auch in dem steckten nur noch zwei Tabletten. Sie sehen, ich habe auch da hineingeschaut. Es wäre nicht das erste Mal, dass wir in einer Pillenschachtel statt des Beipackzettels einen Bankbeleg oder einen Tausender gefunden haben. Das habe ich vom Chef gelernt, denn der hat eine unglaubliche Spürnase – aber ich glaube, das sagte ich schon.«

»Chapeau!« Schneider war beeindruckt. »Sie haben verdammt gut recherchiert und offenbar ein tolles Gedächtnis. Und die Lesebrille?«

»Da war keine. Ich bin doch nicht blöd. Wieso sollte ich denn die übersehen haben, nachdem ich den Koffer vollständig ausgeleert habe. Ich schwöre bei der Heiligen Jungfrau, es gab keine.«

»Bei aller Verehrung«, meinte Heinrichs, »die Heilige Jungfrau wollen wir mal da lassen, wo sie sich gerade befinden mag. Ich glaube kaum, dass deren kriminalistisches Fachwissen ausreicht, um uns hier weiterzuhelfen. Vielleicht steckte die Brille in der Innentasche.«

»Völlig ausgeschlossen! Die Innentasche habe ich mir doch ganz besonders vorgenommen, ist doch klar. Wie soll die Brille denn aussehen?«

»Das ist so eine kleine Halbbrille, superleicht, aus Kunststoff, wie man sie in Apotheken und selbst an Tankstellen kaufen kann, als Ersatz, wenn man seine eigene verlegt oder vergessen hat. Oder als Reserve.«

»Ich habe auch so eine«, meinte der Chef. »Ich habe sie immer im Auto – für alle Fälle. Die werden in so dünnen Metallhülsen verkauft.«

»Und in welcher Art Etui steckte denn die Brille?«

»In gar keinem, die lag lose im Aktenkoffer. Sie hat ein grellblaues Gestell.«

»Das finde ich jetzt merkwürdig«, fand der Ältere. »Die verkratzt doch, wenn man sie nicht schützt.«

»Sie können mich totschlagen, es gab keine Lesebrille, nie und nimmer.«

»Das würde uns auch nicht weiterhelfen, wir haben schon eine Leiche.«

Die vier Herren sahen sich ratlos an. Die beiden Besucher stellten noch ein paar Fragen und sahen, dass sie aufbrechen mussten. Es wurde knapp, um pünktlich in Esch-sur-Alzette zu sein.

»Wir danken Ihnen herzlich. Sie haben uns sehr geholfen, auch wenn wir noch völlig im Dunkeln tappen. Danke auch für den Kaffee – und nochmals: kein Wort an wen auch immer! Könnten Sie vielleicht bei der Arsteel, Herrn Dr. Unger, anrufen – hier ist seine Nummer – und ihm sagen, dass wir jetzt abfahren und möglicherweise ein paar Minuten später eintreffen als geplant. Wir müssen nämlich jetzt unterwegs noch ein paar Anrufe tätigen und sollten unsere Leitungen freihalten. Vielen Dank.«

Sie eilten zu ihrem Dienstwagen und nahmen die N13 in Richtung Esch. Schade, dass sie nicht ihr Blaulicht aufs Dach setzen konnten, aber das durften sie hier nicht.

»Wie bist du drauf gekommen, dass mit dem Aktenkoffer was nicht stimmt?«, wollte Schneider wissen, »wieder dein Riecher?«

»Der war's wohl – oder mein Bauch. Ich kann's dir nicht genau sagen. Irgendwie hatte ich ein komisches Gefühl, als du mir sagtest, dass der Koffer quasi leer sei. Das wollte mir nicht einleuchten nach so einer Arbeitssitzung.«

»Und was meinst du sonst?«

»Im Augenblick meine ich gar nichts. Ich muss erst mal meine kleine grauen Zellen zur Ordnung rufen, die spielen etwas verrückt. Auf jeden Fall glaube ich immer weniger an Selbstmord, und wir sollten uns auf die Akten konzentrieren. Ich hab's ja bekanntlich nicht so mit Zufällen, aber womöglich hat das Verschwinden der Unterlagen mit der Kohle im Reserverad gar nichts zu tun. Was haben wir? Wir haben eine Menge offenbar wichtiger Unterlagen, die eindeutig in einem Aktenkoffer lagen und jetzt, nachdem dessen Eigentümer tot ist, nicht mehr da sind. Dann haben wir eine Lesebrille, die allem Anschein nach vorher nicht in diesem Koffer lag – aber jetzt. Der Junge quasselt zwar viel, aber anscheinend hat der doch sehr sorgfältig kontrolliert und erinnert sich an jedes Detail. Außerdem hat er jeden Gegenstand in seiner Kladde notiert. Wieso sollte er ausgerechnet diese Brille übersehen habe? Und das bei dieser Farbe. Ruf doch schnell im Labor an, dass die unbedingt auch diese Brille auf Fingerabdrücke untersuchen.

Was hältst du von folgender Hypothese, die mir gerade in den Sinn kommt? Jemand war hinter den Papieren her – das viele Geld lassen wir mal außen vor – das heißt, er hat in diesen Unterlagen eine Information gesucht, einen Namen, einen Code, ein Fabrikationsgeheimnis, was auch immer. Er wusste, dass unser Freund von Luxemburg nach Deutschland unterwegs war und diese Akten dabei hatte, in denen sich diese Information befinden müsste. Dann hat er ihm irgendwo aufgelauert, ist ihm gefolgt, hat ihn überfallen und umgebracht, um an die Papiere zu kommen. Vielleicht hat er ihn auch vorher entführt, um ihn dann in dieser gottverlassenen Gegend zu erschiessen. Obwohl es keinerlei Indizien für eine Entführung gibt. Oder die beiden haben sich gekannt. Zawusi war Komplize und wollte die Papiere übergeben, vielleicht verkaufen. Immerhin ist er gemäß der Reifenspuren gezielt an diesen Ort gefahren. Der Mann auf dem Motorrad hielt sich nicht an die Verabredung, sondern hat ihn kaltblütig abgeknallt. Dann nimmt er sich den Koffer, um nach den fraglichen Papieren zu suchen. Dazu setzt er sich seine Lesebrille auf und...«

»Mir schwant was«, unterbrach ihn Schneider, der auf dem Beifahrersitz saß und gerade mit dem Labor telefoniert hatte.

»Dann ist unser Täter überrascht über diese Menge an Papier. Er befürchtet, dass das Suchen zu lange dauert. Vielleicht sind gerade ein paar Spaziergänger vorbeigegangen, oder ein Köter hat ihn angekläfft. Panikartig packte er das ganze Zeug in eine eigene Tasche oder Plastiktüte, denn den Aktenkoffer muss er zurücklassen, weil es nach Selbstmord aussehen soll. Deshalb lässt er auch ein paar Geschäftsunterlagen zurück, nämlich die Klarsichthüllen, nachdem er sich vergewissert hat, dass die nicht das enthielten, wonach er suchte. Da man feststellen würde, dass Zawusi von einer geschäftlichen Besprechung kam, durfte der Aktenkoffer nicht völlig leer sein. Und in der Eile hat er seine Brille vergessen.«

»Eine gewagte Hypothese, aber so könnte es sich abgespielt haben. Und wenn Zawusi die Unterlagen vorher irgendwo hinterlegt hat, wo er sie sicher wähnte? Nehmen wir mal an, er hat ein Konto bei Blumenthal, warum dann nicht auch ein Safe? Dort hat er seine Akten hineingelegt. Dann ist er an den geheimnisvollen Ort gefahren, wo er eigentlich das Geld übergeben sollte, um seinem *Geschäftsfreund* mitzuteilen, dass man ihm leider soeben an der Grenze alles weggenommen habe. Aber das erklärt wiederum nicht die Sache mit der Brille.«

»Das kann ich mir so nicht vorstellen. Wenn er die Papiere in die Bank bringen wollte, wäre er doch von Mondorf direkt nach Luxemburg-Stadt gefahren und von dort ausgereist. Aber er ist in Remich über die Grenze und hatte das Zeug dabei. Ich glaube, das wird eine harte Nuss. Aber jetzt hören wir uns erst einmal die Herren von der Arsteel an.«

Mit knapp einer Viertelstunde Verspätung kamen sie am Fabriktor des Werkes Esch-sur-Alzette an; der Pförtner hatte sie bereits erwartet und geleitete sie zum Verwaltungsgebäude. Dr. Unger, ein Mittfünfziger mit schütterem Haar, kam ihnen am Eingang entgegen und begrüßte sie freundlich. Es war der Leiter dieses Werkes. Er führte sie in einen Konferenzraum, wo Herr Harms, verantwortlich für den Stahlbau, sowie Herr Beimer, stellvertretender Exportleiter am Hauptsitz, bereits auf sie warteten. Auch Commissaire Heintz, der luxemburgische Kollege, war da. Dies war mehr eine Formsache; in die eigentlichen Ermittlungen würde er voraussichtlich kaum eingeschaltet werden. Frau Thilges, Ungers Sekretärin, betrat das Besprechungszimmer, bot Getränke an und setzte sich mit an den Tisch, offensichtlich, um Protokoll zu führen.

Man stellte sich gegenseitig vor, und die Besucher aus Düsseldorf entschuldigten sich für die Verspätung. Alles Anwesenden waren Luxemburger und sprachen somit fließend deutsch, mit diesem singenden Moselaner Tonfall.

Heinrichs war froh, denn mit seinem Schulfranzösisch war's nicht so weit her. Und in diesem Moment bekam er ein schlechtes Gewissen. War ihm doch vorhin der junge Zöllner auf den Nerv gegangen, weil der dauernd sein mäßiges Englisch betont hatte. Beneidenswert, wie die Luxemburger mit zwei Muttersprachen aufwuchsen, das heißt neben ihrem Dialekt, dem *Letzeburgischen* fließend deutsch und französisch sprachen. Heinrichs bedankte sich, auch im Namen seines Kollegen, für die Bereitschaft zu diesem Gespräch, und er ging davon aus, dass man über den Vorfall informiert sei.

»Wir stehen noch unter Schock«, sagte Unger. »Der gute Zawusi, vor ein paar Tagen hat er noch hier gesessen – und jetzt das. Wir können es noch immer nicht fassen. Gibt's denn schon erste Erkenntnisse?«

»Wir stehen erst am Anfang unserer Ermittlungen«, erwiderte Heinrichs, »und dazu sollten wir möglichst viel darüber wissen, wie und wo und mit wem er die letzten Tage, ja Stunden vor seinem Tod verbracht hat. Daher interessiert uns natürlich ganz besonders diese Sitzung bei Ihnen am Vortage. Natürlich wollen wir keine Geschäftsgeheimnisse erfahren, aber wir wären schon gerne darüber informiert, um was es hierbei ging. Wie wir seine Frau verstanden haben, handelt es sich um eine Aluminiumfabrik in Westafrika, die wohl von Ihnen gebaut werden soll und wobei Dr. Zawusi die Rolle eines Vermittlers oder Beraters hatte. Stimmt das in etwa?«

Unger räusperte sich und sagte: »Nun ja, ich muss Sie da etwas korrigieren. In der Tat geht es um das Projekt einer Aluminiumhütte im westafrikanischen Ongalo, dem Heimatland Zawusis. Dass wir das Werk errichten sollen, stimmt nicht ganz. Wir sind in erster Linie Stahlkocher, gehören zu den ganz Großen der Welt, aber wir sind keine Anlagenbauer. Das ist ein anderes Metier. Dafür gibt es Generalunternehmer oder *General Contractors*, wie man sie in der Regel nennt, die solche Industrieanlagen, wie Chemiefabriken, Automontagewerke oder, wie hier, eine Alufabrik, schlüsselfertig liefern. Deren eigener Produktionsteil ist häufig sehr gering, manchmal sogar gleich Null. Das heißt, die vergeben das Projekt an Unterlieferanten, sogenannten *Sub-Contractors*. Sie selbst sind natürlich der *Chef* d' *Orchestre* und koordinieren und leiten das gesamte Unterfangen. Und so ein Zulieferer wären wir, falls das Projekt zustande kommt und wir den Zuschlag erhalten. Wir wären dann ein besonders wichtiger Zulieferer, denn bei solchen Anlagen wird naturgemäß viel Stahl benötigt, und zwar in den unterschiedlichsten Formen, vor allem aber für Stahlkonstruktionen. Das ist bei uns der Stahlbau, wofür unser Herr Harms zuständig ist, also die Verarbeitung unseres eigenen Stahls zu Trägern für Hallenkonstruktionen und deren Aufbau. Dann benötigt man bei solchen Anlagen viel Beton, und das Moniereisen dafür stellen wir auch her. Für die Werkbahn wird Schienenmaterial benötigt – wieder Stahl. Jetzt habe ich etwas ausgeholt, aber ich glaube, das war als Hintergrundinformation nützlich.«

Unger machte eine kurze Pause und fuhr fort: »Für solche Anlagen gibt es normalerweise eine öffentliche Ausschreibung, zumindest in demokratischen Ländern. Nun wissen Sie sicher, dass Ongalo nicht gerade zu dieser Kategorie gehört, sondern autoritär von Sana Alda geführt wird. Der ist niemandem Rechenschaft schuldig und entscheidet nach Gutdünken. Das muss man einfach wissen. Das heißt aber wiederum nicht, dass er nicht verschiedene potentielle Generalunternehmer einlädt, ein Gebot abzugeben, um Konzeption, Qualität und Kosten zu vergleichen. Und in dieser Vorphase befinden wir uns erst. Es handelt sich also auch um eine Art Ausschreibung, nur ist die nicht öffentlich. Dr. Zawusi ist – war in der Tat ein Mittelsmann, der im Auftrag seines Heimatlandes mit solchen potentiellen Lieferanten Kontakt aufgenommen hat. Da ist einmal ein großes Unternehmen im Ruhrgebiet im Gespräch, aber auch ein französisches Konsortium, ein italienischer Konzern, sowie ein amerikanischer und ein kanadischer Aluminiumhersteller. Das alles spielt sich in höchster Diskretion ab, um die ich Sie auch bitten möchte.

Da wir, wie ich eben erwähnte, keine kompletten Anlagen liefern, sind wir in dieser Phase noch gar nicht involviert. Mit anderen Worten: wir werden kein Angebot an Ongalo abgeben, sondern nur für unseren Stahlanteil an einen Generalunternehmer, wenn der uns dazu einlädt. Der wäre unser Vertragspartner, der sucht sich seine Unterlieferanten aus. Nun ist es in diesem speziellen Fall so, dass wir Herrn Zawusi seit vielen Jahren kennen und auch schon einige Projekte mit ihm realisiert haben. Andererseits haben wir enge Kontakte mit dem potentiellen deutschen Generalunternehmer. Es ist die Eisen & Stahl AG in Essen. So hat uns Zawusi vor einiger Zeit zusammen mit einem Vorstandsmitglied der Eisen & Stahl aufgesucht, um dieses Projekt mit uns zu besprechen. Aber selbst, wenn die Essener den Auftrag bekommen, heißt das noch nicht, dass wir mit von der Partie sind, denn auch hier befinden wir uns im Wettbewerb mit den Konkurrenten von der Ruhr, aus Belgien, Großbritannien, Italien und so weiter. Andererseits könnten wir auch bei einem anderen Generalunternehmer zum Zuge kommen. Wie Sie sehen, ist das Ganze sehr komplex. Dazu kommt, dass das Projekt bis jetzt in der Öffentlichkeit in Ongalo nicht bekannt ist. Um die Transportkosten später möglichst gering zu halten, soll das Werk direkt an der Küste errichtet werden und einen eigenen Hafen erhalten. Der direkte Zugang zum Meer ist aber in Ongalo sehr schmal, die Küste ist nicht sehr lang. Die Auswahl an Standorten ist somit sehr begrenzt. Aber wo immer man dieses Riesenwerk errichten wird, müssen einige Dörfer platt gemacht werden. Können Sie sich die politische Brisanz vorstellen? Es kann zu Revolten kommen, zu Sabotageakten, die auch für Aldas harte Hand kein Zuckerschlecken sein dürften. Daher die strikte Geheimhaltung!

Die Sitzung mit Zawusi war rein technischer Natur. Sie wissen, dass er selbst Ingenieur war und für uns immer ein äußerst kompetenter Verhandlungspartner. Wie sind also mit ihm den ganzen Tag lang unsere Konzeption, unsere Konstruktionen und natürlich auch unsere Kalkulationen durchgegangen. Ja, mehr kann ich dazu kaum sagen.«

»Das war sehr aufschlussreich«, antwortete Heinrichs. »Wir haben viel gelernt, und selbstverständlich werden wir alle diese Informationen streng vertraulich behandeln. Sie können sich auf uns verlassen.«

»Was kann ich sonst noch für Sie tun? Stellen Sie uns Ihre Fragen, und wir werden uns bemühen, sie so gut wie möglich zu beantworten. Schließlich sind wir auch daran interessiert, dass dieser tragische und mysteriöse Tod aufgeklärt wird. Um ehrlich zu sein, an einen Selbstmord, worüber in der Presse spekuliert wird, glaubt hier kein Mensch.«

»Wir müssen allen Hypothesen nachgehen«, warf Schneider ein. »Was uns besonders interessiert, ist der Ablauf des Tages bei Ihnen. Kam Zawusi alleine, war von der Eisen & Stahl denn niemand dabei?«

»Das wäre normal gewesen, denn, wie ich Ihnen schon sagte, wäre die unser potentieller Vertragspartner. Es war auch vorgesehen, aber der zuständige Herr erkrankte im letzten Moment. Und angesichts der engen Zusammenarbeit Zawusis mit den Essenern und mit uns einigten wir uns mit der Eisen & Stahl, dass Zawusi sozusagen stellvertretend für sie mit uns das Projekt studieren sollte, um sie anschließend ausführlich zu informieren. Außerdem hatten wir einen sehr vollen Terminkalender, und beide Seiten wollten keine Zeit verlieren. Deswegen haben wir ihm auch alle Unterlagen mitgegeben, das war eine Menge Papier. Von unserer Seite haben wir drei an der Sitzung teilgenommen und Frau Thilges für die Protokollführung, und dann haben wir zu dem einen oder anderen Detail noch Spezialisten dazu gebeten. Ich kann Ihnen diese Herren gerne benennen oder vorstellen, wenn...«

»Ich denke, das wird im Augenblick nicht nötig sein.«

»Die Sitzung begann morgens um zehn Uhr, hier in diesem Raum. Dr. Zawusi war schon am Vortag angereist und hatte im *Le Royal* in Luxemburg-Stadt übernachtet. Er war etwas verspätet, was sonst nicht seine Art ist, denn wir wollten eigentlich um 9:30 Uhr anfangen. Er rief kurz vorher an und sagte, er sei noch aufgehalten worden, sei aber bis zehn bei uns. Da wir ein Riesenprogramm zu bewältigen hatten, verzichteten wir auf das Mittagessen und haben uns aus der Kantine ein paar Sandwichs kommen lassen. Schon am späteren Nachmittag entschied sich Zawusi, nicht mehr am Abend nach Düsseldorf zurückzufahren und er rief in unserer Gegenwart seine Frau an, um sie zu informieren. Frau Thilges hat ihm dann ein Zimmer im *Le Parc* in Mondorf reserviert, und wir haben vorgeschlagen, den Tag mit einem Abendessen in einem Sterne-Restaurant in Frisange zu beschließen. Von dort sind es nur noch ein paar Minuten bis Mondorf. Gegen 19:30 Uhr trafen wir im Restaurant ein, und zwischen halb zehn und zehn brachen wir wieder auf.

Wir hatten am nächsten Tag ein strenges Programm: Herr Harms und ich mussten schon früh nach London, und Herr Beimer erwartete eine indische Delegation.«

Dieser Tagesablauf entsprach genau Zawusis Angaben am Zoll. Heinrichs ergriff wieder das Wort:

»Darf ich fragen, wie Sie dort hingekommen sind und wie es nachher weiterging?«

»Herr Beimer fuhr mit mir in meinem Wagen, und Herr Harms stieg in den Mercedes von Zawusi. Beide Wagen haben wir auf dem Parkplatz des Restaurants abgestellt Nach dem Essen sind beide Kollegen zu mir ins Auto gekommen, und ich habe sie zuhause abgesetzt. Herr Harms wohnt ganz in meiner Nähe, und Herr Beimer, der in der Stadt Luxemburg wohnt, hat im Gästezimmer der Familie Harms übernachtet, um am nächsten Morgen mit mir zum Flughafen zu fahren. Und unser Gast ist die paar Kilometer nach Mondorf alleine gefahren; er kannte den Weg und auch das Hotel, in dem er schon einige Male übernachtet hatte.«

»Und fahrtüchtig war er auch?«, fragte Schneider. »Entschuldigung, ich bin Polizist.«

Unger lachte. »Ja, ja, wir waren alle fahrtüchtig. Wir hatten uns mit dem Alkohol sehr zurückgehalten, vor allem, da wir noch fahren mussten und einen anstrengenden Tag vor uns hatten. Zawusi habe ich ausdrücklich gefragt, ob er noch fahren könne oder ob ich ihn am Hotel absetzen solle. Das sei überhaupt kein Problem, meinte er, er habe ja nur am Wein genippt. Dafür werde er sich noch einen Whisky in der Hotelbar genehmigen.«

Heinrichs meldete sich wieder zu Wort: »Sagen Sie, bei einer solchen Arbeitssitzung gibt´s doch eine Menge Papier, und Sie sagten schon, dass Sie Herrn Zawusi umfangreiche Unterlagen mitgegeben hätten, um sie mit der Essener Firma zu besprechen. Wie ging das genau vor sich?«

»Es gab in der Tat eine Menge von Dokumenten, Konstruktionszeichnungen, Kalkulationen, Materiallisten – ich erspare Ihnen die Einzelheiten. Am Ende der Sitzung haben wir diese Akten alle in unserem Safe versorgt; die sollten nun wirklich nicht in die falschen Hände geraten. Nicht auszudenken.«

»Und Zawusi?«

»Der hatte einen ziemlich voluminösen Aktenkoffer

dabei. Darin hatte er schon ein paar dünne Schnellhefter; was das genau war, wissen wir nicht, geht uns auch nichts an. Aber sie betrafen unser Projekt, denn ab und zu hat er mal hineingeschaut und sich ein paar Notizen gemacht. Nachher hatte er Mühe, die Papiere, die er von uns bekommen hatte – Frau Thilges hatte sie mit einem breiten Gummiband zusammengebunden – auch noch in seinem Koffer unterzubringen. Er hat daher ein paar Sachen herausgenommen, einen Rasierapparat, eine Kleinbildkamera, zwei Bücher, ich glaube, das war's. Frau Thilges hat diese Dinge in eine Plastiktüte gesteckt, und so gelang es ihm schließlich, unser Konvolut in seinem Koffer unterzubringen; so gerade eben konnte er noch den Deckel schließen.«

»Und als Sie dann ins Restaurant fuhren – was geschah dann mit dem Aktenkoffer?«, wollte Schneider wissen.

»Den hat er in den Kofferraum gelegt«, antwortete Harms. »Ich bin ja mit ihm gefahren. Vorher hat er noch die Plastiktüte in die Reisetasche gesteckt, die auch im Kofferraum lag.«

»Und als Sie beim Restaurant ankamen, hat er den Koffer im Wagen gelassen?«

»Nein, er hat ihn mit hineingenommen. Wir wollten zwar nicht mehr arbeiten beim Essen, aber das war ihm doch sicherer. Und wie das so geht, beim Essen kam dem einen oder anderen von uns doch noch eine Frage in den Sinn. Zawusi hat dann einmal eine schwarze Schreibmappe aus dem Aktenkoffer genommen und sich Notizen gemacht und den Koffer dann wieder neben seinen Stuhl gestellt.«

»Und als Sie wegfuhren?«

»Hat er ihn neben sich auf den Beifahrersitz gelegt.«

Unger hatte Mühe, seine Nervosität zu verbergen und sagte zu Heinrichs gewandt: »Darf ich mir denn auch mal eine Frage erlauben?«

»Klar doch!«

»Mir fällt auf, dass sich Ihre Fragen mehr und mehr auf diesen Aktenkoffer konzentrieren – ist was damit? Gemäß Presseberichten deutete doch nichts auf einen Überfall oder eine Beraubung hin; dann müsste der doch unversehrt in seinem Auto gefunden worden sein. Oder täusche ich mich da?«

Heinrichs hatte blitzschnell realisiert, dass er jetzt höllisch aufpassen musste. Auf keinen Fall durfte er diesen Herren die volle Wahrheit sagen, zumindest jetzt noch nicht. Zwar zweifelte er nicht an deren Seriosität – und sympathisch und offenbar kooperativ waren sie auch – , aber die Arsteel war involviert, und der Aktenkoffer schien extrem wichtig für sie. Der Begriff *Industriespionage* schoss ihm durch den Kopf. Er musste unter allen Umständen vermeiden, dass die Arsteel-Leute jetzt womöglich auf eigene Faust Nachforschungen anstellten und seine eigenen Ermittlungen störten. Sozusagen als Selbstschutz und um weitere Fragereien im Keime zu ersticken, wechselte er in einen eher schroffen Ton, wie's sonst nicht seine Art war. »Der Koffer lag unversehrt im Wagen; mehr kann ich dazu nicht sagen.«

Unger reichte das nicht, und er wandte sich nun an Schneider: »Entschuldigen Sie, aber Sie haben doch den Wagen bei Ihren Kollegen in Trier inspiziert und dann nach Düsseldorf gebracht. Dann haben Sie doch sicher diesen Aktenkoffer auch gründlich überprüft.«

Schneider hatte ebenfalls die Brisanz der Situation begriffen und sagte: »Tut mir leid, Herr Dr. Unger, aber ich bin nicht befugt, über Einzelheiten unserer laufenden Ermittlungen zu sprechen. Aber ich will nicht unhöflich sein und kann Ihnen folgendes verraten: nachdem der Mercedes von den Kollegen bereits eingehend untersucht worden war, habe ich ihn nach Düsseldorf gefahren – das ist richtig –, aber ich selbst habe ihn nicht nochmals wirklich unter die Lupe genommen. Das geschieht zurzeit bei der Spurensicherung in Düsseldorf. Mehr kann ich Ihnen beim besten Willen nicht sagen.«

»Ja, vielen Dank! Wenn Sie mir dennoch eine letzte Frage gestatten: darf ich zumindest davon ausgehen, dass sie den Aktenkoffer gesehen und einen Blick hineingeworfen haben?«

Schneider antwortete wahrheitsgemäß, ohne die volle Wahrheit zu sagen: »Sie machen's mir nicht leicht. Wie Herr Heinrichs schon sagte, lag der Koffer unversehrt im Wagen und enthielt Geschäftsunterlagen.« Das war nicht gelogen, schließlich waren die beiden Klarsichthüllen auch Geschäftsunterlagen – nur sicherlich nicht ganz das, was sich der Herr Unger darunter vorstellte.

»Jetzt noch was ganz anderes«, nahm Heinrichs das Gespräch wieder auf. »Sie wissen ja – es stand in den Zeitungen-, dass man im Kofferraum unseres lieben Freundes, sehr raffiniert versteckt, eine Menge Geld gefunden hat. Direkte Frage mit der Bitte um eine ebenso direkte Antwort: stammte das Geld von Ihnen?«

»Um Gottes Willen«, empörte sich Unger, »wo denken Sie hin?«

»Entschuldigen Sie, aber irgendwo muss das Geld ja herkommen. Also hat's ihm jemand mitgegeben, oder er hat es bei einer Bank abgehoben. Nun war er den ganzen Tag bei Ihnen, so dass die Frage doch nahe liegt. Und wir glauben zu wissen, dass bei dieser Art von Geschäften eine Menge Provision fließt, N.A.s nennt man das, glaube ich.«

Es war eine Fangfrage, denn die Kommissare wussten, wo das Geld abgehoben worden war. Aber die Reaktion der Arsteel-Manager hätte vielleicht Rückschlüsse auf eine Mitwisserschaft erlaubt.

»Mit den Provisionen, das stimmt. Ist auch normal. Aber wir zahlen keine Bestechungsgelder, denn an so etwas denken Sie doch wohl, oder? Ich sagte Ihnen auch schon, dass wir keine Anlagenbauer sind und mit diesen Drittweltländern nicht direkt verhandeln, so dass sich auch für uns die Zahlung derartiger Gelder nicht anbietet. Unsere Partner sind die Generalunternehmer, und da wird nicht bestochen. Das dürfen Sie mir glauben. Dem Stil unseres Hauses entspricht das jedenfalls nicht.«

»Sie zahlen also niemals Provisionen?«

»Das habe ich nicht gesagt. Wenn ich eine Zahlung leiste an einen Entscheidungsträger in einem korrupten Land, um einen Auftrag hereinzuholen, dann ist das Bestechung. Wenn mir aber jemand ein Geschäft zuführt, von dem ich womöglich noch gar nichts wusste, und ich zahle diesem Jemand im Nachhinein eine Vermittlungsprovision, dann ist das alles andere als Bestechung oder illegal. Nehmen Sie den Immobilienmarkt: ein Makler erfährt von den Verkaufsabsichten eines Hausbesitzers und führt dem einen Interessenten zu, obwohl er kein Mandat hat. Der Deal kommt zustande, und dann ist es doch völlig normal, wenn sich der Verkäufer für diese, selbst ungefragte, Vermittlung mit einer Provision bedankt. Wenn wir den Auftrag bekommen, über den wir gerade sprechen – und das dank Zawusi, dann bekommt der eine Provision – aber nachher. Das läuft dann ganz offiziell und nicht als Bargeld im Kofferraum. Eine seiner Firmen stellt uns eine Rechnung, und wir überweisen den Betrag an seine Bank. Bei uns läuft das durch die Bücher, und bei ihm dürfte das auch nicht anders sein. Wie sollte er's sonst auch machen, wenn ihm ein großer Betrag von einer unserer Banken überwiesen wird?«

»Nichts für ungut«, sagte Heinrichs, »aber wir müssen solche Fragen stellen; ich bitte um Verständnis. Haben Sie denn eine Ahnung, woher das Geld stammen könnte? Kennen Sie das Bankhaus Blumenthal?«

»Also zum ersten Teil Ihrer Frage: ein klares Nein! Ich weiß nur, dass er am Vortag bereits in Luxemburg-Stadt war, das sagte ich schon. Aber wen er dort getroffen hat oder wo er war, wissen wir nun beim besten Willen nicht. Er hatte aber offenbar noch am Morgen vor der Sitzung bei uns einen Termin, durch den er etwas verspätet war; auch das sagte ich schon.

Nun zu Ihrer Frage nach Blumenthal: das Haus ist uns natürlich ein Begriff als eine der feinen, alten deutschen Privatbanken. Die haben auch hier in Luxemburg eine Tochter, aber wir arbeiten nicht mit denen. Wir von der Technik haben in der Regel mit diesem Bereich nichts zu tun, aber soviel wissen wir schon. Diese Privatbanken sind zu klein, um bei der Finanzierung von Großprojekten mitzuwirken. Deren Geschäft ist die Vermögensverwaltung für wohlhabende Privatleute. Manche betreiben sicherlich auch ein gewisses Kreditgeschäft – bei Blumenthal weiß ich das nicht –, aber doch wohl eher mit mittelständischen Unternehmen, vor allem wenn der eine oder andere dieser Firmeninhaber ein Privatkunde bei ihnen ist.

Vor ein paar Wochen bin ich mit unserem Finanzvorstand nach New York geflogen, und unterwegs kam die Rede auf unsere Bankverbindungen; ich weiß nicht mehr, in welchem Zusammenhang. Dabei fiel auch der Name Blumenthal, und daher weiß ich, dass dieses Institut nicht zu unseren Hausbanken gehört. Bei dieser Gelegenheit erwähnte unser Finanzchef, der natürlich alle Banker hier am Platze kennt, dass er den Leiter von Blumenthal-Luxemburg – den Namen habe ich vergessen – nicht ausstehen kann. Es soll ein merkwürdiger Typ sein, arrogant und undurchsichtig und in hiesigen Bankerkreisen anscheinend sehr unbeliebt. Aber bitte zitieren Sie mich nicht. Warum fragen Sie mich eigentlich?«

»Nur so«, entgegnete Heinrichs lakonisch. »Meinen Sie, Zawusi habe mit denen Kontakt gehabt?«

»«Der hat den Namen mal erwähnt, ich erinnere mich jetzt vage. Aber ob der mit denen gearbeitet hat oder selbst ein Konto dort hatte, das weiß ich nun wirklich nicht. Ich denke noch einmal darüber nach und lasse Sie es wissen, wenn mir dazu etwas einfallen sollte.«

Die beiden Kommissare waren der Ansicht, dass sie, zumindest für den Augenblick, genug erfahren hätten.

»Wir möchten uns sehr herzlich bedanken«, sagte Heinrichs. »Ich denke, Sie haben uns ein Stück weitergeholfen. Natürlich werden wir Sie über den Fortgang unserer Ermittlungen unterrichtet halten, und wir können natürlich nicht ausschließen, dass sich noch weitere Fragen ergeben könnten. Also, nochmals besten Dank!«

»Auch wir danken. Wir sind natürlich sehr daran interessiert, dass sich dieser tragische Fall möglichst bald aufklären wird. Abgesehen von der menschlichen Tragödie, steht für uns auch einiges auf dem Spiel. Wissen Sie, diese Unterlagen, die wir Zawusi mitgegeben haben, sind das Ergebnis wochenlanger Detailarbeit hoch spezialisierter Kollegen. Das sind eine Menge Betriebsgeheimnisse drin, und es wäre nicht auszudenken, wenn die in falsche Hände gerieten. Aber bei Ihnen ist das ja alles sicher.«

»Von dem, was uns übergeben worden ist, wird nachher nicht eine Büroklammer fehlen«, meinte Schneider.

Dass sich auch nicht viel mehr in diesem verflixten Aktenkoffer befunden hat, als die Polizei ihn sicherstellte, konnten die Herren von der Arsteel nicht ahnen. Heinrichs hatte fast ein schlechtes Gewissen, aber er musste diesen Tatbestand für den Augenblick für sich behalten.

Man verabschiedete sich, und die beiden Besucher fuhren auf dem Rückweg noch über Mondorf-les-Bains, um im Hotel vielleicht noch etwas mehr über Zawusis Aufenthalt und seine Abreise zu erfahren. Die Ausbeute war jedoch eher dürftig. Er habe kurz vor 22 Uhr eingecheckt, sein Zimmer übernommen und das Gepäck abgestellt, eine Reisetasche und einen Aktenkoffer. Die Rezeptionistin und der Hotelboy, der ihn aufs Zimmer begleitet hatte, erinnerten sich genau. Schon nach wenigen Minuten sei er wieder herunter gekommen und habe sich an die Bar gesetzt. Auch der Barkeeper war seiner Sache sicher: Zawusi habe einen Scotch-on-the-rocks bestellt und später noch einen zweiten. In der Bar habe es noch ein paar andere Gäste gegeben, Engländer. Der Afrikaner sei alleine gewesen, habe in ein paar Zeitungen geblättert und keinerlei Kontakt mit den anderen Barbesuchern gehabt. Etwa eine Stunde sei er geblieben und dann mit dem Lift nach oben gefahren. Am nächsten Morgen habe er kurz nach neun Uhr ausgecheckt und sei vermutlich sofort abgefahren. Das wisse man zwar nicht genau, jedoch habe man ihn, nachdem er seine Rechnung bezahlt habe, nicht mehr gesehen; mit seinem wenigen Gepäck sei er nach draußen gegangen, sicher zu seinem Auto. Auch das Frühstück habe er vorher alleine eingenommen, und man habe niemanden gesehen, mit dem er sich unterhalten hätte. Der Kellner, der ihn bedient hatte, erinnerte sich ebenfalls sehr genau. Diese Informationen brachten die Ermittler kaum weiter, aber sie bestätigten immerhin das, was sie früher schon erfahren hatten.

10. Kapitel

HAUSAUFGABEN

Nun standen noch die Untersuchungen der Büros Zawusis zu Hause und in den beiden Firmen in Düsseldorf und Bremen an. Heinrichs machte sich keine allzu große Hoffnungen, dort wichtige Hinweise zu finden. Der Herr Sohn hätte in der Zwischenzeit brisante Akten, wenn es sie denn gab, verschwinden lassen können. Vielleicht hätte man sofort alle Örtlichkeiten versiegeln sollen. Andererseits schien die Familie kooperativ, und vor allem Peter könnte womöglich den einen oder anderen Tipp geben, wenn man ihn nicht von vornherein verärgert hätte. Heinrichs hatte daher diese *sanfte Tour* vorgezogen; hoffentlich hatte er keinen Fehler gemacht.

Aber man sollte ihm auch nicht nachsagen, nicht allen Spuren nachgegangen zu sein. So hatte er sich für alle drei Orte Durchsuchungsbeschlüsse ausstellen lassen. Die mit dem Fall befasste Oberstaatsanwältin, Dr. Rosanna Orlando, hatte sich zuerst etwas schwer damit getan, da sie von einem Suizid überzeugt war. Aber der Fall lag nun auf ihrem Tisch, und es ging nicht *nur* um den Tod des Afrikaners, sondern auch um Herkunft und Bestimmung der Million, die er über die Grenze schmuggeln wollte. Somit hatte sie sich dem Ansinnen nicht widersetzen können.

Heinrichs machte noch einmal einen Termin bei Christa Zawusi und nahm seine Mitarbeiterin Karin Meyer mit nach Golzheim. Frau Zawusi schien etwas gefasster; sie empfing die Beamten freundlich und meinte, ein Durchsuchungsbeschluss sei nicht nötig gewesen. Sie und ihre Kinder hätten schließlich selbst größtes Interesse an der Aufklärung des Falles – und zu verbergen gäbe es nichts.

Sie führte sie in das Arbeitszimmer ihres Mannes. Es war ein eher kleiner Raum mit einer breiten Terrassentür zum Garten. An zwei Wänden reichten die Bücherregale bis zur Decke, und vor dem Fenster neben der Tür nach draußen stand ein Schreibtisch mit Blick ins Grüne. Dann gab's noch einen niedrigen Aktenschrank und eine Corbusier-Liege. Das sah mehr nach einem Refugium aus oder dem Studierzimmer eines Gelehrten, als nach einem Büro. Außer einem Telefonapparat gab es noch ein älteres Faxgerät sowie eine kleine Stereoanlage. Ein großer Teil der Bücher war Belletristik, aber es gab auch eine Reihe Lexika und Wörterbücher für verschiedene Sprachen, Reiseführer und einiges an Fachliteratur aus den Bereichen Maschinenbau, Metallurgie und so weiter. Zawusi war augenscheinlich ein belesener Mann gewesen. In dem Aktenschrank standen einige wenige Leitz-Ordner privater Natur, vor allem Unterlagen, die mit diesem Haus zu tun hatten – nichts, was den Beamten hätte weiterhelfen können. Auch in den unverschlossenen Schubladen fand sich nur belangloses Zeug.

»Sie haben nichts verändert oder entfernt? Ihr Mann hat hier nicht viel gearbeitet?«, fragte Heinrichs.

»Nein, natürlich nicht. Keiner von uns hat das Zimmer seitdem betreten; es fällt uns schwer, zuviel erinnert hier an ihn. Es war kein eigentliches Büro oder Arbeitszimmer, sondern eher ein Ort, an den er sich zurückzog, wenn er einmal alleine oder ungestört sein wollte. Er hat schon manchmal geschäftliche Unterlagen mit nach Hause gebracht, um übers Wochenende daran zu arbeiten. Aber die hat er am Montag wieder mit ins Büro genommen; hier hat er nie Akten aufbewahrt. Manchmal hat er in diesem Zimmer auch Musik gehört, während ich mir eine Fernsehsendung ansehen wollte, die ihn nicht interessierte.«

»Aber andere private Unterlagen sehe ich hier auch nicht«, meinte Karin Meyer. »Also, ich denke da an Kontoauszüge, Kreditkartenabrechnungen, Krankenkasse und diese Dinge.«

»Die sind alle im Büro der Inter-Trade, denn das Meiste hat seine Sekretärin, Frau Schubert, erledigt. Sie hatte sein volles Vertrauen, und zu verbergen gab's da ja nichts. Ich habe oben noch ein kleines Arbeitszimmer; da stehen ein paar private Aktenordner, die meine Familie betreffen, das Haus meiner Eltern und viel alter Kram. Das dürfen Sie sich gerne anschauen, aber es wird Ihnen kaum weiterhelfen.«

Heinrichs gab Katrin diskret ein Zeichen zum Aufbruch; hier würden sie keine Hinweise finden. »Ja, Frau Zawusi, ich glaube, das war's vorerst. Wir wollen Ihre Zeit nicht länger in Anspruch nehmen. Wir halten Sie selbstverständlich unterrichtet, und wenn Ihnen etwas einfällt, was der Sache dienlich sein könnte, wissen Sie, wo Sie uns erreichen. Auf Wiedersehen.«

Die Kommissare fuhren von Golzheim direkt in die Innenstadt, stellten den Wagen in der Trinkaus-Garage ab und gingen zu Fuß die paar Schritte zur Kasernenstraße. Hier, im Wilhelm-Marx-Haus, einem Bürogebäude aus den 20er Jahren und schon fast ein Wahrzeichen der Stadt mit seiner roten Ziegelfassade, hatte die Inter-Trade ihren Sitz. In der Eingangshalle fanden sie auf einer riesigen Tafel, auf der alle Mieter verzeichnet waren, schnell Stockwerk und Büronummer und fuhren mit dem Lift in den vierten Stock. Nur ein kleines Messingschild, kaum größer als eine Postkarte, wies auf die Inter-Trade hin. Auf ihr Klingeln wurde sofort die Tür geöffnet. Frau Schubert hatte sie offenbar schon erwartet, obwohl sie ihren Besuch nicht angekündigt hatten. Sicherlich hatte Christa Zawusi sie darüber informiert, dass die Beamten gerade bei ihr gewesen waren, und sie hatte damit gerechnet, nun auch beehrt zu werden.

Frau Schubert war eine kleine, etwas rundliche Dame, Mitte/Ende Vierzig, sehr gepflegt, Typ *Bon Chic-Bon Genre*, also fast ein wenig zu adrett, und ihre kunstvoll drapierten blonden Haare hätten aus der Konditorei Heinemann stammen können. Sie bat die Besucher herein, und als diese ihre Dienstmarken und den Durchsuchungsbeschluss präsentierten, meinte sie:

»Ich weiß schon, wer sie sind. Und den Beschluss brauche ich nicht. Hier gibt's nichts zu verbergen, und sie können sich alles in Ruhe anschauen. Fühlen Sie sich wie zu Hause. Nehmen Sie doch Platz, darf ich Ihnen etwas anbieten.«

Die Kommissare kamen der Einladung nach, sich zu setzen und nahmen gerne einen Espresso. In der großzügigen Eingangshalle stand eine komfortable Besucherecke; zwei braune Ledersofas standen übereck, davor ein quadratischer Tisch aus Chrom und Glas mit einer Auswahl internationaler Zeitungen neusten Datums. Gegenüber standen auf einer Anrichte aus Palisanderholz offenbar alte afrikanische Skulpturen, hoch aufgerichtete schlanke Figuren, zum Teil schon recht verwittert, die an Alberto Giacometti erinnerten. Darüber ein großes, sehr buntes Ölgemälde, naive Malerei einer Marktszene, untrüglich ebenfalls afrikanische Kunst. Der Boden war mit einem hellbeigefarbenen Teppich ausgelegt, und man wähnte sich eher in einer Privatwohnung, wenn das hintere Drittel des Raumes nicht durch eine Art Theke abgetrennt gewesen wäre. Dahinter befand sich Frau Schuberts Arbeitsplatz sowie ein zweiter Schreibtisch, anscheinend unbenutzt. Die üblichen Installationen eines modernen Büros, wie Bildschirme, Telefonanlage, Fax-und Kopiergerät ließen keinen Zweifel daran, dass man sich hier in einer Firma befand – es hätte auch eine Anwaltskanzlei sein können – und nicht in privaten Gemächern. Frau Schubert brachte den Kaffee und eine Schale mit Gebäck und meinte recht selbstbewusst:

»Nun, was kann ich für Sie tun?«

»Zunächst möchten wir Ihnen unser Beileid aussprechen zum Tode Ihres Chefs, und wir tun natürlich alles, um den Fall aufzuklären. Dabei müssen wir allen Spuren nachgehen und uns vor allem dort umsehen, wo Dr. Zawusi gearbeitet hat. Wie viele Leute sind denn hier beschäftigt?«

»Im Augenblick nur meine Wenigkeit. Manchmal, wenn sehr viel anliegt, kommt noch Frau Zimmermann, die lange hier gearbeitet und vor zwei, drei Jahren aufgehört hat, um mehr Zeit für ihre Kinder zu haben. Dafür gibt's noch diesen zweiten Arbeitsplatz. Ich selbst bin schon eine Ewigkeit hier.«

»Das ist aber nicht viel, wenn ich die Größenordnung der Geschäfte bedenke, die Herr Zawusi betreibt – betrieben hat«, antwortete Heinrichs.

»Ach, wissen Sie, hier wurde ja nichts abgewickelt; der Boss war nur so eine Art Vermittler, der ständig unterwegs war und Geschäfte anbahnte. Und wenn die zustande kamen, liefen die nicht über uns, sondern wurden direkt zwischen den involvierten Firmen, meist internationale Konzerne, abgewickelt. Dazu brauchen wir hier keinen großen Apparat. Und selbst unsere Buchhaltung, die früher Frau Zimmermann geführt hat, haben wir bei ihrem Weggang nach auswärts vergeben; die erledigt unser Steuerberatungsbüro Müller-Andersch in Neuss.«

»Ich verstehe. Vielleicht können Sie uns nachher, bevor

wir gehen, dessen Anschrift geben. Und welche Räumlichkeiten gibt's hier noch?«

»Dort«, sagte Frau Schubert und nickte mit ihrem Spritzgebäckköpfchen in Richtung einer verschlossenen Doppeltür, Palisander mit teuren Beschlägen, »ist das Büro vom Chef. Wir können gleich hineingehen. Und hier links ist der Archivraum. Sie sehen, er ist vollgestellt mit Akten und Büromaterialien. Hinter dieser Tür befindet sich die Toilette mit einer Dusche. Mit mehr kann ich nicht dienen. Doch, da gibt es noch ein Kellerabteil, aber da ist nur alter Krempel drin, ausrangierte Schreibmaschinen, ein alter PC und ich weiß nicht, was noch alles. Ich war schon lange nicht mehr dort unten. Ich kann Ihnen dieses Verlies gerne später zeigen, aber gehen wir doch zuerst ins Büro vom Chef.«

Die beiden Beamten erhoben sich und folgten Frau Schubert, die zu ihrer Verwunderung kurz anklopfte, bevor sie einen Flügel der schweren Tür öffnete. Für das Anklopfen sollten sie schnell eine Erklärung haben: hinter dem Riesenschreibtisch saß Sohn Peter. Er sprang auf und begrüßte die beiden artig und meinte, fast entschuldigend: »Ich quäle mich gerade durch Vaters private Unterlagen, Lebensversicherungen, Krankenkasse und all das Zeug – und die Beerdigung muss auch organisiert werden.«

Heinrichs und Meyer konnten in der Tat auf der Schreibtischplatte nichts anderes ausmachen, als Akten dieser Art. Das Büro war ein heller, großer Raum, mit viel Geld und gutem Geschmack eingerichtet. Ein großer, ovaler Tisch, wieder Palisander, mit einem verchromten zentralen Fuß, ein bekanntes Modell von Florence Knoll, diente als Schreibtisch. Wo man auch hinschaute, Designermöbel, bekannte Stücke aus der Bauhaus-Kollektion, von Corbusier und anderen, den berühmten Eames Chair mit schwarzem Leder und die Holzschale wieder Palisander. Auch hier der helle Teppichboden und viel afrikanische Kunst. Etliche Skulpturen und naive Malerei – ein interessanter Kontrast zu den Klassikern der modernen Einrichtung. Es war ein angenehmer Arbeitsraum, in dem außer einer Telefonanlage keinerlei Technik zu sehen war. Die stand draußen bei Goldschöpfchen Schubert.

Sohn Peter bat die Besucher, Platz zu nehmen und wollte

wissen, ob es schon etwas Neues gebe. Heinrichs verneinte und gab die Frage zurück. Nein, auch der Sohn hatte keine Idee, keinerlei Hinweis erhalten und auch in den laufenden Akten nichts gefunden, was ihnen weiterhelfen könnte. Dabei betonte er, dass sein Vater die Unterlagen für das Ongalo-Projekt mit nach Luxemburg genommen habe. Das seien aber laut Frau Schubert nur ein paar Schnellhefter gewesen. Die Studien der Arsteel sollten ihm dort übergeben werden. Aber das habe man ja alles im Auto gefunden und sichergestellt. Karin Meyer warf Heinrichs einen kurzen Blick zu und sagte: »Natürlich, alles, was sich im Wagen befand, wird zur Zeit noch untersucht, dazu gehört auch der Aktenkoffer.«

»Was gibt's denn in diesem Raum noch für Unterlagen?«, wollte Heinrichs wissen.

»Nicht viel. Sie sehen, hier gibt es nicht einmal einen eigentlichen Aktenschrank; mein Vater wollte das nicht. Hier in diesem Sideboard stehen die privaten Ordner, die ich gerade durchgehe, ferner seine persönlichen Bankunterlagen und dann immer ein paar Handakten zu Projekten, die er gerade bearbeitet. Zum Beispiel hier einige Unterlagen für eine geplante Düngemittelfabrik in Kenia, oder hier, eine noch magere Akte über eine Ausschreibung für einen Chemieanlage in Tansania. Alle übrigen Dossiers, die das Geschäft betreffen, vor allem abgeschlossene Aufträge, oder über Vorhaben, die nicht zustande gekommen sind, befinden sich draußen im Archivraum. Ich weiß nicht, ob Frau Schubert ihn schon gezeigt hat.«

»Hat sie; wir schauen uns gleich dort um. Ich sehe im Sideboard hier einen kleinen Safe; was ist da drin?«

»Scheckhefte, vermutlich Bargeld; mehr weiß ich auch nicht.«

»Wer hat den Schlüssel?«

»Frau Schubert, ich lasse ihn aufmachen.«

Frau Schubert erschien, sich ihrer bedeutenden Rolle bewusst, und schloss den kleinen Tresor auf. Es war so, wie Peter gesagt hatte: Scheckhefte der Deutschen Bank, ein paar Traveller-Schecks und eine kleine Kassette, die wiederum aufgeschlossen werden musste, und in der sich Bargeld befand. Keine großen Summen wie im Reserverad. Etwa 3'000 DM, 2'000 Dollar, ein paar Hundert Schweizer

Franken und ein paar zerlumpte Geldscheine aus Ongalo – das war's auch schon.

»Was ist mit Computern?«, fragte Karin.

»Vorne im Sekretariat steht ein PC, und dort liegt auch ein Laptop meines Vaters, der ihn aber fast nie benutzt hat. Es mag Sie überraschen, denn obwohl mein Vater Ingenieur war, stand er mit Computern eher auf Kriegsfuß, zumindest hatte er wenig Lust, sie zu bedienen. Dafür hatte er Frau Schubert, und den Laptop nahm er selten mit auf Reisen.«

Die Kommissare ließen sich nun von Sohn Peter in den Archivraum begleiten. Es war ein ziemlich kleines, fensterloses Zimmer. An drei Wänden reichten die Regale bis zur Decke, und es gab eine Leiter, um in die höheren Regionen zu gelangen. Sie waren fast vollständig mit Ordnern angefüllt, augenscheinlich sehr ordentlich organisiert – man sah die Handschrift von Frau Schubert, die Perfektion in Person. Die Akten hatten je nach Projekt verschiedene Farben, waren beschriftet, nummeriert und datiert. Heinrichs griff wahllos zwei heraus, warf einen Blick hinein, konnte aber nicht viel damit anfangen. Alles sehr technisch, aber auch Korrespondenz in verschiedenen Sprachen, Verträge, Protokolle und so weiter. Sein Blick ging nach oben zur Decke, und es grauste ihn bei der Vorstellung, diese Masse von Unterlagen nach einer heißen Spur zu durchsuchen. Die Nadel im Heuhaufen war nichts dagegen, selbst, wenn man sich auf die letzten Jahre beschränken würde. Er schaute noch in zwei kleinere Schränke, die rechts und links der Eingangstür standen, aber die enthielten nur Büromaterial, Kopierpapier, Farbpatronen, Bleistifte, Kugelschreiber – uninteressant. In der Mitte des Raums stand ein kleiner Arbeitstisch mit einer Leselampe und zwei Klappstühlen.

»Wir werden jetzt die paar Geschäftsunterlagen aus dem Büro Ihres Vaters sowie die Scheckhefte hier hineinlegen, und dann werden wir diesen Raum versiegeln. Wir wären fachlich und zeitlich völlig überfordert, uns hier hineinzuknien. Ich werde daher zwei Spezialisten aus dem Wirtschaftsdezernat anfordern, die möglichst schon morgen mit der Arbeit beginnen können.«

Peter und die Sekretärin schienen nicht begeistert zu sein und fragten, fast wie aus einem Munde: »Muss das sein?«

»Herr Zawusi, Sie sind doch felsenfest davon überzeugt, dass Ihr Vater einem Verbrechen zum Opfer gefallen ist. Ihre Mutter und Ihre Schwester haben ebenfalls die Hypothese eines Suizids als absurd bezeichnet. Oder hat die Familie inzwischen ihre Meinung geändert?«

»Nein, natürlich nicht.«

»Sehen Sie, und wenn Sie keine Feinde im privaten Umfeld ausmachen können – so habe ich Sie jedenfalls verstanden-, müssen wir doch davon ausgehen, dass ein solches Verbrechen, wenn es denn eins war, mit den geschäftlichen Tätigkeiten Ihres Vaters zusammenhängt, zumal er doch mit Ländern zusammengearbeitet hat, zum Beispiel seinem eigenen Heimatland Ongalo, die nicht unbedingt für die feine Englische Art bekannt sind, wenn ich das mal so vorsichtig ausdrücken darf. Die Million im Kofferraum entspricht auch nicht gerade dem klassischen Zahlungsverkehr unter seriösen Geschäftsleuten, sorry!«

»Ich verstehe«, meinte Peter etwas kleinlaut. »Sie müssen Ihre Arbeit tun. Ich wäre nur dankbar, wenn wir, das heißt, Frau Schubert, nicht allzu sehr in der Tagesarbeit behindert würde. Es gibt noch eine Menge abzuwickeln.«

»Wir werden das respektieren und versuchen, das Ganze möglichst schnell hinter uns zu bringen. Wir kommen Ihnen schon damit entgegen, dass wir, zumindest für den Augenblick, nichts mitnehmen, sondern unsere Kollegen hier vor Ort ihre Nachforschungen anstellen. Wenn Sie etwas benötigen aus einem dieser Ordner, wird man Sie kaum daran hindern. Das Einzige, was wir jetzt mitnehmen möchten, sind die Festplatten aus den Computern. Wenn ich bitten darf. Gibt's noch ein weiteres Mobiltelefon außer dem, das wir im Wagen gefunden haben?«

»Nein, nur dieses. Und wir in der Familie haben jeder eins.«

Nachdem die paar Unterlagen aus dem Chefbüro in den Archivraum gebracht worden waren und Frau Schubert sich noch mit etwas Büromaterial eingedeckt hatte, verschloss Karin Meyer den Raum, steckte den Schlüssel ein und versiegelte die Tür mit den Banderolen der Düsseldorfer Kriminalpolizei.

»Tut mir leid«, sagte Heinrichs, »aber das muss sein, und morgen melden sich zwei Kollegen von uns. Ich frage mich nur, wo die sitzen können. Vielleicht kann einer den leeren Schreibtisch gegenüber von Frau Schubert benutzen, und der andere muss in Gottes Namen im Archivraum sitzen, nicht gerade ein lustiger Arbeitsplatz, aber wir sind abgehärtet.«

»Nein, nein«, sagte Peter, »die können sich ins Büro meines Vaters setzen und am Konferenztisch arbeiten. Das ist doch viel bequemer, und Frau Schubert hat ihre Ruhe. Und falls ich während dieser Tage noch private Dinge hier erledigen muss, würde mich das nicht stören. Ich kann hier am Schreibtisch arbeiten.«

»Bestens, dann gehen wir mal.« Karin ließ sich die Festplatten aushändigen und Heinrichs die Adresse des Steuerberaters in Neuss. Dann verabschiedeten sie sich.

Karl-Heinz Schneider war am selben Tag in Bremen gewesen, um sich bei der anderen Zawusi-Firma, der Industrie- und Tiefbau KG umzuschauen. Das war kaum mehr als eine Briefkastenfirma, ohne eigenes Büro und Personal. Sie hatte ihr Domizil bei der Treuhand- und Beratungsfirma Kohl & Partner in der Kurfürstenallee. Schneider hatte sich dort angemeldet und wurde von Karl-Hermann Kohl freundliche empfangen. Auch Schneider hatte sich mit einem Durchsuchungsbeschluss bewaffnet, auf den Kohl nur einen flüchtigen Blick warf.

»Ich kann's immer noch nicht fassen, was mit dem guten James passiert ist«, meinte Kohl, »wissen Sie denn schon etwas?«

»Wir ermitteln noch«, entgegnete Schneider kurz und bündig. »Sie kennen Zawusi schon lange?«

»Seit über 30 Jahren. Ich habe mit seiner Frau in Berlin studiert und habe dort auch James kennen gelernt. Und seitdem sind wir befreundet. Eines Tages – das ist Jahre her – bat er mich, für ihn eine Firma zu gründen und zu verwalten, über die er dann und wann Honorare oder Provisionen fakturieren wollte. Er hatte zwar schon seine Inter-Trade in Düsseldorf, aber wollte aus Gründen, die wir nie vertieft haben, das eine oder andere Geschäft über eine andere Gesellschaft laufen lassen. Vielleicht wollte er nicht immer in Erscheinung treten, denn die Inter-Trade ist untrennbar mit seinem Namen verbunden. Das Anlagegeschäft ist kompliziert und verlangt häufig größte Diskretion. Und der gute

James war nach all den Jahren im Geschäft bekannt wie ein bunter Hund. Warum sollte ein Mann, der ein so großes Rad dreht und mit aller Welt Geschäfte tätigt, nicht zwei Gesellschaften haben? Ich hab's jedenfalls nie hinterfragt. Ich habe meinen Job gemacht, die Firma gegründet, ins Handelsregister eintragen lassen, ein Bankkonto eröffnet, die Buchhaltung eingerichtet und geführt – und was so alles dazu gehört. Und ich mache natürlich auch die Steuererklärungen. Sie können das alles gerne einsehen, aber Sie werden enttäuscht sein, denn in den letzten Jahre ist kaum noch etwas über diese Gesellschaft gelaufen, warum, weiß ich nicht. Daher gibt's auch nur eine Handvoll Buchungen pro Jahr, das Honorar für mich, einige wenige Bankbewegungen und dann, einmal im Jahr einen Provisionseingang von rund 150'000 DM aus einem alten Geschäft. Es wurde damals so vereinbart, dass die Zahlung jährlich in Raten erfolgt, die letzte ist nächstes Jahr fällig.«

»Vielen Dank für diese Informationen. Aber noch eine Frage: Aus welchem Grund hat Zawusi diese zweite Firma ausgerechnet in Bremen gegründet? Nicht, dass ich etwas gegen Ihre schöne Stadt hätte, aber das Zentrum seiner Tätigkeit liegt doch eher in Düsseldorf und im Ruhrgebiet.«

»James war damals sehr oft in Bremen, da er einen Großauftrag mit der Hoffmann-Werft in Bremerhaven verhandelte und schließlich auch zum Abschluss brachte. Und dieses Geschäft, dessen Abwicklung sich über Jahre erstreckte, wollte er über eine separate Gesellschaft abrechnen. Und da wir uns so gut kannten und dies mein Beruf ist, lag es nahe, das hier zu tun. Damals lief sehr viel über die Industrie- und Tiefbau, auch etliche Reise- und Bewirtungsspesen, praktisch alles, was mit diesem Projekt zu tun hatte.«

»Und wieso erstreckten sich solche Provisionszahlungen über Jahre?«

»Es handelt sich um einen Auftrag über mehrere Öltanker für Nigeria, die über etliche Jahre gebaut und ausgeliefert wurden. Die Honorarvereinbarung sah vor, dass er einen Teil nach Vertragsunterzeichnung erhielt und den Rest über den Zeitraum verteilt, der für den Bau der Schiffe vorgesehen war. Das kam ihm auch steuerlich entgegen. Außerdem wusste er nie, wann es wieder ein neues Geschäft gab. So war er schon einmal sicher, über die nächsten Jahre zumindest diese Einnahmen zu haben. Und bei der Bonität der Werft musste er sich über den pünktlichen Geldeingang keine Sorgen machen. Im Grunde war das die einzige Tätigkeit dieser Firma, von ein paar kleineren Deals in den ersten ein, zwei Jahren einmal abgesehen. Später hat sich dann nichts mehr ergeben.«

»Gut, das leuchtet mir ein.« Schneider kam sich etwas verloren vor, denn alles, was dieser nette Herr Kohl ihm erklärte, schien Hand und Fuß zu haben, und er machte sich wenig Hoffnung, hier etwas Brauchbares zu finden. Dies umso weniger, als dieses Tankergeschäft sozusagen Schnee von gestern war, wenn auch noch eine letzte Provisionsrate ausstand und dieses Geschäft – wieder einmal – mit einem Schurkenstaat gemacht worden war. Vielleicht war das der Grund für eine separate Gesellschaft? Sein Schuldner war die deutsche Werft, und er konnte sich nicht vorstellen, dass dieses Geschäft, vor Jahren abgeschlossen, etwas mit seinem mysteriösen Tod zu tun haben sollte. Dennoch wollte er sich später noch ein wenig in die Unterlagen vertiefen.

»Haben Sie denn eine Vorstellung?«, wollte Schneider wissen. »Es deutet einiges auf Selbsttötung hin, was seine Familie vehement bestreitet.«

»Der James und Selbstmord – nie und nimmer! Wir kennen uns, wie gesagt, seit Unizeiten, und ich habe selten einen so heiteren Menschen gesehen. Ich habe so manche *Ups and Downs* in seinem Leben mitbekommen; und was in seiner Heimat passiert, hat ihn immer sehr bedrückt. Er versuchte immer, aus allem das Beste zu machen; er war keiner, der die Flinte ins Korn warf. Und was glauben Sie, was der bei seinen Geschäften an Rückschlägen einstecken musste und welchen Intrigen er zuweilen ausgesetzt war? Er hatte viel Halt an seiner Frau und seinen Kindern. Mein Gott, die Armen! Ich komme natürlich zu Beerdigung. Was denken Sie denn; Sie sind doch von der Mordkommission?«

»Das besagt noch gar nichts. Auch wenn in der Tat vieles auf einen Suizid hindeutet, so ist dies noch keineswegs erwiesen. Daher müssen wir auch der Möglichkeit der Fremdeinwirkung nachgehen, andernfalls würden wir unsere Hausaufgaben nicht machen. Mehr kann ich dazu nicht sagen. Hatte er Feinde?«

»Feinde, Feinde? Im privaten Umfeld sicherlich nicht. Er war immer lustig, sympathisch und überall ein gern gesehener Gast, was auch für die ganze Familie gilt. Womöglich hat ihn der eine oder andere beneidet wegen seiner Erfolge. Aber dafür bringt man doch keinen um. Außerdem hat er nie angegeben oder provoziert. Das Haus in Golzheim ist nun wirklich kein Palast, und ja – der dicke Mercedes. Aber eben kein Rolls-Royce. Und von seinem Haus im Tessin wusste fast niemand etwas. Was die Geschäfte angeht, hatte ich wenig Einblick außer bei dem hier mit der Werft. Ich weiß, dass beim Anlagenbau ein gnadenloser Konkurrenzkampf herrscht, Korruption, Spionage. Wie Sie wissen, hat er hauptsächlich mit Ländern gearbeitet, wo die Sitten etwas speziell sind, um mich vorsichtig auszudrücken. Sicherlich war er auch Geheimnisträger. Schon der zeitliche Vorsprung vor der Konkurrenz, wenn er schon von einem Projekt wusste, bevor es ausgeschrieben wurde. Dann im technischen Bereich, Produktionsverfahren, Forschung, Kalkulationen und so weiter. Ich könnte mit schon Situationen vorstellen, in denen man ihn aushorchen oder erpressen wollte. Ich weiß es nicht; er hat nie darüber gesprochen. Wenn er jetzt noch ausgeraubt worden wäre oder man ihm wichtige Dokumente entwendet hätte, könnte man sich vielleicht einen Reim draus machen. Aber laut Presse ist das ja alles nicht geschehen.«

Wenn du wüsstest, dachte Schneider. »Das sind interessante Überlegungen. Da es in der Zeitung stand, wissen Sie auch, dass man vorher an der deutsch-luxemburgischen Grenze viel Bargeld, sehr viel, in seinem Kofferraum gefunden hat. Was sagen Sie dazu?«

»Ich hab's gelesen. Was soll ich dazu sagen? Das war sicherlich sehr leichtsinnig, aber James war eben kein überängstlicher Mensch. In diesem Geschäft werden natürlich viele Provisionen gezahlt, das ist nun mal so. Ich hebe hier nicht den Zeigefinger. Ich werde die Welt nicht verändern – ich fürchte, Sie auch nicht. Das Geld in seinem Auto hatte sicherlich mit solchen Zahlungen zu tun. Aber woher es kam und für wen es bestimmt war, kann ich Ihnen beim besten Willen nicht sagen. Auf die Gefahr, mich zu wiederholen: Außer bei diesem Projekt hier in Bremen hatte ich keinen Einblick in seine Geschäfte. Und wenn wir uns privat getroffen haben, wurde nie übers Business gesprochen, vielleicht mal ein Detail kurz angedeutet, wenn es die Bremer Firma betraf.«

Schneider bedankte sich für diese Informationen und bat darum, sich die vorbereiteten Unterlagen einmal anschauen zu dürfen. Kohl stellte ihm ein kleines Besuchzimmer zur Verfügung und ließ ihn wissen, dass er jederzeit für ihn da sei, falls er Fragen habe.

Schneider notierte sich ein paar Namen und andere Einzelheiten und versicherte sich anhand der Buchungsunterlagen, dass in den letzten Jahren tatsächlich keine Geschäfte mehr über diese Gesellschaft abgewickelt worden waren. Er fand alles bestätigt, was Kohl ihm erzählt hatte und hatte nicht den Eindruck, dass der ihm etwas vorenthielt. Kohl schien selbst konsterniert und beunruhigt. Nach knapp zwei Stunden beendete Schneider sein Aktenstudium, stellte Kohl noch ein paar Fragen und bat ihn, sich zu melden, falls ihm noch etwas einfallen sollte, was für die Ermittlungen nützlich sein könnte. Er verabschiedete sich und nahm ein Taxi zum Bahnhof, um noch seinen Zug nach Düsseldorf zu erreichen.

Jürgen Heinrichs waren zwei Experten aus dem Wirtschaftsdezernat zugeteilt worden, die bereits am Tage nach seinem Besuch bei der Inter-Trade ihre Arbeit aufnahmen und sich auch die Buchführung bei Müller-Andersch in Neuss anschauen würden. Auf die Resultate – wenn es denn welche geben sollte – würde man eine Zeitlang warten müssen. Für ihn eine schwere Geduldsprobe. Er war selten so verunsichert gewesen, und dieses Mal schienen ihn seine Gefühle, seine Intuitionen im Stich zu lassen, die ihm so manches Mal den richtigen Weg gewiesen hatten. Es war jetzt an der Zeit, mit der Staatsanwältin einen ausführlichen Gedankenaustausch zu haben.

11. Kapitel

GRÜEZI

Ein paar Monate zuvor.
Blumenthal war in der Schweiz angekommen. Die Übernahme der Interunion Bank war geradezu überstürzt über die Bühne gegangen. Zum Präsidenten des Verwaltungsrats wurde Jäger – ausgerechnet Jäger – ernannt. Das war Ohligs Idee gewesen. Selbst Moritz Blumenthal, der höchst selten durch Interesse an den Vorgängen in der Bank auffiel, wunderte sich.

Wieso Jäger, der doch immer, sei es offen, sei es hintenherum, gegen ein Engagement in der Schweiz erfolgreich taktiert hatte? Moritz Blumenthal konnte Jäger nicht ausstehen, wusste aber, wie wichtig er mit seinen Gewinnen in Luxemburg für die Gruppe war. Das war ihm nicht verborgen geblieben. Und so hielt er sich mit jeglicher Kritik an dieser Entscheidung zurück, aber fragen durfte man ja noch. Das tat er ohnehin selten genug. Ohlig begründete seinen einsamen Entschluss – er hatte Blumenthal nicht einmal vorab informiert, geschweige denn um seine Meinung gefragt, was immer das sein mochte – damit, Jäger somit die neue Konkurrenz im Hause als eigenes Baby untergeschoben zu haben. Nun sei er für Luxemburg u n d die Schweiz verantwortlich – genial, nicht wahr? Das war selbst für Moritz einleuchtend; wie gut, dass er diesen Ohlig hatte.

Als Vizepräsident gewann man – fürs Image – einen bekannten Schweizer Banker im Ruhestand; ferner gehörten dem Gremium Moritz Blumenthal an, wegen des Namens, dann ein Züricher Anwalt sowie der für die Beteiligungen zuständige Christoph Lange vom Stammhaus, der Ohlig aus der Hand fraß. Vom ständigen Katzbuckeln hatte er schon einen etwas runden Rücken.

Als Geschäftsführer der Bank – in der Schweiz trägt der

den schönen Titel *Generaldirektor* – hatte man einen alten Bekannten gewonnen, den Deutschen Josef Wagenbach. Der lebte schon seit 20 Jahren in der Schweiz, kannte schon lange das Haus Blumenthal und auch Jäger, den er allerdings nicht besonders schätzte. Aber wer tat das schon?

Der Anreiz, noch einmal ein Bankinstitut aufzubauen, und noch mit diesem Namen, drei Jahre vor seinem eigentlichen Pensionsalter ließen seine Bedenken, die er zunächst hatte, vor allem wegen der Interunion Bank, aber auch wegen Jäger, in den Hintergrund treten. Er nahm das Angebot an und konnte zu diesem Zeitpunkt noch nicht ahnen, wie sehr er dies einmal bereuen sollte.

Wagenbach stand kurz vor seinem 62. Geburtstag. Nach Jahrzehnten im Banksektor in verschiedenen Ländern, war er vor acht Jahren in die Dienste des deutschen Pharmakonzerns Bollinger getreten, und zwar als Finanzchef der Schweizer Holding in Zug, welche die Auslandstöchter der Gruppe weltweit kontrollierte. Damit hatte er eine faszinierende Aufgabe, aber mit 62 Jahren musste man das Unternehmen verlassen; da gab's keine Ausnahme. Wagenbach fühlte sich noch viel zu jung und zu fit für den Ruhestand; das Leben eines Rentners konnte er sich noch nicht vorstellen. Mitten in seine Überlegungen, ob er sich vielleicht als Berater selbstständig machen sollte, platzte ein Anruf Jägers, der ihn dringend treffen wollte.

Wenige Tage später trafen sie sich in der Bar des Hotels Savoy-Baur en Ville, und Jäger berichtete ihm von den Plänen des Hauses Blumenthal, in die Schweiz zu kommen. Diese Neuigkeit amüsierte Wagenbach ein wenig, denn er hatte es nie verstanden, dass dieses renommierte Bankhaus so ziemlich als einziges deutsches Institut hier nicht präsent war. Woher kam der plötzliche Sinneswandel? Jäger berichtete vom zunehmenden Druck auf Luxemburg und meinte, selbst sie seien lernfähig. Wagenbachs Überraschung war komplett, als er erfuhr, dass man in der Endphase der Übernahmeverhandlungen der Interunion Bank stehe. Er reagierte darauf fast bestürzt und wies auf den denkbar schlechten Ruf dieses Hauses hin. Jäger schien das alles zu wissen und erklärte das ausgehandelte Konzept, wie der Herr Dr. Ohlig es sich ausgedacht hatte.

Sie diskutierten eine Weile dieses Projekt, und schließlich zeigte sich Wagenbach einigermaßen überzeugt und sah seine Argumente weitgehend entkräftet. Nach einer Bedenkzeit von 48 Stunden gab er sein Ja-Wort.

12. Kapitel

DIE STAATSANWÄLTIN

Wieder im Herbst.
Die Nachforschungen in Zawusis Büro in seinem Privathaus, bei der Inter-Trade in Düsseldorf und seiner Bremer Firma sowie bei dem Buchhaltungsbüro in Neuss hatten bisher kein Licht in die mysteriösen Umstände seines Todes gebracht. Die Wirtschaftsexperten hatten fünf Tage bei der Inter-Trade Akten gesichtet, sich dabei aber auf die letzten drei Jahre beschränkt. Denn man konnte sich schwerlich vorstellen, dass es aus einem noch weiter zurückliegenden Fall einen *Racheakt* oder ähnliches geben könnte, falls man von einem Verbrechen ausging. Auch Industriespionage war für längst abgeschlossene Vorgänge wohl eher auszuschließen. Sie hatten sich die Namen einer Reihe von Personen und Gesellschaften notiert, die noch auszuwerten waren. Zudem hatten sie versucht, sich ein Bild über die Mechanismen solcher Anlagengeschäfte zu machen und, so weit möglich, die Zahlungsflüsse rekonstruiert. Die Million im Kofferraum war sicher kein Einzelfall gewesen, allenfalls in der Höhe des Betrages. Auch die Fundsachen im Wagen halfen nicht weiter, auch nicht das Handy. Zur Vorsicht hatte man auch die Mobiltelefone der Familie überprüft – ohne Befund.
Die Oberstaatsanwältin Dr. Orlando hatte Heinrichs zu einem Gespräch gebeten und war ihm insofern zuvorgekommen, als er sich auch gerade bei ihr melden wollte. Als Heinrichs erfahren hatte, dass Rosanna Orlando mit dem Fall befasst war, wusste er nicht recht, ob er darüber erfreut oder eher besorgt sein sollte. Orlando war als Kind mit ihren Eltern und Geschwistern aus Kalabrien nach Deutschland gekommen; der Vater hatte als Gastarbeiter, er war Maurer, in Köln eine Anstellung gefunden. Dort hatte sie die Schulen besucht, das Abitur gemacht, um anschließend an der

Albertus-Magnus-Universität Jura zu studieren und – nach zwei Semestern in Münster an der Westfälischen Wilhelm-Universität – auch in Köln ihren Abschluss zu machen und in Rekordzeit zu promovieren. Nach dem zweiten Staatsexamen entschied sie sich für den Justizdienst und war bereits mit 35 Staatsanwältin.

Inzwischen war sie Mitte 50, eine auffallend elegante Erscheinung, bei der man eher auf Mode-Designerin, Architektin oder Galeristin getippt hätte, als auf Staatsanwältin, wie immer man sich eine solche auch vorstellen mochte. Ihre Ehe mit dem Düsseldorfer Schönheitschirurgen Dr. Hans Schönkemper – nomen est omen? – war kinderlos geblieben und nach zehn Jahren gescheitert. Ihren Mädchennamen hatte sie auch während der Ehe beibehalten. Für ihren Mann war sie nie eine potentielle Kundin; bei ihr gab's nichts zu liften, zu straffen, abzusaugen oder zu silikonisieren. Und auch, als ihr schwarzes Haar allmählich ergraute, folgte sie nicht seinen Ratschlägen, sonder ließ der Natur freien Lauf, was sie allenfalls noch schöner machte. Die Resistenz gegen die fachmännischen Ratschläge ihres Mannes waren jedoch nicht der Grund für das Scheitern ihrer Ehe gewesen, sondern eher der zunehmende Bedarf des Angetrauten – er war gut 15 Jahre älter – an jungem Gemüse. Eines Tages war ihre Toleranzgrenze erreicht, und sie hatte die Konsequenzen gezogen und sich in aller Freundschaft von ihm getrennt. Die finanziellen Dinge waren schnell geregelt, und einmal im Monat trafen sie sich zu einem Lunch auf der Kö oder in der Altstadt. Rosanna war nie wieder eine feste Bindung eingegangen und machte viele Reisen in alle Erdteile. Schönkämper machte weiterhin ältere Semester mit Fassadenrenovationen glücklich und sich selbst mit Frischfleisch.

Jürgen Heinrichs hatte ein Faible für diese Frau, auch, wenn er es sich nicht eingestehen wollte. Er gehörte nicht zu den Männern, denen Frauen mit starker Persönlichkeit Unbehagen bereiten, im Gegenteil, sie faszinierten ihn. Er hatte schon einige Male mit ihr zu tun gehabt, und die Zusammenarbeit hatte sich meist als anstrengend erwiesen. Seiner Bewunderung für diese intelligente Schönheit konnte das keinen Abbruch tun. Flexibilität war ihre Stärke nicht. Hatte sie sich einmal eine Meinung gebildet, war sie nur äußerst schwer davon abzubringen, auch wenn alle Fakten oder Indizien gegen sie sprachen. Manche fanden sie einfach stur, bei Anwälten, Richtern – von Angeklagten ganz zu schweigen – war sie gefürchtet. Daran änderte auch ihre Attraktivität, ihre elegante Erscheinung und – manchmal – ihr entwaffnendes Lächeln nichts.

Aber hatte er, Jürgen Heinrichs, nicht einen ähnlichen Charakter? So ging er mit etwas gemischten Gefühlen zum vereinbarten Termin. Einerseits freute er sich, diese Frau wiederzusehen und das voraussichtlich noch häufig in den kommenden Wochen und Monaten, andererseits befürchtete er, dass es dabei zu heftigen Meinungsverschiedenheiten kommen könnte, vor allem bei einem so mysteriösen Fall.

Ihr Büro war beeindruckend. Das muffige Behördenmobiliar hatte sie mit ein paar Kunstwerken *übertüncht*. Auf dem abgetretenen grauen Bodenbelag lag ein handgeknüpfter Teppich, den sie einmal aus Peru mitgebracht hatte und der in seiner explosiven Farbigkeit die Tristesse der hässlichen Möbel vergessen ließ. An den weiß gestrichenen Wänden hingen ein paar abstrakte zeitgenössische Bilder, ein hochformatiges Bild der Züricherin Susanne Keller, zwei monochrome Farbflächen, die obere aus Blattgold, die untere aus schwarzem Acryl, sehr stark strukturiert – Yin und Yang? Daneben ein *wildes* Ölbild von Anja Wolf aus Hagen, pastoß mit den Fingern aufgetragen, ein blau-weißer Übergang von der Abstraktion zur Figürlichkeit, der vielerlei Interpretationen zuließ. An der gegenüberliegenden Wand ein großformatiges Ölbild des Hamburger Expressionisten Max Olderock, in den 70er Jahren verstorben, sehr farbig, sehr dynamisch und mit kubistischen Anklängen. Auf einer Anrichte stand eine schwarze Granitskulptur in Form einer Halbkugel, *Säuleninsel* genannt, die sich beim Antippen leicht bewegte und klirrende Töne erzeugte. Nur scheinbar ruhte sie auf ihren dünnen Säulen, auch aus Granit, in Wirklichkeit jedoch auf dem zentralen Punkt der nach unten gekehrten Halbkugel. Und es waren die dünnen Säulen, die, wenn man das Wunderwerk bewegte, diese sphärischen Klänge erzeugten. Es war eine Arbeit des Künstlerpaares Livia Kubach und Michael Kropp aus Bad Münster am Stein. Daneben – wieder Yin und Yang? – eine Plastik aus schnee-

weißem Carrara-Marmor ihrer Freundin Carla Lavatelli aus Lucca mit dem Titel *L' Occhio* – das Auge (des Gesetzes?).
Eine italienische Designer-Lampe von iGuzzini überstrahlte mit ihrem warmen gelben Licht die Traurigkeit ihres Beamtenschreibtisches; den Rest besorgte ein immer frischer riesiger Blumenstrauß. Doch eine verhinderte Galeristin? Wie auch immer, Rosanna zeichnete sich durch einen untrüglichen Sinn für Ästhetik aus, wie man ihn vielleicht so ausgeprägt besonders bei Italienern findet. So war ihr Büro einmalig im ganzen Justizgebäude und sorgte bei Besuchern immer wieder für Überraschung. Der Justizminister schaute hin und wieder mit ausländischen Gästen vorbei, um ihnen zu zeigen, wie es in deutschen Amtsstuben aussehen ... konnte, wenn das nicht die Ausnahme gewesen wäre.
Rosanna Orlando empfing Heinrichs sehr freundlich und bot ihm einen Kaffee an.»Wir haben uns eine Ewigkeit nicht gesehen. Es tut mir leid mit Ihrer Frau, kommen Sie zurecht?«
»Danke. Am Anfang war es sehr schwer. Es kam alles so plötzlich. Ich habe mich dann noch mehr in die Arbeit gestürzt und ein paar Reisen gemacht. Aber die Zeit heilt die Wunden, das Leben geht weiter.«
»Ja, ja, und nun verlieren wir unsere kostbare Zeit mit diesem blöden Selbstmord.«
Heinrichs hatte es geahnt, sie hatte bereits ihre Meinung. Aber, mein Gott, war die schön! Ihr inzwischen silbergraues Haar kontrastierte mit der honigfarbenen Haut einer Süditalienerin. Sie war mit dem Alter noch attraktiver geworden, fand er. Aber jetzt nur nicht ablenken lassen.
»Mit dem Selbstmord sind wir uns noch keineswegs sicher. Wieso hätte man sonst die Mordkommission gebildet und Sie mit dem Fall betraut?«
»Okay, ich weiß, dass die Ermittlungen erst am Anfang stehen, und der Fall liegt bei mir auch – oder vor allem – wegen der Million im Kofferraum. Und bis jetzt, das müssen Sie doch zugeben, gibt es nicht den geringsten Beweis auf Fremdeinwirkung.«
»Ich bin mir da nicht so sicher«, erwiderte Heinrichs. »Tatsache ist doch, dass sehr wichtige und offenbar höchst vertrauliche Unterlagen aus seinem Aktenkoffer ver-

schwunden sind, die er kurz zuvor beim Grenzübertritt noch bei sich hatte. Hier liegt für mich der Knackpunkt. Wer hatte daran Interesse? Wohin sind die verschwunden, und besteht überhaupt ein Zusammenhang mit dem vielen Bargeld im Auto? Vielleicht wusste derjenige, der sich der Akten bemächtigt hat, gar nicht, dass sich unser Opfer auch als Geldtransporter betätigte. Nur die Leute von der Bank konnten das wissen. Sollte sich hier eine Komplizenschaft für einen Raubüberfall ergeben? Eher unwahrscheinlich, und das würde immer noch nicht das Verschwinden der Unterlagen erklären. Und bei einem Überfall wegen des Geldes wäre doch das Auto durchsucht worden, wenn man davon ausgeht, dass der Täter nichts von der Konfiszierung an der Grenze wusste.«

»Sag ich doch, kein Hinweis auf Fremdeinwirkung!«

»Aber für einen Suizid gibt's auch keine Indizien und anscheinend kein Motiv. Familie und Freunde halten das für ausgeschlossen, eine tödliche Krankheit hat man auch nicht entdeckt, allerdings auch keine Schmauchspuren, aber die können beim Transport abhanden gekommen sein, der nicht so ganz professionell vorbereitet wurde. Und wegen eines unerlaubten oder nicht deklarierten Geldtransportes schießt sich doch keiner eine Kugel in den Kopf. Und was hat er vorher mit den Akten gemacht? Übrigens, Zawusi war Rechtshänder, aber der Schuss war an der linken Schläfe angesetzt.«

»Das würde ich nicht überbewerten. Sehen Sie, ich bin Linkshänderin, schreibe allerdings mit rechts, weil man mich in der Schule dazu gezwungen hat. Ich mache auch sonst den einen oder anderen Handgriff mit rechts, wenn's auch eher die Ausnahme ist. Aber ich denke, ich könnte mich auch mit der rechten Hand erschießen.«

»Warten Sie noch damit, wir brauchen Sie noch.«

»Oh Madonna, das haben Sie aber nett gesagt. Und was ist mit ihrem berühmten Spürsinn, Ihrem sicheren Gefühl?«, fragte Sie mit verführerischem Lächeln.

»Im Urlaub. Ich weiß es nicht. Im Augenblick drehe ich mich im Kreise, nichts passt zusammen. Aber das heißt nicht, dass ich resigniere.«

»Das hätte mich auch sehr enttäuscht, so wie ich Sie kenne. Aber wie gehen wir weiter vor?«

»Die Auswertung der Unterlagen bei der Inter-Trade dürfte noch einige Zeit in Anspruch nehmen. Dann sollten wir schnellsten der Blumenthal-Bank in Luxemburg einen Besuch abstatten, um den Vorgang der Geldauszahlung in allen Einzelheiten zu erfahren. Dann frage ich mich, ob wir nicht den Leuten von der Arsteel reinen Wein einschenken sollten. Vermutlich können wir nur dort erfahren, wer an den Unterlagen interessiert sein könnte.«

»Ja, völlig einverstanden, zuerst die Bank und dann die Arsteel, wenn wir die Auswertung der Inter-Trade-Prüfung haben. Die können uns vielleicht zu dem einen oder anderen Namen etwas sagen. Hat sich aus dem Gepäck im Auto noch was ergeben?«

»Nichts, was Sie nicht schon wissen sollten beziehungsweise in den Protokollen vermerkt ist. Merkwürdig ist die Sache mit der Lesebrille.«

»Lesebrille? Habe ich noch eine Wissenslücke?«

»Richtig. Das geht aus dem Bericht der Trierer Kollegen nicht hervor, und den endgültigen Befund der Spusi haben wir noch nicht. In dem halbleeren Aktenkoffer lag eine Lesebrille, so eine billige Halbbrille, wie man sie überall kaufen kann, sozusagen für den Notfall. Der junge Zöllner, der den Wagen und vor allem den Koffer minutiös untersucht hat und jedes Detail im Kopf und außerdem notiert hat, schwört bei der Heiligen Jungfrau, dass in dem Koffer keine Brille lag.«

»Fast hätte ich schon wieder *O Madonna* gesagt. Aber das ließe doch darauf schließen, dass sich jemand mit dem Aktenkoffer beschäftigt hat.«

»Sag ich doch!«

»Gut, machen Sie schnellsten einen Termin bei der Bank. Nehmen Sie Schneider mit oder die Neue – wie heißt die noch?«

»Karin Meyer.«

»Ja, natürlich. Ich meine nur, Sie sollten möglichst zu zweit bei der Bank sein. Ich weiß nicht, aber irgendwie habe ich ein komisches Gefühl bei denen. Sie sehen, selbst ich habe Gefühle.«

»Das hoffe ich doch sehr – aber ich habe nie daran gezweifelt.«

War das der Anfang eines Flirts?

13. Kapitel

BANKGEHEIMNIS

Heinrichs hatte mit der Oberstaatsanwältin noch ein paar Einzelheiten des weiteren Vorgehens besprochen und den nächsten Termin mit ihr – nach seinem erneuten Besuch in Luxemburg – vereinbart. Darauf freute er sich schon – verdammtes Weibsbild!

Am übernächsten Tag fuhr er mit Karin Meyer wieder ins Großherzogtum. Er hatte einen Termin mit Jäger vereinbaren lassen. Dieses heikle Thema wollte er nicht auf mittlerer Ebene erörtern, sondern *ganz oben*. Die Villa aus den 20er Jahren auf dem Boulevard Royal war schnell gefunden, sehr vornehm, sehr diskret, keinerlei Hinweis auf eine Bank, sondern nur ein kleines, blank poliertes Messingschild mit einem eingravierten *B.B.*. Karin steuerte den Dienst-BMW auf einen der Besucherparkplätze.

Die beiden wurden von Jäger und seinem Stellvertreter, Klaus Vormann, ebenfalls Deutscher, empfangen. Dr. Unger von der Arsteel hatte Jäger, ohne ihn persönlich zu kennen, als offenbar arrogant und undurchsichtig beschrieben, und Heinrichs sollte nicht enttäuscht werden. Die Banker begrüßten ihre Besucher höflich-korrekt, baten sie in ein kleines Besuchszimmer und boten Kaffee, Tee und Wasser an. Trotz seiner breiten Pranke war Jägers Händedruck unangenehm schlaff, dazu noch feucht, und seine vorstehenden Augen wirkten glasig und schienen durch sein Gegenüber hindurchzuschauen. Er gab sich demonstrativ gelangweilt und uninteressiert. Sein Stellvertreter Vormann, ein rothaariger, farbloser dünner Mann, um die 40, war eine Spur verbindlicher, hatte aber offensichtlich nicht viel zu melden.

»Ja, womit können wie den Herrschaften dienen?«, fragte Jäger in herablassendem Ton.

»Wie Sie wissen«, antwortete Heinrichs, »ist Ihr Klient

Dr. James Zawusi vor ein paar Tagen erschossen in seinem Auto aufgefunden worden – auf einem einsamen Feldweg in der Nähe von Trier.«

»In Igel«, verbesserte Jäger ihn. »Der muss ausgerechnet in meiner Nachbarschaft den Löffel abgeben; ich wohne nämlich in Igel, einem Dorf zwischen Trier und der Grenze bei Wasserbillig«, fügte er mit breitem Grinsen hinzu. Dabei wurden seine ungepflegten gelben Zähne sichtbar, die augenscheinlich schon viele Gauloises ertragen hatten.

»Ja, ja, der gute Zawusi. Vor kurzem saß er noch da auf diesem Stuhl, und jetzt ist er mause.« Mitgefühl sah anders aus, zumindest konnte Jäger es gut verbergen.

»Wie weit sind Sie denn mit den Recherchen, war es nun Mord oder Selbstmord?«

»Verzeihung, Herr Jäger, wir sind hierher gekommen, um Ihnen ein paar Fragen zu stellen – und nicht umgekehrt! Wie Ihnen nicht entgangen sein dürfte – die lokale Presse war ja sehr emsig –, hat der deutsche Zoll beim Übergang Remich bei Ihrem Klienten eine Million DM in einem raffinierten Versteck in seinem Auto gefunden, und aus dieser Quittungskopie geht hervor, dass er das Geld am Vortage bei Ihnen abgehoben hat.« Er zeigte den Bankern den arg zerknitterten Beleg.

Die beiden Herren wussten von d i e s e m Fund offensichtlich nichts, denn sie wirkten ziemlich betreten und drehten den Zettel ein paar Mal herum. Womöglich hatten sie sich schon zurechtgelegt, von diesem Geld nichts zu wissen. Nun fiel Ihnen nichts anderes ein als zuzugeben, dass Zawusi das Geld tatsächlich bei ihnen bezogen hatte.

»Nun, was sollen wir dazu sagen?«, lautete die erste Wortmeldung Vormanns.

»Zum Beispiel, wie und wann genau diese Auszahlung erfolgt ist und welche Personen hier in der Bank damit befasst waren oder davon Kenntnis hatten.«

»Sie wollen doch nicht allen Ernstes damit andeuten, dass jemand aus diesem Hause mit der Ermordung, wenn es denn eine war, zu tun haben könnte.« Jäger schien nervös zu werden. »Im Übrigen darf ich Sie daran erinnern, dass wir hier in Luxemburg ein Bankgeheimnis haben, von dem unsere Kollegen in Deutschland nur träumen können.«

»Und ich darf Sie daran erinnern«, konterte Heinrichs,

»dass wir in einem nicht auszuschließenden Mordfall ermitteln und Sie dabei Ihr Bankgeheimnis vergessen können – weiterhin davon zu träumen, bleibt Ihnen unbenommen. Außerdem habe ich heute meinen humorfreien Tag, und Sie können sich aussuchen, ob Sie hier und jetzt alle Fragen beantworten wollen oder ob Sie es vorziehen, sich einem Verhör im Präsidium in Düsseldorf zu unterziehen. Die Vorladung dazu übermittle ich Ihnen innerhalb der nächsten Stunden.«

Damit hatte Heinrichs die Fronten abgesteckt, und Jäger erwiderte, etwas kleinlaut, »Okay, okay, ist ja in Ordnung.« Er nickte zu Vormann hinüber und meinte: »Erzählen Sie, wie's gelaufen ist. Sie waren ja die ganze Zeit dabei, während ich Zawusi erst beim Weggehen begrüßt und zu seinem Wagen begleitet habe.«

Vormann kam dem nach und sagte: » Als kleine Privatbank haben wir grundsätzlich keine Barbeträge in dieser Größenordnung im Hause. Zum einen besteht dazu in der Regel kein Bedarf, zum anderen würde uns die Versicherung ein Vermögen kosten und zusätzliche bauliche Sicherheitsvorkehrungen verlangen. Wir bitten daher unsere Kunden, die hin und wieder einmal einen größeren Betrag abheben wollen, uns möglichst 48 Stunden vorher zu informieren. Das wusste auch Zawusi, und so hat er bereits drei Tage vorher seinen Besuch angekündigt und uns verschlüsselt seine Absicht mitgeteilt, am fraglichen Tag um neun Uhr hier einzutreffen und diese Summe abzuheben.«

»Und wie können wir uns diese verschlüsselte Mitteilung vorstellen?«, wollte Karin Meyer wissen.

»Er rief aus einer öffentlichen Telefonzelle an, das hörte man an den Verkehrsgeräuschen, und sagte, er müsse dieses Mal eine *ganze Kiste* mitnehmen. Er werde es eilig haben und daher sofort bei der Schalteröffnung hier sein; und das ist neun Uhr. Ich habe das Gespräch entgegengenommen. Wir haben das Geld, in großen Scheinen, gerade einmal eine halbe Stunde zuvor, also um halb neun, von der Banque de Luxembourg anliefern lassen. Der Transport erfolgte, wie üblich, durch die Firma Brink's. Der gepanzerte Wagen traf auf die Minute pünktlich ein. Die Frage, welche Personen bei der Zentralbank damit befasst waren, kann ich Ihnen natürlich nicht beantworten. Das könnte man erfahren, scheint mir aber unerheblich, denn dort hat man keine Ahnung, für welchen Kunden – es hätten auch mehrere sein können – das Geld bestimmt war. Und die Fahrer von Brink's, die den ganzen Tag zwischen den Banken hin – und herpendeln, kennen ohnehin die Beträge nicht, die sie in den Stahlbehältern transportieren. Also außerhalb unseres Hauses konnte niemand wissen, für wen das Geld bestimmt war.«

»Und innerhalb?«, fragte Heinrichs.

»Wir beide und unser Kassierer, Herr Theis.«

»Können Sie den dazu bitten?«

»Wenn's unbedingt sein muss«, schnarrte Jäger, der auch hinter seinem Pokerface seine Nervosität nicht verbergen konnte.

»Muss«, schnarrte Heinrichs zurück.

Vormann ging hinaus und kam nach wenigen Minuten mit dem Kassierer zurück. Theis war Luxemburger, etwa Mitte 50, eine biedere Erscheinung, die Vertrauen einflößte, so, wie man sich einen Bankkassierer vorstellte. Heinrichs stellte sich selbst und seine Kollegin vor und wiederholte die Frage nach dem genauen Hergang der Geldübergabe. Theis erklärte, dass er von Herrn Vormann über den Besuch des Kunden und dessen Anliegen informiert worden sei und somit den gewünschten Betrag bestellt habe mit genauer Vorgabe der Lieferzeit. Das sei alles Routine. Die Stahlkassette sei mit einem Zahlenschloss versehen, dessen Kombination er nur zur Hälfte kenne, während die zweite Hälfte nur den beiden Herren der Geschäftsleitung bekannt sei, die wiederum den ersten Teil nicht kennen würden. Somit könnten die Kassetten immer nur gemeinsam durch zwei Personen geöffnet werden. Diesen Behälter habe er zusammen mit Herrn Vormann aufgeschlossen, genauer gesagt nacheinander. Zuerst habe er den ersten Teil des Codes eingegeben, dann den Kassenraum verlassen, wie es ein internes Reglement vorsieht, und dann sei Herr Vormann gekommen, um den Rest einzustellen.

»Und dann haben Sie das Geld gezählt?«

»Nur überschlägig. Das heißt, wir haben uns vergewissert, dass es sich um zehn Bündel mit 1'000er Noten und einer Banderole der Zentralbank handelte, auf der jeweils der Betrag 100'000 vermerkt war. Ob in jedem Päckchen auch tatsächlich 100 Scheine waren, haben wir zunächst nicht kontrolliert, sondern die Ankunft des Kunden abgewartet, der jeden Augenblick erscheinen musste. Er kam kurz vor neun, und wir haben ihn hier in diesem Raum empfangen. Er selbst hat dann in unserem Beisein die Scheine nachgezählt, ohne die Banderolen aufzureißen und uns die Richtigkeit bestätigt, zunächst durch Kopfnicken und anschließend durch seine Unterschrift auf der Empfangsbestätigung, von der das weiße Original für uns bestimmt ist und die rosa Kopie für den Kunden. Dann entnahm er seinem Aktenkoffer eine Plastiktüte und steckte die Bündel hinein.«

»Und die rosa Quittung?«

Theis überlegte. »Ich muss nachdenken. Ach ja, die hat er einfach in die Hosentasche gesteckt. Wir raten unseren Kunden immer, mit solchen Papieren nicht über die Grenze zu gehen, und ich bin davon ausgegangen, dass er sie anschließend vernichtet hat. Abgesehen davon, dass wir nicht wissen konnten, dass er mit dem vielen Geld Luxemburg verlassen würde.«

»Was geschah dann?«, wollte Karin wissen.

»Zawusi war eilig«, fuhr Theis fort, »da er eine Sitzung in Esch-sur-Alzette hatte. Gerade als er gehen wollte, schaute Herr Jäger noch herein, um ihn zu begrüßen und nach draußen zu begleiten.«

»So war's«, meinte Jäger. »Ich habe ihn zu seinem Wagen begleitet. Er hat zunächst die Beifahrertür geöffnet und seinen Aktenkoffer auf den Sitz gelegt, um anschließend das Geld im Kofferraum zu versorgen.«

»Dann haben Sie das tolle Versteck also gesehen?«

»Keineswegs. Ich hatte den Eindruck, dass er lieber alleine sein wollte. Er schaute sich nämlich ein wenig ängstlich um und fragte mich, ob ihn hier auch niemand beobachten könnte. Als ich ihm versicherte, dass man von keiner Seite Einblick auf die Kundenparkplätze habe, schüttelte er mir die Hand und sagte, er wolle mich nicht länger aufhalten. Ich wünschte ihm daraufhin eine gute Fahrt, ging wieder ins Haus zurück und sah ihn schon nach wenigen Augenblicken hinausfahren; von meinem Schreibtisch aus sehe ich nämlich das Tor.«

»Und es hat sie nicht gestört«, wandte Heinrichs sein,

»dass Ihr Klient eine derartige Summe abhebt und damit in der Gegend herumfährt?«

»In solchen Fällen, die höchst selten vorkommen, außer vielleicht bei Zawusi, weisen wir immer auf die Risiken hin, zum einen auf die Gefahr einer Beraubung, zum Beispiel nach einem Unfall, oder auch gezielt, zum anderen erinnern wir an die einschlägigen Bestimmungen über das Mitführen von Bargeld bei einem Grenzübertritt. In den meisten Fällen wissen wir aber gar nicht, ob der Kunde mit dem Geld ins Ausland fährt. Wir haben schon erlebt, dass der Kunde die Bank wechseln möchte, aber die alte Bank nicht wissen soll, wohin er geht und daher sein gesamtes Guthaben abhebt, um damit zum nächsten Institut zu spazieren, manchmal sind's nur wenige Meter. Der Kunde ist König und muss wissen, was er tut, es ist s e i n Geld.«

»Sie sagten eben *außer bei Zawusi*; soll das heißen, dass er häufiger hohe Beträge abgehoben hat?«

»Nun ja, *häufig* ist sicherlich nicht der passende Ausdruck, aber es kam ab und zu vor. Aber in der Regel waren es kleinere Beträge, mal 50'000, mal 100'000; ich glaube, einmal waren es 300'000.« Vormann wirkte ruhig und emotionslos, farblos war er ohnehin. Jäger dagegen schien sich überhaupt nicht wohlzufühlen. Er zündete sich eine Zigarette nach der anderen an, ohne seine Besucher zu fragen, ob sein Rauchen vielleicht stören würde.

»Und über die Verwendung solcher großen Entnahmen machen Sie sich keine Gedanken?«

Jäger wurde ungehalten. »Vielleicht begreifen Sie einmal, dass es nicht unsere Aufgabe sein kann, uns den Kopf des Klienten zu zerbrechen!«

Heinrichs unterbrach: »Herr Jäger, auch ohne Ihre Belehrungen hätten wir keinerlei Entzugserscheinungen. Wir stellen klare Fragen und erwarten klare Antworten.«

»Ich war gerade dabei. Zawusi drehte ein großes Rad, ein sehr großes Rad, und bei diesen Geschäften fließt nun mal eine Menge Geld und das zum Teil in bar. So ist das nun einmal. Wir arbeiten sehr sorgfältig bei der Annahme von Geldern, aber was der Kunde schlussendlich mit seiner Kohle macht, ist nicht unser Bier. Es sei denn, wir hätten konkrete Hinweise oder Indizien, die auf dunkle Machenschaften, Rauschgift, unerlaubten Waffenhandel oder dergleichen hindeuten. Das war hier nie der Fall. Da Zawusi große Industrieanlagen vermittelte – wir reden hier immer von dreistelligen Millionen- oder sogar Milliardenbeträgen – kassierte er im Erfolgsfall fette Provisionen, die er zum Teil bei uns anlegte. Meist waren es Schecks von namhaften Unternehmen, die er bei uns einreichte, mal Überweisungen dieser Firmen über eine ihrer Hausbanken. Was sollte uns daran stören?«

»Wie hoch war sein Vermögen hier?«, wollte Heinrichs wissen.

»Muss ich Sie schon wieder an das Bankgeheimnis erinnern?«, fauchte Jäger.

»Muss ich Sie schon wieder daran erinnern, dass wir in einem nicht auszuschließenden Mordfall ermitteln? Aber ich sehe schon: Sie ziehen es offensichtlich vor, Ihre Aussage im Präsidium zu machen. Ich befürchte nur, dass die Stühle dort unbequemer sind und zufällig ein Rauchverbot bestehen könnte. Also, ich höre.«

»Ich lasse die Kontounterlagen kommen.«

»Gehen wir mal davon aus – die Kontounterlagen schauen wir uns später genauer an –, dass es bei den Geldeingängen nichts zu beanstanden gab. Es lagen reine Vermittlungsgeschäfte vor, und die Überweisungen oder Schecks stammten nicht von irgendwelchen Briefkastenfirmen in Steueroasen, sondern jeweils von Firmen, die Sie kennen oder die Ihnen ein Begriff sind. Habe ich das so richtig verstanden?«

Die Antwort kam von Vormann: »In der Regel war das so. Ob das für 100 Prozent aller Eingänge zutrifft, möchte ich nicht beschwören. Denn auch die internationalen Konzerne bedienen sich häufig Off-Shore-Gesellschaften, die völlig andere Namen tragen. Aber auch bei solchen Überweisungen gab's immer eine Referenz, zum Beispiel *Ghana*, und wir wussten, dass Zawusi eine Chemieanlage dorthin vermittelt hatte. Warum sollten wir Zweifel bekommen?«

»Gut. Aber jetzt haben wir die Barbezüge, von denen der letzte Ihrem Klienten womöglich zum Verhängnis wurde. Was können Sie dazu sagen?«

»Nichts, was wir nicht schon gesagt haben, basta!« Jäger hatte Mühe, sich zusammenzunehmen. »Wir wissen es nicht. Das Einzige, was wir zu wissen glauben, ist, dass Zawusi nicht nur Provisionen kassierte, sondern seinerseits welche zu zahlen hatte, und das geschah wohl häufig in bar.«

»Sie meinen Schmiergelder, Bestechung von Beamten in Entwicklungsländern, Zuwendungen an Potentaten.«

»Nennen Sie's doch, wie Sie wollen. Glauben Sie, es sei unsere Aufgabe, die Moralapostel zu spielen. Bin ich etwa der Papst?«

»Auf den Gedanken wäre ich kaum gekommen«, konterte Heinrichs voller Ironie. »Legen wir mal die Moral zu den Akten. Ich komme zurück zu der Frage, wer davon gewusst haben kann, dass Ihr Kunde mit soviel Bargeld im Kofferraum bei Ihnen losfährt. Hätte es doch einen Mitwisser geben können? Beispielsweise aus dem Umfeld des Empfängers? Hat ihn doch jemand beobachten können? Hat er, als er hier war, mit jemandem telefoniert?«

Vormann ergriff wieder das Wort: »Mitwisser hier im Hause schließe ich aus. Unsere Dame am Empfang hat ihn kommen und gehen sehen, meine Sekretärin wusste von dem Termin, aber beide Damen haben keine Ahnung, was wir mit Zawusi besprochen haben und dass wir ihm Bargeld übergehen haben.«

Karin unterbrach: »Und dass unmittelbar vor seinem Eintreffen die Firma Brink's hier war, ließ keine Rückschlüsse zu?«

»Überhaupt nicht. Die kommen zwei-, dreimal pro Woche, häufig um diese Uhrzeit. Und das Geld wurde ihm hier in diesem Raum übergeben, nicht etwa an der Kasse.«

Karin ließ nicht locker: »Gut, aber Herr Theis musste mit dem Geld doch hier herkommen, das heißt, den Kassenraum verlassen.«

»Das ist richtig«, sagte Theis. »Aber ich war zu diesem Zeitpunkt allein; niemand hat gesehen, dass ich meinen Arbeitsplatz verlassen habe.«

Vormann ergriff wieder das Wort: »Ob es Mitwisser aus dem Umfeld des Empfängers – oder der Empfänger – gibt, können wir natürlich nicht beurteilen, da wir nicht die leiseste Ahnung haben, für wen das Geld bestimmt war und nicht einmal, wie schon erwähnt wurde, dass er damit nach Deutschland fahren würde. Telefoniert hat er während seines Besuches nicht; stimmt das, Herr Theis?«

Theis schüttelte den Kopf: »Nein, hat er nicht.«

»Aber derjenige, der das Konto hier betreut, muss doch von der Transaktion gewusst haben, und später erscheint der Vorgang in der Buchhaltung, oder sehe ich das falsch?«, fragte Meyer.

»Das sehen Sie völlig richtig, junge Frau«, erwiderte Jäger. »Nur wird das Konto von meiner Wenigkeit persönlich betreut, weil der Kunde das ausdrücklich gewünscht hatte. Der Vorgang erscheint natürlich in der Buchhaltung, aber den Mitarbeitern dort ist die Identität des Kunden nicht bekannt. Das Konto gehört einer Gesellschaft auf den British Virgin Island, und deren sogenannter *beneficial owner* ist Herr Dr. Zawusi. Und außer uns Dreien weiß das niemand. Zufrieden?«

»Hat die schöne Gesellschaft auch einen Namen?«

»Die heißt Star Materials Ltd.; Sie sehen es nachher auf den Kontounterlagen.« Vormanns Sekretärin erschien mit der Kundenakte.

»Ja, meine Herren, ich schlage vor, wir machen eine Pause, das heißt, Sie widmen sich Ihrer Arbeit, und meine Kollegin und ich vertiefen uns einmal in die Star-Akte. Wenn wir soweit sind, geben wir Bescheid.«

Die Herren Banker erhoben sich und trotteten zur Tür. Euphorie war ihnen kaum anzumerken. Die Sekretärin schenkte noch einmal Kaffee nach und meinte beim Hinausgehen: »Wenn Sie irgendetwas brauchen, mein Büro ist gleich nebenan, die erste Tür links.« Sie warf den Besuchern ein verlegenes Lächeln zu und schloss die Tür hinter sich.

Heinrichs bedachte Karin Meyer mit einem verschmitzten Grinsen und meinte: »Gehe ich fehl in der Annahme, dass du dich soeben frisch verliebt hast?«

Sie verdrehte die Augen und blickte zur Decke. »Mein Gott, so ein Kotzbrocken. Eher gehe ich ins Kloster.«

»Da würdest du dich langweilen. Aber du hast Recht, ein unmöglicher Vogel. Der Mensch von der Arsteel war ja noch richtig liebenswürdig in seiner Beschreibung, vermutlich, weil er ihn persönlich nicht kennt. Überheblich, verschlagen – und der Tod seines Kunden scheint ihn wenig zu berühren.«

»Meinst du, der ist sauber?«

»Bin ich Jesus?«

»Weiß Gott nicht. Oh, Verzeihung, das war jetzt vorlaut von mir. Aber du bist doch bekannt für deinen Spürsinn, deine anscheinend untrügliche Menschenkenntnis.«

»Das war schlagfertig pariert und ist kein Grund für eine Entschuldigung. Du, ich weiß es nicht. Zutrauen würde ich dem vieles; ein skrupelloser Typ ist der sicherlich. Aber Diebstahl und womöglich Mord? Wenn einem jemand unsympathisch ist, muss man erst recht mit vorschnellen Vermutungen aufpassen. Das habe ich in all den Jahren gelernt. Und die Schlimmsten, vor allem im Bereich Wirtschaftskriminalität, die mir begegnet sind, waren fast immer diejenigen, denen man es am wenigsten zugetraut hätte, sympathisch, gebildet, elegant und mit guten Manieren. Aber bei diesem Jäger bin ich unsicher. Sicher bin ich mir nur, dass der uns noch lange nicht alles sagt, was er weiß. Der wurde doch zunehmend nervöser und aggressiv.«

»Und der Vormann? Mir scheint der in Ordnung.«

»Na ja, *His Master's Voice*. Ein Schwachkopf, der sich aus dem Fenster stürzt, wenn Jäger ihn dazu auffordert. Das Problem ist, dass die Argumente der beiden stichhaltig sind. Man kann in der Tat von Bankern nicht erwarten, dass sie die Kindergärtner ihrer Kunden sind. Wenn die beim Empfang der Gelder ihre Hausaufgaben gemacht haben, was noch zu prüfen wäre, dann können die ihre Schäfchen nicht daran hindern, selbst große Beträge in bar abzuheben. Ich kenne auch so einen Fall, wie Vormann ihn geschildert hat. Hier stellt sich aber die Frage, inwieweit die Blumenthal-Leute über die Aktivitäten unseres Mannes informiert waren und wer was wusste. Komm, lass uns die Akte anschauen.«

Jürgen Heinrichs arbeitete gerne mit Karin Meyer zusammen. Sie war vor etwa einem Jahr von Nürnberg nach Düsseldorf gewechselt – mit besten Empfehlungen und glänzenden Zeugnissen. Im Rahmen eines Austauschprogrammes hatte sie ein Jahr bei Scotland Yard in London verbracht. Sie war ein kleines, zierliches Persönchen mit langen brünetten Haaren und großen dunklen Augen in einem etwas rundlichen Gesicht und einer kleinen Stupsnase, keine klassische Schönheit, aber eine hübsche junge Frau mit sehr viel Charme. Ihre 32 Jahre sah man ihr nicht an; sie wäre eher für 25 durchgegangen und sorgte oft für erstaunte Blicke, wenn sie als Kommissarin vorgestellt wurde oder dies selbst tat. Sie war zurückhaltend, fast schüchtern, aber wenn sie den Mund aufmachte, hatte alles, was sie sagte, Hand und Fuß. Heinrichs mochte ihr Rollen des R, womit sie ihre fränkische Herkunft verriet. Er hatte ein paar Mal mit ihr zu tun gehabt und sie nun, zum ersten Mal, in seine SOKO berufen, weil er fand, dass sie eine Nachwuchskraft war, die man fördern sollte.

Auf der Fahrt nach Luxemburg hatte er ihr das *Du* angeboten. Inzwischen hatte sich das im Präsidium und allgemein in der Berufswelt mehr und mehr eingebürgert, quer durch alle Hierarchiestufen. Er tat sich noch immer etwas schwer damit, außer bei alten Weggefährten, wie Schneider oder Dr. Becker von der Pathologie. Aber er wollte nicht als alter Bock oder gar arrogant gelten, und so fügte er sich der neuen Mode, vor allem in einer Sonderkommission, in der ein kleines Team nun für Wochen oder Monate eine harte Nuss zu knacken hatte und es auf ein gutes, freundschaftliches Betriebsklima ankam. Er ging davon aus, dass seine Autorität durch das Duzen nicht infrage gestellt würde.

Karin hatte freudig-überrascht auf dieses Angebot reagiert, aber auch etwas verlegen. »Danke, ich weiß gar nicht, was ich sagen soll, ich muss mich erst noch daran gewöhnen. Aber ich freue mich, denn ich fühle mich sehr wohl in Ihrem – Verzeihung, deinem Team.«

Sie nahmen sich nun die Unterlagen der *Star Materials* vor. Um unerfreuliche Diskussionen mit Jäger über Kopien oder gleich Mitnahme der ganzen Akte zu vermeiden, entnahm Karin ihrer Tasche eine Minox und lichtete die wichtigsten Seiten ab. Vor allem die Kontoeröffnungsunterlagen mit allen Daten der Gesellschaft, den wirtschaftlich Berechtigten und den Bevollmächtigten. Das Konto wies ein Guthaben von rund fünf Millionen DM auf, nur zu einem kleinen Teil in Wertpapieren angelegt, sondern überwiegend auf Festgeldkonten mit kurzen Laufzeiten. Heinrichs war kein Finanzexperte, aber er erkannte darin die Möglichkeit, innerhalb kurzer Fristen auch größere Beträge in bar abheben zu können; mit anderen Worten: Liquidität hatte den Vorrang vor einer höheren Rendite. So waren denn auch seine Barbezüge in den letzten zwei Jahren – nur soweit gingen sie im Augenblick zurück – keineswegs *ab und zu* vorgekommen, wie Vormann behauptet hatte. Es hatte immer wieder, alle paar Wochen, solche Entnahmen gegeben und keineswegs immer nur *kleinere* Beträge, sondern es waren häufig sechsstellige Summen ausgezahlt worden und schon einmal eine ganze Million. Somit sagte Vormann nicht die Wahrheit. Dies ließe sich allenfalls dadurch erklären, dass er persönlich dieses Konto nicht betreute und womöglich nicht über alle Bewegungen informiert war. Aber Jäger, der es wissen musste, hatte dieser falschen Auskunft nicht widersprochen!

Nach etwa einer Stunde waren sie mit der Durchsicht fertig, und alles, was interessant erschien, befand sich nun in der kleinen Minox und wartete auf die Auswertung. Karin ging ins Büro der Sekretärin, um ihr die Unterlagen zurückzugeben und zu sagen, dass sie nun abfahren würden. Die Sekretärin rief Vormann an, der sofort erschien, um seine Besucher zu verabschieden und – etwas verlegen – Jäger zu entschuldigen, der gerade mit einem sehr wichtigen Kunden in einer Besprechung sei. Der hatte offenbar keinen großen Wert darauf gelegt, seine neugierigen Gäste noch einmal zu sehen, und deren Enttäuschung hielt sich in sehr engen Grenzen.

Vormann begleitete die beiden Kommissare zu einem Nebenausgang, durch den man direkt auf den Parkplatz neben der Villa gelangte. Heinrichs nahm sich Zeit beim Hinausgehen, warf einen prüfenden Blick auf die Tür und drehte sich draußen noch einmal um und betrachtete in aller Ruhe diese Seite des Hauses. Karin war das nicht entgangen.

Heinrichs setzte sich ans Steuer und meinte zu seiner Kollegin, er wolle ihr schließlich nicht Hin- u n d Rückfahrt zumuten, und er nahm, wie vorgesehen die Strecke nach Remich unter die Räder.

»Darf ich mal was fragen?«, druckste Karin herum. »Na klar, was ist denn?«

»Beim Hinausgehen ist mir aufgefallen, dass Sie – pardon du dir die Tür und das ganze Haus sehr genau angeschaut hast. Hatte das einen besonderen Grund?«

»Wenn ich mir etwas genau anschaue, hat das immer einen Grund. Ich habe festgestellt, dass dieser Seiteneingang ein relativ großes Fenster hat; nach dem Stil zu urteilen, ist das noch die Originaltür aus den 20er Jahren. Aber sie wurde von innen mit einer Stahlplatte gepanzert und mit einer modernen Schließanlage versehen, und das Fenster ist vergittert. Das ist alles normal für eine Bank. Außen befindet sich eine Klingel, und ich gehe davon aus, dass Stammkunden direkt dort hineingehen, um von der Straße aus nicht gesehen zu werden. Du weißt, unsere Kollegen von der Steuerfahndung sind begnadete Fotografen. Dann ist mir noch aufgefallen, dass das vergitterte Fenster in der Tür verspiegelt ist. Das heißt, man kann von innen nach draußen schauen, aber nicht umgekehrt. Wenn also dort jemand klingelt, kann ein Mitarbeiter der Bank sehr genau sehen – sehr viel besser als durch die üblichen *Spione* –, wer draußen steht, und er kann sogar fast den ganzen Parkplatz überblicken. Derjenige, der vor der Tür steht, merkt aber nicht, dass er beobachtet wird. Vermutlich werden die Leute von Brink's auch diesen Eingang benutzen.«

»Okay, verstanden. Aber hat dich das zu einer neuen Erkenntnis gebracht?«

»Zu einer Erkenntnis mit Sicherheit noch nicht. Aber ich denke über eine Möglichkeit nach. Der Jäger hat doch behauptet, von dem Versteck im Kofferraum keine Ahnung zu haben, da Zawusi ihn geradezu weggeschickt habe, als er sein Geld versorgte. Nun wäre es aber möglich – rein theoretisch –, dass er seinen Besucher durch die verspiegelte Scheibe beobachtet hat, nachdem er in die Villa zurückgegangen ist, und somit ziemlich genau sehen konnte, wie Zawusi sein Geld in dem Reservetank verstaut hat. Zwischen der Tür und den Besucherplätzen sind's gerade mal 12 bis 15 Meter. Zawusi hätte nicht bemerken können, dass ihn jemand sieht. Von einer anderen Stelle des Hauses wäre das nicht möglich gewesen, denn diese ganze Westseite hat keine Fenster; zwei frühere sind zugemauert. Und vom Nachbargrundstück ist in der Tat kein Einblick möglich und von der Straße eh nicht. Du siehst, es lohnt sich manchmal, einen Ort in aller Ruhe zu verlassen.«

»Ich glaube, ich habe heute viel gelernt.« Karin warf ihrem Chef einen bewundernden Blick zu.

Schon bald trafen sie am Grenzübergang Remich ein, wo die beiden Zöllner sie schon erwarteten. Heinrichs kannte sie ja schon, und er stellte Karin Meyer als Mitglied seiner SOKO vor. »Tut mir leid, dass wir Sie nochmals behelligen, aber wir mussten ohnehin noch einmal nach Luxemburg und haben uns gedacht, dass wir die Gelegenheit nutzen könnten, Ihnen noch ein paar Fragen zu stellen. Nachher fällt einem immer noch das eine oder andere ein. Um es vorwegzunehmen, wir haben bislang keine neuen Erkenntnisse.«

Zu dem jungen Zöllner gewandt, fragte Heinrichs:« Sorry, aber was die Lesebrille angeht, sind Sie nach wie vor zu 100 Prozent sicher, auch ohne die Heilige Jungfrau zu bemühen, dass sie nicht in dem Aktenkoffer lag?«

»Vollkommen! Ich habe unser Gespräch letzte Woche noch einmal Revue passieren lassen, noch einmal meine Untersuchungen rekonstruiert, meine Kladde studiert, in der ich ja alle Gegenstände eingetragen habe bis zu genauen Anzahl der Kugelschreiber – nein, eine Lesebrille war definitiv nicht dabei.«

»Gut. Hat denn Zawusi während des Gesprächs mit Ihnen einmal die Brille gewechselt?«

»Nein«, antwortete der Chef, »mit Sicherheit nicht. Der hatte ständig diese randlose Doppelbrille auf der Nase, und die hat er nie abgenommen.«

»Nächste Frage: Hat er, während er hier war, telefoniert oder bevor er losfuhr?«

»Hier im Büro nicht. Er hatte sein Handy neben sich liegen, als ob er einen Anruf erwartete, aber es kam keiner, und er selbst hat auch niemanden angerufen. Auch nicht als er abfuhr, soweit wir das sehen konnten.«

Heinrichs und Meyer schoben noch eine Reihe Detailfragen nach, mussten aber feststellen, dass sie nicht zu mehr Erkenntnissen kamen, als sie ohnehin schon hatten. Sie bedankten sich herzlich und traten die Rückfahrt nach Düsseldorf an.

14. Kapitel

HEIMFAHRT

Heinrichs hüllte sich in Schweigen, und Karin fühlte, dass er nicht sehr zufrieden war mit diesem *Ausflug* nach Luxemburg, zumindest hatte dieser Abstecher nach Remich nichts Neues gebracht. Während der ersten halben Stunde sagte er kein Wort. Schließlich fragte sie:
» Was haben wir nun heute erfahren?«
»Erfahren? Nichts! Weißt du, was Einstein einmal gesagt hat?: *Phantasie ist wichtiger als Wissen, denn Wissen ist begrenzt!*.«
»Mein Gott, heute höre ich nicht auf zu lernen – toll, aber?«
»Aber was? Wir haben heute wenig konkrete Dinge erfahren, aber meine Phantasie hat dieser Tag vielleicht bereichert, was aber noch nicht viel besagt: Fassen wir mal zusammen:
– Zawusi, soviel steht nun fest, hat bei den Blumenthals eine Million abgehoben und in seinem Daimler versteckt.
– Der Einzige, der das hätte beobachten können, ist Jäger, der Mann deiner Träume. Aber das besagt noch gar nichts.
– Man findet am Zoll das Geld, konfisziert es, und er fährt, um eine Million erleichtert, weiter und lenkt anscheinend aus freien Stücken seinen Wagen in diese gottverlassene Gegend und wird dort erschossen – oder erschießt sich selbst.
– Die vertraulichen Unterlagen in seinem Koffer sind weg, dafür liegt eine Lesebrille drin, die ihm offenbar nicht gehört hat.
Und das ist alles, was wir bisher wissen. Und wenn du mir sagst, wie das alles zusammenpasst, bekommst du eine Beförderung.«
»So gern ich befördert würde, aber für mich passt hier auch nichts zusammen. Nehmen wir mal an, er ist hinter

diesen alten Schuppen gefahren, weil er dort das Geld übergeben sollte. Er hatte es zwar nicht mehr, musste aber den Menschen, der ihn dort erwartete, informieren. Angerufen hat er ihn nicht, das wissen wir auch durch die Untersuchung seines Handys – vermutlich war ihm das zu riskant.«

»Moment«, unterbrach Heinrichs, »wer sagt uns denn, dass er nicht auf dem Weg dorthin an einem Postamt oder an einer Telefonkabine angehalten hat, um anzurufen. Aber gut, nehmen wir an, er hat tatsächlich nicht telefoniert, um jedes Risiko auszuschalten, abgehört zu werden. Aber er war erheblich verspätet. Vielleicht war auch nur der Übergabeort vereinbart, und Zawusi wollte sich melden, wenn er dort eintrifft, und der andere hatte es nicht weit.«

»Weil der in Igel wohnt?«

»He, he, langsam mit voreiligen Schlüssen!«

»Ich habe ja nur mal laut gedacht. Entschuldigung!«

»Ist doch in Ordnung. Gehen wir also davon aus, unser Freund ist zu diesem konspirativen Treffen gefahren, um das Geld zu übergeben – so war es zumindest geplant. Nun ist er ohne die Kohle dort aufgekreuzt, um seinem Kumpel das Malheur zu erklären. Der fand das nicht lustig – aber war das ein Grund, ihn gleich abzuknallen? Nicht sehr logisch. Und wieso sind dann die Akten verschwunden, während alles andere im Wagen belassen wurde, soweit wir wissen? Wo liegt der Zusammenhang zwischen der Million und den Unterlagen? Wir müssen noch sehr viel mehr wissen, was in den Papieren alles gestanden hat. Wir werden die Arsteel informieren und ausquetschen müssen; ich werde das morgen mit der Staatsanwältin besprechen.«

»Vielleicht gibt es keinen Zusammenhang, sondern wir haben es mit einem Zufall zu tun. Vielleicht war Zawusi gar nicht wegen des Geldes dorthin gefahren, sondern wegen der Akten. Aber warum sollte er die jemandem übergeben? Es war doch sein Geschäft; wenn die Eisen& Stahl den Auftrag bekam, kassierte er eine dicke Provision. Oder hatte ihm ein Konkurrent mehr geboten und benötigte die Unterlagen? Macht auch irgendwie keinen Sinn. Mein Gott, ich weiß es nicht. Oder jemand hat von dem Geld im Auto gewusst, nicht aber von der Beschlagnahme am Zoll, hat ihn diskret verfolgt – unser Mann auf dem Motorrad – und ruck, zuck erschossen, um an die Kohle zu kommen.«

»Nicht übel, nur eins spricht dagegen; im Wagen waren nicht die geringsten Spuren einer Durchsuchung. Damit alles nach Selbstmord aussehen sollte, hat er nichts angerührt, nachdem er festgestellt hatte, dass das Versteck – von dem er Kenntnis haben musste – leer war. Aber das erklärte wiederum nicht das Verschwinden der Akten und die Sache mit der Lesebrille. Vielleicht besteht tatsächlich kein Zusammenhang zwischen den beiden Vorgängen. Aber überzeuge du mal unsere verehrte Oberstaatsanwältin von einem Zufall.«

Sie spielten noch alle möglichen Varianten durch, ohne zu einer einigermaßen einleuchtenden Hypothese zu kommen. Müde und frustriert kamen sie in Düsseldorf an, und Heinrichs lud Karin noch zu einem Imbiss in der Altstadt ein. Morgen war auch noch ein Tag.«

15. Kapitel

LAGEBESPRECHUNG

Schon am folgenden Vormittag saßen Heinrichs und Meyer im schönen Büro der noch schöneren Staatsanwältin und berichteten ausführlich über ihre Gespräche bei Blumenthal und über den Abstecher nach Remich sowie all die Gedankenspiele, die sie auf der Heimfahrt gemacht hatten. Sie waren kein Deut klüger geworden. Auch Rosanna Orlando – sie trug einen schwarzen Hosenanzug aus Honanseide und eine knallrote Bluse – schien von keinem Geistesblitz getroffen zu sein. Sie hörte aufmerksam zu, unterbrach fast nie, was Heinrichs überraschte, und machte sich eine Menge Notizen. Dann meinte sie:

»Mit Zufällen hab ich's nicht so, aber dass es sie gibt, ist auch klar. Ich habe sie schon erlebt und manchmal gedacht, sie könnten ein Wink des Schicksals sein – oder vom lieben Gott. Was hat Anatole France noch gesagt? Moment, ich hab's gleich. Ja: *Der Zufall ist Gottes Deckname, wenn Gott sich nicht zu erkennen geben will.* Schön, nicht? Dennoch, es will mir einfach nicht in den Kopf, dass zwischen dem Geldtransport und dem Diebstahl der Akten kein Zusammenhang bestehen soll, auch wenn ich ihn, wie ich zugeben muss, nicht erkennen kann. Irgendetwas stinkt doch da zum Himmel.«

»Nun ja«, entgegnete Heinrichs, »Zufälle sind auch nicht gerade meine Lieblingshypothesen. Aber man sollte doch einmal folgendes in Betracht ziehen: Dass Zawusi immer wieder Bargeld abgehoben und danach irgendwohin verbracht hat, steht fest. Keineswegs mal *ab und zu*, wie uns die Bankheinis wahrheitswidrig weismachen wollten, sondern in schöner Regelmäßigkeit, allein in den letzten zwei Jahren fünfzehnmal, Beträge zwischen 50'000 und einer Million, letzteres zweimal, die jetzt konfiszierte eingerechnet. Auch wenn er den Zöllnern gesagt hat, er sei nicht die

Firma Brink's, kann man doch sagen, dass das bei ihm zum Geschäft gehörte, und das ist ja auch nichts Neues. Dass aber eine wichtige, höchst vertrauliche Akte abhanden kommt, gehört doch wohl weniger zu den Usancen des Anlagengeschäfts – und ermordet wird man eh nur einmal.«

Rosanna musste lachen: »Ihren Humor möchte ich auch haben. Aber Sie haben natürlich recht: der eine Vorgang scheint nichts Außergewöhnliches zu sein, der andere dagegen schon. Aber was können wir daraus schließen? Ich weiß, dass ich im Ruf stehe, stur zu sein, und ich tue mich auch sehr schwer mit dem Gedanken, dass das eine mit dem anderen nichts zu tun haben soll. Aber ich versuche einmal, über meine eigenen Schatten zu springen und sage: gut, verfolgen wir zwei Pisten! Der Sache mit den offensichtlichen Schmiergeldzahlungen werde ich natürlich nachgehen, und zwar sehr intensiv, und ich befürchte für die Eisen& Stahl, dass wir uns demnächst eingehend mit ihr befassen werden. Und jetzt sollten wir tatsächlich versuchen, die Sache mit dem Aktenkoffer einmal losgelöst von der abgehobenen Million unter die Lupe nehmen. A propos Lupe: was war denn mit der Lesebrille?«

»Ach ja, das hätte ich fast vergessen«, antwortete Heinrichs. »Ich habe heute morgen noch mit Frau Zawusi telefoniert und sie nach einer solchen Brille gefragt. Ihre Antwort ist ein klares Nein. Ihr Mann habe, seit sie ihn kenne, immer nur diese Doppelbrillen getragen, und zwar permanent und niemals eine eigentliche Lesebrille besessen, vor allem nicht von der Art, wie die im Aktenkoffer. Er habe sich im Laufe der Jahre schon einmal eine modernere Version gekauft oder eine stärkere gebraucht, aber immer eine der älteren als Reserve behalten. Eine habe im Handschuhfach des Wagens gelegen – und die haben wir auch gefunden. Danach habe ich noch die Spusi angerufen und erfahren, dass die Dioptrien von Zawusis Brillen um Lichtjahre von denen dieser Lesebrille abweichen, so dass sie keineswegs derselben Person gehört haben können.«

»Gut«, sagte Orlando, »auf in den Kampf! Wir fahren nach Luxemburg – ich komme mit – und löchern die Arsteel-Leute. Wir müssen einfach noch sehr viel mehr darüber wissen, was in den Akten an Informationen vorhanden war und wer daran interessiert sein könnte. Wir denken immer an die Konkurrenz, aber vielleicht sind wir damit auf dem Holzweg. Herr Heinrichs, machen Sie einen Termin? Möglichst noch diese Woche.«

»Ich kümmere mich darum und gebe Ihnen nachher Bescheid. Die beiden Kommissare verabschiedeten sich und verließen das Büro. In der Cafeteria des Präsidiums nahmen sie noch einen Kaffee.

»Wow«, sagt Karin, »quelle femme!«

»Ich weiß, dass du gut französisch sprichst, und das habe ich sogar verstanden, aber trotzdem: wieso?«

»Och, das passt einfach besser. Die Frau ist doch wirklich beeindruckend. Einmal ihr Aussehen – das muss der Neid ihr lassen, aber auch ihre Ausstrahlung und die Art und Weise, wie sie die Dinge angeht. Bisher habe ich die ja nur zweimal gesehen, und auch das eher von weitem. Alle sagen, du doch auch, sie sei schwierig, stur, unnachgiebig. Den Eindruck hatte ich nun gar nicht.«

»Um ehrlich zu sein, ich bin auch überrascht. So nachdenklich und geduldig zuhörend habe ich die auch noch nie erlebt. Aber sie hat in diesem Fall offenbar auch keine Meinung, an der sie sich, wie sonst, festklammert.«

»Und du hast ein Faible für sie; als Frau merkt man das. Und sie mag dich auch!«

»Trink mal deinen Kaffee aus, wir haben zu tun!«

16. Kapitel

BITTERE WAHRHEIT

Zwei Tage später saßen die Staatsanwältin und der Kommissar im Wagen auf der Fahrt nach Luxemburg. Inzwischen kannte Heinrichs die Strecke im Schlaf.
Er hatte selbst mit Dr. Unger telefoniert und angekündigt, dass er in Begleitung der mit dem Fall befassten Oberstaatsanwältin erneut nach Luxemburg komme; es gebe noch einiges zu diskutieren. Unger hatte kurz darauf zurückgerufen und das Treffen am Hauptsitz in Luxemburg-Stadt vorgeschlagen. Das sei für sie doch einfacher, als bis nach Esch zu fahren, und vielleicht würde ein Mitglied des Vorstandes an dem Gespräch teilnehmen wollen.
Heinrichs war beim letzten Besuch bei Blumenthal über die Avenue de la Liberté gefahren und hatte den prächtigen Hauptsitz des Konzerns wahrgenommen, der wie ein kleines Schloss aussah. So hatte er ihn schnell wieder gefunden und den Wagen auf einem der Besucherparkplätze abgestellt. Sie waren pünktlich auf die Minute, und Unger ließ sie nicht warten. Man stellte sich vor, und sie wurden in ein Besuchszimmer geleitet, das mit seinen Antiquitäten und schweren Teppichen schon fast einem Raum in einem Museum glich. An den Wänden hingen ein paar goldgerahmte Portraits in Öl, offenbar die Firmengründer. Hier erwartete sie auch Herr Beimer, den Heinrichs ebenfalls schon kannte und auch Frau Thilges, die bereits Getränke bereitgestellt hatte. Nach wenigen Minuten erschien ein weißhaariger, großer Herr, um die 60, Herr Dr. Kloos, Mitglied des Vorstandes. Er war Belgier und sprach fließend deutsch. Er begrüßte die Staatsanwältin mit einem galanten Handkuss und meinte:
»Eigentlich sollte ich mich über den Besuch einer so attraktiven Dame sehr freuen, aber in diesem Falle ahne ich nichts Gutes. Trotzdem seien Sie herzlich willkommen! Ich

bin über den Vorfall eingehend informiert worden. Gut, kommen wir zu Sache; Sie haben uns sicherlich Neuigkeiten zu berichten.«

Rosanna Orlando ergriff das Wort: »Zunächst besten Dank für den freundlichen Empfang. Ich weiß von meinem Kollegen Heinrichs, dass Sie sich schon bei seinem Besuch in Esch sehr kooperativ gezeigt haben. Leider können wir mit neuen Erkenntnissen nicht dienen. Zwischen dem Geldtransport und dem mysteriösen Tod des Dr. Zawusi konnten wir bisher keinen Zusammenhang feststellen oder rekonstruieren. Wie wissen lediglich inzwischen, bei welcher Bank er das Geld abgehoben hat und das dies kein Einzelfall war. Bei diesen Anlagegeschäften wird offensichtlich viel Geld, auch in bar, hin- und herbewegt. Aber das wissen Sie ja alles. Natürlich werden wir uns mit diesem Thema noch intensiv befassen, auch unter dem steuerlichen Aspekt. Nun müssen wir Ihnen aber etwas anderes mitteilen, worüber Sie vermutlich nicht begeistert sein werden. Vielleicht fahren Sie mal fort, Herr Heinrichs.«

Heinrichs übernahm: »Herr Dr. Unger, Sie haben sich bei unserem letzten Gespräch darüber gewundert, dass wir immer wieder nach dem Aktenkoffer gefragt hatten und wollten wissen, ob etwas damit nicht in Ordnung sei oder ob er nicht mehr im Wagen gelegen habe. Mein Kollege Schneider hat Ihnen wahrheitsgemäß geantwortet, dass sich dieser Koffer sehr wohl im Wagen befunden hat und auf Ihr Insistieren hin auch bestätigt, dass sich darin Geschäftsunterlagen befunden hätten, und dass sich alles zur Untersuchung in unserem kriminaltechnischen Labor befinde. So weit, so gut und so richtig. Mehr konnten wir zu diesem Zeitpunkt wirklich nicht sagen; das erlauben unsere Vorschriften nicht, wenn wir erst am Anfang unserer Ermittlungen stehen.

Nun hatten Sie uns aber berichtet, dass Sie Ihrem Besucher ein dickes Bündel vertraulicher Unterlagen über das Projekt in Afrika mitgegeben hätten, das mit einem breiten Gurt zusammengehalten worden sei. Der junge Zöllner in Remich, der den Wagen Zawusis eingehend untersucht hat, hat uns genau dieses Aktenkonvolut bestätigt. Er hat es nicht nur gesehen, sondern auseinandergenommen und nach Geld oder Bankunterlagen durchsucht, bevor man die Million im Kofferraum entdeckte.«

»Sie machen es spannend«, unterbrach Kloos, »ich ahne Fürchterliches. Sagen Sie bloß nicht, das Paket sei verschwunden!«

»Leider kann ich Ihnen nichts anderes sagen. D i e s e Akten befanden sich nicht im Aktenkoffer. Und es gibt ein Indiz dafür, dass sich jemand an diesem Koffer zu schaffen gemacht hat, der nicht Zawusi war.« Er erwähnte den Fund der Lesebrille im Augenblick noch nicht.

Die Herren sahen sich entsetzt an. Unger reagierte gereizt:

»Aber ich habe doch ausdrücklich Ihren Kollegen gefragt, ob er Geschäftsunterlagen darin gesehen habe, was er eindeutig bejahte.«

»Das ist richtig«, erwiderte Heinrichs. »Es lagen auch ein paar Geschäftsunterlagen darin. Die Aufgabe von Herrn Schneider war, den Fundort zu inspizieren und den Wagen nach Düsseldorf zu überführen, nicht jedoch, ihn an Ort und Stelle zu untersuchen. Das war zum einen schon durch die Trierer Kollegen geschehen, die auch die Fingerabdrücke genommen hatten. Natürlich hat auch Herr Schneider unter anderem einen Blick in den Aktenkoffer geworfen. Zu diesem Zeitpunkt wusste er jedoch nichts von dem dicken Aktenbündel, und insofern konnte ihm dessen Fehlen auch nicht auffallen. Wir haben erst auf dem Weg zu Ihnen nach Esch von den Zöllnern von diesem Paket gehört. Als wir bei Ihnen waren, befand sich Zawusis Wagen noch im Labor. Abgesehen davon hätte sich dieses Bündel auch sonstwo im Auto befinden können; ich wiederhole: Schneiders Aufgabe war nicht, den Wagen noch vor der Rückfahrt gründlich unter die Lupe zu nehmen. Insofern konnte er Ihnen nichts anderes sagen; ich bitte da um Verständnis. Erst jetzt, nachdem die Untersuchungen abgeschlossen sind, wobei kein Detail ausgelassen wurde, und wir inzwischen durch Sie und die Zöllner wissen, dass er mit diesen Papieren abgefahren und in die Bundesrepublik eingereist ist, können wir mit Sicherheit sagen, dass sie verschwunden sind. Sie wurden weder in seinem Aktenkoffer, noch an anderer Stelle gefunden. Und das ist auch der Hauptgrund für unseren erneuten Besuch bei Ihnen.«

Die Staatsanwältin ergriff wieder das Wort:
»Mein Kollege hat vollkommen Recht. Wir gehen schon jetzt mit dem, was wir berichten, hart an die Grenze dessen, was in einem laufenden Verfahren erlaubt ist. Wir versprechen uns aber Hilfe von Ihnen. Denn nur Sie können uns sagen, wer an diesen Unterlagen ein Interesse haben könnte, und zwar ein so starkes, dass er dafür – womöglich – einen Mord begeht, wenn es denn einer war. Ich gestehe, dass ich mich von Anfang an auf einen Suizid eingestellt hatte, aber das würde das Verschwinden der Dokumente nicht erklären. Bevor wir auf den Inhalt näher eingehen, eine Frage: bedeutet der Vorfall für Sie einen realen Verlust oder ein echtes Problem bei der Bearbeitung dieses Projektes?«

»Das kann man so nicht sagen«, meinte Unger. »Diese Unterlagen bestehen natürlich in mehreren Exemplaren oder hätten jederzeit wieder neu erstellt werden können; das ist schließlich alles gespeichert. Da wir dieses Exemplar, wie Sie wissen, für die Eisen & Stahl Herrn Zawusi mitgegeben hatten und es bei Ihnen an sicherem Ort wähnten, die Verhandlungen aber zügig weitergehen sollten, haben wir die ganze Arbeitssitzung wiederholt, dieses Mal mit einem Vorstand und zwei leitenden Herren der Eisen & Stahl. Und denen haben wir die gesamte Akte neu übergeben.«

»Dürften wir deren Namen wissen?«, fragte Orlando.
»Klar, Frau Thilges wird sie Ihnen aufschreiben.«

»Also die Verhandlungen über das Projekt gehen weiter; wie ist der neueste Stand?«

»Die Eisen und Stahl hat gestern den Zuschlag bekommen, und wir stehen in der Endverhandlung über unsere Rolle als Subunternehmer für den Stahlbereich. Wir sind zuversichtlich, das *ganze Paket* zu bekommen, wenn uns auch im Augenblick unsere italienischen Freunde im Bereich Moniereisen preislich noch etwas unterbieten. Aber wir haben gute Chancen, auch diesen Teil zu bekommen. Und wenn nicht, wäre das auch nicht der Weltuntergang. Es wäre nicht das erste Mal, dass wir mit diesen Kollegen aus Italien in einem Konsortium angenehm zusammenarbeiten. Insofern, um ihre Frage zu beantworten, hat es durch diesen Vorfall keine Verzögerungen oder materielle Verluste gegeben – nicht für d i e s e s Projekt.«

»Verstanden«, sagte Heinrichs, »kommen wir zu der Frage, wer an diesen vertraulichen Papieren ein Interesse haben könnte. Sie sagten uns bei unserem letzten Besuch, dass sich darin eine Menge Betriebsgeheimnisse befinden, bestimmte Kontruktionsverfahren, chemische Formeln, vieles patentgeschützt und so weiter. Mir als Laien fällt zunächst nur die liebe Konkurrenz ein. Oder liege ich da völlig daneben?«

»Theoretisch nicht. Nur sieht die Praxis doch etwas anders aus. Sie müssen wissen, in unserer Branche gibt es keine *kleinen Klitschen*. Das heißt, ein kleines oder mittleres Stahlunternehmen – es gibt noch einige wenige – hat bei einem solchen Mammutprojekt nicht die geringste Chance. Mit anderen Worten: unsere echten Konkurrenten sind alles international renommierte Konzerne, bei Ihnen in Deutschland, sowie in Belgien, Italien, Großbritannien, in den USA, in Japan und wo auch immer. Und wenn wir uns auch auf den Weltmärkten Konkurrenz machen, so sitzen wir doch in denselben Unternehmensverbänden, treffen uns auf Fachkongressen oder arbeiten in Konsortien – ich erwähnte es schon – kollegial zusammen. Wir alle haben einen guten Ruf zu verlieren, und daher scheint es mir schwer vorstellbar, den Dieb und vielleicht Mörder in diesen Reihen zu suchen. Es würde außerdem das Risiko bestehen, dass ein solcher Ideenklau früher oder später herauskäme, obwohl wir natürlich nicht in jeden Eisenträger oder jede Stahlplatte hineinschauen können, um vielleicht eine bestimmte Legierung zu entdecken, die wir entwickelt haben oder was auch immer. Nein, ich kann es mit nicht vorstellen, dennoch bin ich beunruhigt, dass diese vertraulichen Unterlagen möglicherweise in falsche Hände geraten sind.«

»Und ein Konkurrent der Eisen& Stahl zum Beispiel?«, wollte die Staatsanwältin wissen.

»Auch das scheint mir schwer vorstellbar. Auch hier haben wir es mit den Großen der Branche zu tun, die sich natürlich Konkurrenz machen, aber auch in Konsortien zusammenarbeiten – wie bei uns. Nun wissen wir von diesem Vorfall erst seit wenigen Minuten, etwas knapp, um schon eine Idee für das Motiv zu haben.«

»Das verstehen wir vollkommen, aber vielleicht verfolgen wir auch eine falsche Spur. Wir haben bisher nur von Technik gesprochen. Kann es denn sein, dass in diesen Akten noch ganz andere Informationen vorhanden sind, zum Beispiel eher wirtschaftlicher Natur; ich meine jetzt nicht die Kalkulationen, sondern vielleicht die Weltmärkte betreffend, geologische Fakten, die Infrastruktur und, und, und. Wissen Sie was? Wir machen jetzt eine Pause, und Sie überlassen uns ein Exemplar des *corpus delicti*, und Herr Heinrichs und ich werden uns ein wenig darin vertiefen. Und keine Angst, wir werden keine Betriebsgeheimnisse verraten; den Großteil, fürchte ich, werden wir ohnehin nicht verstehen.«

Die Herren schauten sich etwas ratlos an, bis Dr. Kloos sagte:« Na los, meine Herren, worauf warten wir? Ihr Wille ist uns Befehl, schöne Frau!«

Nicht ohne einen Augenblick zu zögern, schob Unger das Exemplar, das er ohnehin mit in die Sitzung genommen hatte, über den Tisch und versicherte, dass dies zu hundert Prozent dem verschwundenen Exemplar entspreche.

»Gut«, sagte Kloos, »Sie bleiben hier, und wir gehen unserer Arbeit nach. Wenn Sie etwas brauchen oder fertig sind, rufen Sie Frau Thilges an; Sie erreichen Sie unter 007.«

»Wie passend«, amüsierte sich Heinrichs.

Staatsanwältin und Kommissar waren sich einig, dass es wenig Sinn machte, jedes Blatt gemeinsam anzuschauen. Man teilte den Packen nach Augenmaß in etwa zwei gleiche Teile, und jeder nahm sich eine Hälfte vor, womit man sicherlich eine Menge Zeit gewinnen würde.

Das Konvolut war aufgeteilt in zahlreiche Einzelakten, meist Schnellhefter, auch ein paar Klarsichthüllen, und alle waren nach Sachgebieten beschriftet. Ohne sich abzusprechen, legten beide zunächst die Mappen beiseite, die rein technischer Natur waren; die könnten sie sich in einem zweiten Durchgang ansehen, obwohl ihnen klar war, dass sie nicht viel davon verstehen würden. Es gab eine Menge Papier zu den Kalkulationen; dies könnte schon eher interessant sein, wenn man an die Konkurrenz dachte. Sie machten sich ein paar Notizen, überflogen diese Unterlagen aber nur und entschieden sich auch hier für die zweite Priorität. Mein Gott, waren sie sich einig!

»Schauen Sie mal«, sagte Heinrichs. »Hier ist eine detaillierte Studie über die potentiellen Standorte an der Küste; es gibt mehrere Varianten. Und hier Studien zu dem geplanten Hafen, unter anderem über die geologische Beschaffenheit des Bodens und über die Wassertiefe.«

»Und ich finde hier«, unterbrach Orlando, »einen Besiedlungsplan im Maßstab 1:50'000. Auf dem scheint jedes Kaff registriert zu sein. Und dann sind hier diese Pfeile eingezeichnet, immer in Richtung Landesinnere. Ich ahne, was die bedeuten könnten.«

»Ich auch. Die Arsteel-Leute hatten uns doch gesagt, dass, egal für welchen Standort man sich entscheide, einige Dörfer platt gemacht werden müssten und man die Leute umsiedeln würde, offenbar ins Landesinnere. Das bedeuten sicher diese Pfeile. Auch wenn diese Fischer kaum noch ihren Lebensunterhalt verdienen können bei diesem überfischten Meer, würden die sich nicht freiwillig ins Innere des Landes verfrachten lassen. Sie seien seit Generationen Fischer und könnten sich kein anderes Leben vorstellen, etwa als Bauern im trostlosen Hinterland. Man müsse mit heftigem Widerstand rechnen, vielleicht sogar mit Sabotageakten oder einer Revolte.«

Die Staatsanwältin wirkte nachdenklich. »Und wenn das der Schlüssel für den Raub der Akte wäre?«

»Ich hatte gerade denselben Gedanken.« Welche Harmonie heute!

»Ich glaube, wir sollten diese Spur verfolgen. Aber den Herren hier sagen wir im Augenblick noch nichts, sicher ist sicher. Nur können wir in dem Falle auch nicht um Kopien bitten, das ist jetzt blöd.«

»Ich reise nie ohne meine Minox«, meinte Heinrichs mit breitem Grinsen.

»Das habe ich nicht gehört, aber ich wollte ohnehin gerade mal wohin«, erwiderte Orlando.

Für das, was sie offensichtlich zu erledigen hatte, blieb sie erstaunlich lange weg. Als sie wieder in voller Schönheit im Türrahmen stand, war die kleine Minox längst mit Plänen und Kartenmaterial gefüttert. Sie verloren kein Wort mehr darüber und machten noch eine Stunde weiter, wobei sie sich auch die vorher beiseite gelegten Unterlagen anschauten und sich ein paar Notizen machten.

»Sagen Sie, Ihr Freund von der Blumenthal-Bank, heißt der nicht Jäger?«

»Freund ist gut – wieso?«

»Schauen Sie mal. Ich habe hier eine Besprechungsnotiz; danach war Jäger vor sechs Wochen mit Zawusi in Ongalo. Sie hatten eine Sitzung im Präsidentenpalast. Auch ein Dr. Beit von der Eisen& Stahl war dabei.«

»Da schau her! Und die Leute von der Arsteel haben uns gesagt, dass sie mit Blumenthal nicht arbeiten und haben eine solche Aktennotiz in ihren eigenen Unterlagen!«

»Von denen schien aber keiner dabei gewesen zu sein. Und die Bank ist nicht erwähnt. Womöglich ist denen das nicht aufgefallen – wie viele Leute heißen Jäger. Vielleicht ist es ein anderer, einer von der Eisen& Stahl; ein Vorname ist nicht ersichtlich. Wir sollten das im Auge behalten, aber auch nicht überbewerten – zumindest für den Moment.«

»Sie wollten sich nicht noch ein wenig frischmachen?«, fragte Heinrichs.

»Doch, da haben Sie eigentlich Recht, ich bin gleich wieder da.«

Dieses Mal war sie schnell zurück, aber nicht zu früh, um auch besagte Notiz der Minox einzuverleiben.

»Gut, ich glaube, wir packen's und fahren los. Würden Sie die 007 anrufen, bitte.«

Heinrichs informierte Frau Thilges, und nur wenige Minuten später betraten alle drei Herren den Raum, um die Besucher zu verabschieden. Kloos meinte: »Ich nehme an, es ist zwecklos, Sie nach irgendwelchen Erkenntnissen zu fragen. Denn wenn Sie welche gewonnen hätten, würden Sie's uns bestimmt nicht verraten. Richtig?«

»Ich befürchte, Ihre Vermutung stimmt. Aber wir werden Sie auf dem Laufenden halten, und Sie geben uns bitte Bescheid, wenn Ihnen noch etwas einfallen sollte, was uns weiterhelfen könnte. Wir bedanken uns herzlich für Ihre Mitarbeit.«

Die beiden verabschiedeten sich; die Oberstaatsanwältin durfte wieder einen Handkuss von Kloos entgegen nehmen.

17. Kapitel

GELDFLUSS

Zurück nach Zürich. Die Bank Blumenthal (Schweiz) AG war etabliert, und Wagenbach hatte seine Stelle als Geschäftsleiter angetreten. Er versuchte, sich zunächst einen Überblick zu verschaffen über dieses Institut, das in größter Eile übernommen worden war. Die Räumlichkeiten in der Waldmannstrasse waren miserabel, und er versuchte, trotz des ausgetrockneten Büromarktes, ein angemessenes Domizil zu finden. Dies gelang ihm auch nach einigen Monaten in Form einer prächtigen Villa, Ende des 19. Jahrhunderts erbaut, im ruhigen Kreis 2, also nicht gerade im Zentrum, aber für eine vornehme Privatbank genau der richtige diskrete Standort. Unter den übernommenen Mitarbeitern waren einige gute Leute, bei etlichen anderen war die Qualifikation weniger überzeugend. Gehälter und Pensionszusagen waren hoffnungslos überzogen, aber damit musste man leben, denn Blumenthal war ohne Wenn und Aber in die Verträge eingestiegen; vermutlich hatte niemand sie sich genauer angeschaut. Auch bei dem angeblich problemlosen Privatkundengeschäft erlebte Wagenbach böse Überraschungen. In zahlreichen Kundendepots, für die die Bank einen Verwaltungsauftrag hatte, waren ohne Wissen der Kunden wertlose Aktien, sogenannte *penny stocks* platziert worden. So gehörte es zu seinen ersten unangenehmen Aufgaben, den hierfür verantwortlichen Vermögensverwalter zu entlassen und die Kunden schadlos zu halten. Das kostete sehr viel Geld, das man sich jedoch zum Teil bei den Verkäufern, nach erneuten Verhandlungen mit Prozessandrohung, wiederholen und bei der letzten Kaufpreisrate abziehen konnte. Wagenbach fragte sich immer wieder, wie die klugen Herren aus Frankfurt nur so stümperhaft diese Bank übernehmen konnten, zumal deren schlechter Ruf bekannt war und er selbst davor gewarnt hatte. Nicht einmal die Grundregeln einer Unternehmensakquisition waren beachtet worden; es musste alles sehr schnell gehen – warum nur? Bald sollte die nächste Überraschung kommen.

Wenige Wochen später kam der Leiter des Zahlungsverkehrs, Herr Kälin, in sein Büro und meinte, er müsse ihm etwas mitteilen, wobei er ein recht bedenkliches Gesicht machte.

»Was haben Sie auf dem Herzen?«, fragte Wagenbach.

»Ich halte es für meine Pflicht, Sie von einem Vorgang zu unterrichten, der mir etwas merkwürdig vorkommt. Heute Morgen erhielten wir von der Deutschen Bank in Essen auftrags einer Firma Eisen & Stahl AG 30 Millionen DM zugunsten eines Kontos, dessen Inhaber eine Panama-Gesellschaft ist, deren wirtschaftlich Berechtigte zwei Personen aus dem westafrikanischen Ongalo sind. Dieses Konto wurde einen Tag vor der Übernahme unserer Bank durch Blumenthal von unserem Verwaltungsratspräsidenten, Herrn Jäger, eröffnet. Vor zehn Tagen haben wir schon einmal 20 Millionen auf dem gleichen Weg erhalten. Ich hatte Sie schon darauf ansprechen wollen, aber Sie waren in Frankfurt, und in den letzten Tagen hatten Sie ständig Besucher; ich bitte um Entschuldigung. Nachdem wir heute schon wieder einen zweistelligen Millionenbetrag bekommen – insgesamt sind's also schon 50 Millionen –, fand ich, dass ich jetzt unverzüglich mit Ihnen darüber sprechen muss. Jetzt kommt nämlich die nächste Ungereimtheit: Zusammen mit der Kontoeröffnung hat Herr Jäger eine Weisung erlassen, derartige Zahlungseingänge unverzüglich an die Blumenthal-Bank in Luxemburg weiterzuleiten, zugunsten der Firma Star Materials, vermutlich auch so eine Off-Shore-Gesellschaft. Und ich frage mich, was das Ganze für einen Sinn macht. Wenn das Geld für Luxemburg bestimmt ist, wieso läuft es dann über uns? Verdienen tun wir auch so gut wie nichts dran, selbst, wenn ich die Weiterleitung um ein, zwei Tage hinauszögere. Ich weiß auch nicht, wer die Eisen & Stahl AG ist.«

»Doch, das ist ein bekannter Laden, einer der ganz großen Stahlhändler und Anlagenbauer, gehört zum MAK-Konzern. Aber Ongalo, sagen Sie? Mein Gott, das ist doch eins der korruptesten Länder überhaupt auf der Welt! Wissen Sie das nicht? Der Diktator Sana Alda blutet das Land aus und ist sicherlich eine der schlimmsten Figuren ganz Afrikas. Lassen Sie doch bitte mal die Kontounterlagen kommen.«

Wagenbach war entsetzt. Wieso hatte Jäger persönlich ein Konto eröffnet, genau einen Tag vor der offiziellen Übernahme der Bank und seinem Stellenantritt und noch diese Weisung erlassen? Hatte er überhaupt ein Recht dazu? Das wäre noch zu prüfen. Zunächst aber wollte er wissen, wie diese Kontoeröffnung aussah und wer die Inhaber waren. Die Unterlagen wurden ihm nach wenigen Minuten gebracht. In der Tat hatte Jäger und der – nicht mit übernommene – Generaldirektor Luigi Ferrero am letzten Tag vor dem Eigentumsübergang dieses Konto eröffnet, welches dann mit allen anderen Konten der Vermögensverwaltung in die *neue* Bank übergegangen war. Es lautete auf den Namen *Bellevue International* mit Sitz in Panama, und als wirtschaftlich Berechtigte waren zwei Personen aufgeführt, Kem Keita und Mohamed Doudou aus Onko, der Hauptstadt Ongalos. Es gab keine genauen Angaben, keine Geburtsdaten und, vor allem, keine Passkopien. Das Konto war genauso schlampig eröffnet worden, wie man die ganze Bank übernommen hatte.

Wagenbach griff zum Telefon und rief Jäger an, um nähere Einzelheiten über dieses seltsame Konto und die noch seltsameren Geldtransfers zu erfahren. Jäger gab sich herablassend - gelassen, wie es sein Stil war, und meinte: »Das ist alles völlig in Ordnung. Die Eisen & Stahl – ich muss Ihnen sicherlich nicht erklären, wer das ist – baut in Ongalo eine Aluminiumhütte, und diese Zahlungen hängen damit zusammen. Die Kontoeröffnung ist vielleicht etwas auf die Schnelle erfolgt, aber das ist kein Problem. Was da noch fehlt, wird nachgeliefert.«

Wagenbach gab sich mit dieser Antwort nicht zufrieden. »Klar weiß ich, wer die Eisen & Stahl ist. Aber wenn die eine solche Anlage liefert, bekommt sie doch Geld vom Empfängerland, zunächst eine Anzahlung, später dann, im Zuge der einzelnen Verschiffungen, die weiteren Raten, das Übliche. Hier scheint's aber umgekehrt zu laufen!«

»Ja, das haben Sie eben nicht geschnallt; ich erklär's Ihnen gerne. Die beiden Kontoinhaber haben das Projekt vermittelt und beraten die Eisen & Stahl bei der Durchführung. Dafür bekommen sie eine Provision und Honorare. Das ist schon mal ein Teil dieser Zahlung. Sie dürfen nicht vergessen, dass es sich um ein Projekt handelt, das mindestens 1,2 Milliarden Dollar kosten wird, möglicherweise einiges mehr. Dementsprechend fallen die Provisionen aus. Sehen Sie, Wagenbach, wir beiden haben den falschen Beruf. Außerdem müssen die Kaffer, deren Dörfer für die Anlage plattgemacht werden, fürstlich entschädigt werden, sonst gibt's Ärger mit denen.«

»Gut, das mit den Provisionen leuchtet mir ein; die Höhe kann ich nicht beurteilen. Aber ich sehe nicht, wieso die Umsiedlungskosten von der Eisen & Stahl getragen werden sollen; das ist doch wohl eher das Bier von Ongalo, wie es diesen betroffenen Bevölkerungsteil entschädigt.«

»Na schön, Einzelheiten weiß ich jetzt auch noch nicht. Und dann gibt's noch eins: Zum Betrieb dieser Alufabrik wird eine Gesellschaft gegründet, an der sich die Eisen & Stahl direkt beteiligen wird, ich glaube mit 25 Prozent. Das war eine Bedingung des Kunden wegen des Know-Hows. Die Nigger haben doch keine Ahnung und beten zu Allah, wenn eine Sicherung durchbrennt. Also, auch dafür fließt Geld, logisch, oder?«

»Nach meiner Kenntnis des Anlagenbaus – Sie wissen, dass ich selbst mal in dieser Branche tätig war, bevor ich die absurde Idee hatte, Banker zu werden – zieht sich die Erstellung eines solchen Mammutprojektes über zwei bis drei Jahre hin. Insofern leuchtet mir nicht ein, dass man schon jetzt Gelder an die Betriebsgesellschaft überweist, die es vermutlich noch gar nicht gibt und die noch lange keine Tätigkeit aufnimmt. Bevor ich Sie angerufen habe, habe ich mich noch ein wenig schlau gemacht und erfahren, dass die Eisen & Stahl erst kürzlich den Auftrag bekommen hat und noch gar keine Teillieferung erfolgt ist. Was mich noch mehr erstaunt, ist die Tatsache, dass sie das Geld an uns überweist, damit es anschließend unverzüglich an Sie transferiert wird. Wieso erfolgen diese Zahlungen nicht direkt an Sie? Und was haben wir in Zürich davon?«

Jäger schien *not amused* über Wagenbachs Kommentare. Die Fragen der Umsiedlungskosten und der Betriebsgesellschaft überging er geflissentlich, um sich nur zum letzten Punkt zu äußern: »Also, die Herren Vermittler und Berater wünschen ausdrücklich, dass ihr Geld bei uns angelegt und von mir persönlich betreut wird. Die Eisen & Stahl andererseits wünscht keinen Zahlungsverkehr mit Luxemburg aus Gründen, die wir doch erst kürzlich diskutiert haben. Nach all den Hausdurchsuchungen bei Großbanken in Deutschland und auch bei Unternehmen will sie bei den Banken nicht mit Zahlungen nach Luxemburg in den Büchern stehen; die Schweiz ist schon heikel genug. Aber bei Ihnen funktioniert ja noch das Bankgeheimnis – noch –, so dass der deutsche Fiskus da nicht weiterkommt, wenn ihm die Eisen & Stahl erklärt, dass die Industriemakler und Berater in der Schweiz sitzen. So einfach ist das! Das war doch der Grund für uns, nun doch in die Schweiz zu gehen – bei diesem zunehmenden Druck auf Luxemburg. Im übrigen werde ich nächste Woche nach Zürich kommen, und zwar in Begleitung eines Herrn aus Düsseldorf, der selbst aus Ongalo stammt und eine wichtige Rolle in diesem Geschäft spielt, sowie eines leitenden Herrn aus Essen. Beide werden Konten bei Ihnen eröffnen. Sie sehen, ich sorge für Sie wie eine Mutter.«

Das Gespräch fand nur wenige Wochen vor Zawusis Tod statt.

»Und mit diesem Herren aus Düsseldorf, der regelmäßig nach Ongalo fliegt, können Sie dann Ihr Problem mit den Passkopien und solchem Gedöns besprechen. Der soll sich darum kümmern.«

Wagenbach gab sich keineswegs zufrieden mit den nassforschen Kommentaren Jägers.

»Das ist noch nicht alles. Ich gehe sicher nicht fehl in der Annahme, dass es nicht bei diesen beiden Zahlungen bleiben wird; wer weiß, was da noch alles kommt. Und dann wird's nur eine Frage der Zeit sein, bis sich die Wirtschaftsprüfer dafür interessieren; ist doch klar! Und dann erzählen wir denen etwas von einer Aluminiumhütte in einem der schlimmsten Schurkenstaaten dieser Erde und haben kein Stück Papier über dieses Projekt in den Akten und eine Kontoeröffnung, die man einem Banklehrling im ersten Lehrjahr nicht durchgehen ließe. Also neben den korrekten und vollständigen Kontounterlagen, auch wenn

Sie die *Gedöns* nennen, benötigen wir ein Dossier über diese Anlage. Ich mache Ihnen gerne eine *check list* über ein Minimum von Informationen, um die Prüfer ruhig zustellen.«

»Die Eisen & Stahl wir Ihnen was husten; das sind Betriebsgeheimnisse.«

»Und die Wirtschaftsprüfer werden uns was husten, wenn wir denen nicht schwarz auf weiß nachweisen können, dass es sich nicht um ein Phantomprojekt handelt – in diesem Scheißland. Ich bestehe darauf!«

Wagenbach hatte sich in Rage geredet, und Jäger schien überrascht. Wann wagte es schon jemand, ihm zu widersprechen? Dabei wusste er, dass er Wagenbach nichts vormachen konnte; er war einer der seltenen Banker mit Industrieerfahrung – und zufällig noch in der Stahlbranche und dem Anlagenbau.

»Ist ja gut. Das besprechen Sie alles mit meinen beiden Begleitern nächste Woche in Zürich.« Jäger legte auf ohne weiteren Kommentar. Wagenbach war beunruhigt, und langsam begann er zu ahnen, warum man so überstürzt diese marode Bank gekauft hatte. Ob das gut ging?

In der folgenden Woche erschien Jäger bei der Blumenthal-Bank in Zürich, begleitet von einem Dr. Beit aus Essen, den er als ehemaliges Vorstandsmitglied der Eisen & Stahl vorstellte, sowie von Dr. Zawusi, dem Ongaler aus Düsseldorf. Die drei schienen sich bestens zu verstehen. Die beiden Begleiter eröffneten persönliche Konten, bei denen – dieses Mal – alle Formvorschriften eingehalten wurden. Wagenbach überwachte selbst mit Argusaugen diese Vorgänge. Nach eher belanglosem *small talk* lud man ihn zu einem gemeinsamen Mittagessen in die *Kronenhalle* ein, schräg gegenüber der Bank – eine Institution in Zürich. Wagenbach trug den beiden Herren seine Wünsche und Bedenken vor und hatte den Eindruck, dass man ihm zuhörte und ein gewisses Verständnis dafür hatte – im Gegensatz zu Jäger.

Zawusi war ein sympathischer, lustiger Typ, und er versprach, sich um die Formalitäten für *Euch Bürokraten* zu kümmern. Das hörte sich nicht abfällig an, eher ein wenig belustigt. Dr. Beit war ein distanzierter, sehr ernst dreinblickender Mann, wies mehrfach auf die Betriebsgeheimnisse hin, hatte aber ein gewisses Einsehen dafür, dass die Bank ein Problem mit den Revisoren bekommen könne und versprach, ein Minimum an Unterlagen zusammenzustellen – ein Versprechen, das er nie einhalten sollte. Jäger nahm an dieser Unterhaltung so gut wie überhaupt nicht teil; sein Interesse galt dem Essen und dem Wein und vor allem dem knackigen Po der Bedienung – wie gehabt. Seine ohnehin schon vorstehenden Augen entwickelten sich zoomartig. Seine Gesprächsbeiträge waren Witze aus der untersten Schublade, über die Beit überhaupt nicht lachen konnte, genauso wenig wie Wagenbach, und dem lustigen Zawusi allenfalls ein Schmunzeln entlockten. Wagenbach war froh, als das Essen zu Ende war. Sie gingen zurück in die Bank, und das Triumvirat zog sich in ein Besucherzimmer zurück. Nach einer Stunde verlangten die Besucher ein Taxi zum Flughafen.

18. Kapitel

ENTTÄUSCHUNG

Es waren kaum zehn Tage seit dem Besuch Jägers und seiner beiden Begleiter vergangen, als Wagenbachs Sekretärin Judith den Anruf eines Dr. Zawusi ankündigte. Wagenbach ließ das Gespräch sofort durchstellen.
»Guten Morgen, Herr Wagenbach, hier ist James Zawusi. Ich komme gerade aus meinem traumhaften Heimatland zurück, und ich bin morgen in Zürich und wollte wissen, ob wir uns sehen können.«
»Können wir; ich freue mich, Sie zu sehen.«
»Gut, dann komme ich gegen elf in die Bank, werde meinem Konto etwas Gutes tun und melde mich dann bei Ihnen; ich habe nämlich etwas mitgebracht.«
»Fein. Also dann bis morgen. Guten Flug!«
Wagenbach fühlte sich ein wenig erleichtert; es schien sich also etwas zu tun. Seine Vorfreude sollte jedoch bald enttäuscht werden. Zawusi erschien pünktlich am nächsten Tag bei ihm, nachdem er vorher in der kleinen Empfangshalle eine Einzahlung auf sein Konto vorgenommen hatte. Er überreichte Wagenbach eine Plastikmappe, in der sich die Passkopien befanden, und er schien mächtig stolz, das so schnell erledigt zu haben. Als der Banker die Mappe öffnete, war die Enttäuschung groß, er war empört.
»Also hören Sie, lieber Herr Dr. Zawusi, was sollen wir denn damit anfangen? Die Kopien sind zum einen so schlecht, dass man die Personen auf den Fotos kaum erkennen kann. Es fehlen nach wie vor Adressen, vor allem aber die notarielle Beglaubigung. Darum hatte ich Sie ausdrücklich gebeten!«
»Daran kann ich mich nicht erinnern.«
»Das nehme ich Ihnen nicht ab. In der *Kronenhalle* hatte ich Sie darauf hingewiesen, dass wir die unter allen Umständen benötigen, wenn der Kunde nicht persönlich in der

Bank erscheint, sich ausweist und in Gegenwart eines Bankmitarbeiters seine Unterschrift leistet. Das wissen Sie doch sehr genau, und Sie wissen auch, wie schludrig dieses Konto zwischen Tür und Angel eröffnet worden ist. Aber nun wollen wir uns mal die Unterschriften anschauen.«

In Vorbereitung auf den Besuch hatte sich Wagenbach bereits die Kontoeröffnungsunterlagen kommen lassen.

»Ha, jetzt schauen Sie mal: nicht einmal die Namen stimmen! Hier auf dem Blatt der Kontoeröffnung heißt der eine Knabe Kem Keita und laut Ihrer Passkopie Kam Keita! Und der andere nennt sich im Pass Mohamed Doubou und auf dem Kontoblatt Doudou! Ich glaub's ja nicht! So, und nun zu den Unterschriften der beiden Gentlemen: bei Kem alias Kam Keita stimmt sie auf beiden Dokumenten überein – bei großzügiger Betrachtungsweise. Aber diese hier des Mohamed Doudou alias Doubou ist eine total andere als auf dem Kontoblatt; das wollen Sie wohl nicht bestreiten.«

Zawusi blickt auf die Passkopie und dann auf die Bankunterlage und konnte nichts anderes als Wagenbach rechtzugeben.

»Ja, die sind tatsächlich verschieden. Das kann ich auch nicht erklären. Aber dort unten konnte ich einen solchen Vergleich ja nicht machen, da ich keine Kopie von Ihren Unterlagen dabei hatte. Den Doubou kenne ich auch nicht persönlich«, log er überzeugend.

»Nun verraten Sie mir einmal, wie, wo und wann die Unterschriften auf unseren Dokumenten geleistet wurden.«

»Das weiß ich doch nicht. Ihr Herr Präsident hat doch dieses Konto eröffnet, und ich war nicht dabei. Da müssen Sie den schon fragen. Ich glaube, der hatte die Herren vorher in Frankfurt getroffen.«

»Ach so, und da hatte er schon Kontoeröffnungsunterlagen der Interunion Bank in seinem Büro, obwohl die Bank noch gar nicht übernommen war! Sehr interessant! Hören Sie, dieses Konto stinkt zum Himmel! Und das werde ich auch Herrn Jäger nicht verheimlichen. Und Sie besorgen uns jetzt umgehend *anständige* Kopien, die genauen Anschriften und vor allem eine notarielle Beglaubigung. Und jetzt gehe ich noch weiter und komme unseren Prüfern zuvor: ich verlange zusätzlich eine Apostille!«

»Was ist denn das für ein Ding?«

Wagenbach war überzeugt, dass Zawusi bei seinen weltweiten Aktivitäten sehr genau wusste, was eine Apostille ist. Aber er erklärte es ihm trotzdem:

»Eine Apostille ist eine Art Überbeglaubigung. Zunächst bestätigt ein Notar, dass die Passkopien mit den Originalen übereinstimmen. Dann bestätigt eine Behörde oder eine Botschaft die Unterschrift des Notars und damit dessen Existenz. Da Ihr Heimatland Ongalo – sorry – nun nicht gerade zu den feinsten Adressen auf dieser Erde gehört, werden auch unsere Revisoren diese Apostille verlangen – da bin ich völlig sicher. Ich würde es vorziehen, wenn sie von der Deutschen Botschaft in Onko erteilt würde und nicht von irgendeiner Phantombehörde. Und solange das nicht in Ordnung gebracht ist, werde ich alles tun, damit über dieses Konto keine Geschäfte mehr abgewickelt werden. Ich kann gut damit leben, dass Sie mich einen *sturen Bürokraten* nennen. Im übrigen: wenn Sie schon gerade in Ongalo waren, was ist mit den Unterlagen über die geplante Alu-Hütte?« »Ich habe nichts mitgebracht. Das müssen Sie schon mit dem Dr. Beit klären.«

Wagenbach wurde immer mehr klar, dass sich hier etwas Unerfreuliches zusammenbraute. Er verabschiedete seinen Besucher und begleitete ihn noch zum Lift. Unmittelbar danach rief er Jäger an, berichtete ihm, was er soeben erhalten hatte und teilte ihm in seiner direkten Art mit, was er von all dem hielt. Mit einem Menschen wie Jäger konnte man nur Klartext reden. Jegliche Art von höflicher Formulierung oder Umschreibung wäre vermutlich bei ihm nie angekommen. Es entspann sich ein heftiger Streit, und Wagemann kündigte an, dass er weitere Zahlungeingänge dieser Art sofort retournieren werde, solange das Konto nicht den Vorschriften entspräche und er keine Unterlagen über die ›angebliche‹ Aluminiumhütte hätte, wobei er das Wort *angeblich* genüsslich betonte. Jäger tobte und drohte für diesen Fall mit einer fristlosen Kündigung.

Wagenbach ließ sich davon nicht beeindrucken und gab seinem Mitarbeiter Kälin eine schriftliche Anweisung, derartige Zahlungen auf keinen Fall nach Luxemburg weiterzuleiten und ihn umgehend zu informieren.

In der darauf folgenden Woche fuhr er für ein paar Tage nach Deutschland, in erster Linie, um Kunden zu akquirieren und ein paar alte Kontakte aufzufrischen. Außerdem hatte ihn Moritz Blumenthal zu einem Gespräch gebeten. Er wollte ihm einen alten Freund vorstellen, der gerade dabei sei, seinen Wohnsitz in die Schweiz zu verlegen und vielleicht ein potentieller Kunde für die Blumenthal-Bank Schweiz sei. Wagenbach war angenehm überrascht, dass Moritz Blumenthal sich tatsächlich einmal für das Geschäft interessierte. Während er mit Blumenthal auf den Freund wartete – der hatte sich etwas verspätet – sprach er ihn auf die neue ominöse Kontoverbindung an und die hohen Geldeingänge, die nur durchgeleitet wurden, aber Blumenthal wusste von gar nichts, sein Name war Hase. Zu diesem Zeitpunkt konnte Wagenbach noch nicht ahnen, dass Blumenthal einige Wochen zuvor, zusammen mit Ohlig und Jäger, die Delegation aus Ongalo sowie Zawusi empfangen hatte. Das erfuhr man erst später im allen Einzelheiten aus einem großen Nachrichtenmagazin – ein Bericht, der nie dementiert werden sollte.

Wenige Tage später erhielt Wagenbach, er war noch unterwegs, einen Anruf Jägers, der ihm mitteilte, dass der Herr Dr. Ohlig *sauwütend* sei, weil er mit Moritz Blumenthal über das Afrika-Geschäft gesprochen habe. Was er sich eigentlich herausnehme, er solle doch künftig solche albernen Gespräche unterlassen. Ohlig selbst hatte nicht das Rückgrat, ihn selbst hierauf anzusprechen. Es war sicher kein Zufall, dass während Wagenbachs Abwesenheit zwei weitere große Summen, wieder von der Deutschen Bank und auftrags Eisen & Stahl in Zürich eingingen und jeweils kurz danach Jäger sich hiernach erkundigte. Kälin berichtete pflichtbewusst von der Weisung seines Chefs, worauf Jäger auch ihm mit der fristlosen Entlassung drohte, falls er die Weiterleitung blockiere. Kälin fügte sich – mit schlechtem Gewissen zwar –, aber Jäger stand als Verwaltungsratspräsident hierarchisch über seinem Chef.

Als Wagenbach nach Zürich zurückkam, berichtete Kälin ihm von dem Vorfall. Der machte ihm jedoch keinen Vorwurf, sondern zeigte Verständnis dafür, dass er kaum anders hätte handeln können. Kälin war ein zuverlässiger und kompetenter Mitarbeiter mit einem allerdings limitierten Selbstbewusstsein. Was hätte es genutzt, ihm jetzt den Kopf abzureißen?

Die Spannung zwischen ihm und Jäger eskalierte, und der Ton wurde schärfer. Auf Wagenbachs Frage, wie es überhaupt zu den Unterschriften bei der Kontoeröffnung gekommen sei, von denen sich eine deutlich von der auf der Passkopie unterschied und wie sich die unterschiedliche Schreibweise der Namen erklären ließen, gab Jäger keine Antwort. So einfach war das.

Es dauerte nicht lange, und die Wirtschaftsprüfer meldeten sich zu einem Revisionstermin an. Das war nicht ungewöhnlich zu diesem Zeitpunkt, denn sie nutzten häufig die ruhigere Zeit im Sommer und Frühherbst, um schon einen Teil der Arbeiten vorweg zu erledigen, denn um den Jahreswechsel ging es immer recht hektisch zu. Wagenbach war im Grunde froh darüber und überlegte, ob er nicht die Flucht nach vorne antreten und von sich aus die Prüfer auf den Problemfall hinweisen sollte. Dazu sollte es gar nicht erst kommen. Bereits am zweiten Tag bat ihn der Prüfungsleiter, Urs Grün, zu sich, um sich nach diesem *merkwürdigen Konto* zu erkundigen und den erheblichen Geldflüssen, die darüber geleitet wurden. War es Zufall, oder hatte ihnen jemand, vielleicht Kälin, die Information gesteckt? Wagenbach hätte es ihm nicht einmal verübeln können. Jetzt stand er jedoch mit leeren Händen da. Er erklärte die Situation, und man schien ihm abzunehmen, dass alles hinter seinem Rücken angefangen und während seiner Abwesenheit weitergelaufen sei. Er berichtete ausführlich über seine Diskussionen mit Jäger und Zawusi, dem Gespräch mit Moritz Blumenthal und seinen Bemühungen, von der Eisen & Stahl Informationen über das Projekt zu bekommen. Auch wenn die Revisoren ihm offensichtlich Glauben schenkten, war seine Situation als Geschäftsleiter dieser Bank mehr als ungemütlich. Nach längeren Beratungen beschlossen Grün und seine beiden Mitarbeiter, Jäger nach Zürich zu zitieren. Der erschien zwei Tage später, und Wagenbach glaubte, doch eine gewisse Unruhe bei ihm auszumachen.

Zur Art und Weise der Kontoeröffnung präsentierte er eine völlig andere Version als Zawusi. Hatte der doch behauptet, einen der beiden Kontoinhaber nicht zu kennen, die Jäger vorher in Frankfurt getroffen habe, wo offenbar die Unterschriften geleistet wurden. Jäger behauptete nunmehr, die beiden nur kurz in Zürich gesehen zu haben in

Begleitung Zawusis, und die eigentliche Kontoeröffnung habe der zu diesem Zeitpunkt noch amtierende Generaldirektor der Interunion Bank, Luigi Ferrero, vorgenommen. Der sei zwar ein Idiot – schon wieder einer –, und deswegen habe man ihn auch nicht übernommen, sondern den *hoch verehrten Herrn Wagenbach* engagiert. Er, Jäger, sei allerdings davon ausgegangen, dass diese Pflaume Ferrero zumindest in der Lage sei, ein Konto anständig zu eröffnen. Es könne doch wohl kaum seine Aufgabe sein, sich um solchen *Kleinscheiß* zu kümmern. Jäger gewann langsam seine Überheblichkeit wieder zurück. Außerdem sei das Konto noch bei der Interunion Bank eröffnet worden, in der er, Jäger, keine Funktion gehabt habe – was den Herren Prüfern wohl nicht entgangen sei. So trug das Kontoeröffnungsformular in der Tat nicht die Unterschrift Jägers, sondern für die Bank hatten Ferrero und eine Prokuristin, womöglich im Nachhinein, unterzeichnet. Auch diese Dame war nicht übernommen worden.

Auf die Frage Grüns, warum diese Kontoeröffnung nicht den einen Tag bis zur Übernahme durch Blumenthal und der damit verbundenen Namensänderung hätte warten können, hatte Jäger prompt eine Antwort parat:

»Vielleicht haben Sie schon mal von Geschäftsleuten gehört, die noch andere Termine haben, und diese beiden Herren flogen am selben Abend nach London.« Jäger gab sich große Mühe, sich auch bei den Wirtschaftsprüfern beliebt zu machen. »Fragen Sie doch diesen Ferrero, ob es so gelaufen ist. Der ist allerdings nach seiner Entlassung, soviel ich weiß, für ein paar Monate zu seiner Schwester nach Australien geflogen.« Wie praktisch!

Von Kälin wusste Wagenbach, dass Jäger zusammen mit Ferrero das Konto eröffnet hatte, ohne selbst für die Bank zu unterschreiben, was rechtlich nicht möglich war. Er sah aber davon ab, ihn sofort als Zeugen herzubitten; der war ohnehin nur noch ein Nervenbündel. Er informierte aber später die Prüfer darüber.

Das Gespräch endete mit der Auflage Grüns, innerhalb von vierzehn Tagen zum einen das Konto in Ordnung zu bringen, und zwar bis in die letzten Einzelheiten, einschließlich notariell beglaubigter Passkopien mit Apostille, zum anderen, im selben Zeitraum ausführliche Unterlagen über die Aluminiumhütte beizubringen und lückenlos Aufklärung zu leisten zu den Geldtransfers, die mittlerweile einen dreistelligen Millionenbetrag erreicht hatten. Man werde ausnahmsweise noch diese zwei Wochen stillhalten, bevor man die EBK* informiere.

»Gut«, meinte Jäger, »ich kümmere mich persönlich bei Beit um die Projektunterlagen, und der dicke Zawusi soll in Gottes Namen noch einmal in sein gelobtes Heimatland fliegen, um dort die Formalitäten mit den Pässen zu erledigen.«

»Sie haben noch etwas vergessen«, warf Grün ein. »Wir verlangen eine lückenlose Aufklärung über Zweck und Verwendung der Millionen, die Sie hier durchgeschleust haben. Ich hoffe, ich habe mich klar genug ausgedrückt.«

Jäger nickte und verließ grußlos den Raum, wie es seinen gepflegten Umgangsformen entsprach.

---

*Eidgenössische Bankenkommission

19. Kapitel

EREIGNISREICHE WOCHEN

In den folgenden Tagen und Wochen sollten sich die Ereignisse überstürzen. Zu einer erneuten Reise Zawusis nach Ongalo, um dort die Formalitäten für das Konto in Zürich in Ordnung zu bringen, konnte es nun – nach seinem mysteriösen Tod – nicht mehr kommen. Die Prüfer schlugen vor, dass Jäger selbst nach Afrika fliege und die Dinge schnellstens regele. Der fügte sich. Schon nach wenigen Tagen war er zurück und erschien, mit stolzgeschwellter Brust, zu einer erneuten Sitzung mit den Revisoren in Zürich. Er überreichte ihnen eine Mappe mit den verlangten Passkopien, notariell beglaubigt und mit der Apostille der Deutschen Botschaft in Onko. Die Wirtschaftsprüfer und Wagenbach beugten sich darüber und verglichen sie mit denen, die sich schon in der Akte befanden und glichen die Unterschriften ab. Jägers Selbstzufriedenheit sollte nicht lange andauern. Es gab schon wieder zwei Abweichungen bei der Schreibweise der Namen, und genaue Adressen fehlten nach wie vor. Die Unterschrift des Kem Keita, der nun wieder Kam Keita hieß, war eindeutig die, die in den Kontoeröffnungsunterlagen hinter Doudou stand, während in der ersten Passkopie eine deutlich davon abweichende stand. Nunmehr hatte Mister Doudou eine dritte Unterschrift, die bisher noch nirgendwo erschienen war! Grün explodierte: »Sagen Sie mal, Herr Jäger, wollen Sie uns verarschen? Mir fällt wirklich kein anderer Ausdruck mehr ein. Jetzt ist Schluss mit lustig; ich werde die EBK informieren.« Jäger kam – bei aller Überheblichkeit – in Erklärungsnotstand. »Was soll ich dazu sagen? Ich kenne die Herren doch kaum«, log er wenig überzeugend. »Der gute Zawusi hatte noch vor seinem geplanten Abflug die Sache in Auftrag gegeben und mir am Telefon gesagt, dass die notariell beglaubigten Passkopien bei der Deutschen

Botschaft hinterlegt würden und er sich auch dort die Überbeglaubigung holen werde. Nachdem ich nun an seiner Stelle nach Onko geflogen bin, habe ich mich natürlich auch direkt an die deutsche Vertretung gewandt, und dort waren tatsächlich die Passkopien hinterlegt, und die Botschaft erteilte die Apostille. Ich habe die Leute dort gar nicht gefragt, ob sie die beiden Herren kennen. Das schien mir völlig unerheblich, denn deren Aufgabe war doch nur zu bestätigen, dass dieser Notar Sengo, der die Kopien beglaubigt hatte, tatsächlich existiert und dies seine Unterschrift ist. Sie wollen mich doch nicht dafür verantwortlich machen, dass dieser Notar womöglich geschlampt hat. Und die Botschaft hätte dies auch kaum feststellen können, wenn diese beiden Figuren dort nicht bekannt sind, was ich vermute.« Mit einem nicht enden wollenden Redeschwall versuchte Jäger, sich aus seiner misslichen Situation zu winden. Grün schnitt ihm das Wort ab. »Also, zunächst einmal haben Sie behauptet, dass der Vorgänger von Herrn Wagenbach, Herr Ferrero, das Konto eröffnet habe – ohne Sie. Nun wissen wir von Augenzeugen, dass Sie sehr wohl dabei anwesend waren, auch wenn Sie die Formulare nicht mitunterschrieben haben, was Sie ja auch gar nicht gedurft hätten. Sie scheinen eine recht flexible Vorstellung von Ehrlichkeit zu haben. Zu Ihren Gunsten werde ich Ihnen zugestehen, dass Sie diesen Herrschaften beim Leisten der Unterschrift nicht über die Schulter geschaut haben und deren richtige oder falsche Unterschrift kennen sollten. Fest steht aber folgendes: Hier wurde einen Tag vor Übernahme der Bank in größter Eile und in völlig unprofessioneller und schlampiger Form ein Konto eröffnet, dessen Inhaber aus einem der schlimmsten Verbrecherstaaten stammen, und dass über dieses Konto pausenlos riesige Summen geschleust werden – immer in Richtung Ihrer Bank in Luxemburg. Fest steht ferner, dass diese noblen Herren offenbar selbst nicht genau wissen, wie sie heißen oder sich ihre Namen schreiben und wo sie wohnen, und dass deren Unterschriften mehrfach wechseln oder sogar austauschbar sind! Einen solchen Krimi habe ich in meiner ganzen Laufbahn noch nicht erlebt. Ich bin davon überzeugt, dass die Pässe ohnehin nicht echt sind, und mein Respekt vor einem Notar aus Ongalo hält sich in sehr, sehr

engen Grenzen. Der Botschaft kann man vermutlich keine Vorwürfe machen, aber das werden wir alles abklären. Wie dem auch sei, ich werde jetzt unverzüglich die EBK informieren und um Weisung bitten, dass dieses famose Konto sofort blockiert wird; keine Eingänge mehr und keine Weiterleitungen! Außerdem werden wir Ihr Mutterhaus unterrichten – alles weitere wird die EBK entscheiden.«
»Wie Sie meinen«, schnaubte Jäger, verließ den Raum und knallte die Tür. Nach Aussagen der Dame am Empfang hatte er ein Taxi verlangt und sich vermutlich zum Flughafen Kloten fahren lassen. Die Kette der Ereignisse sollte nicht abreißen. Die Bank saß in der Klemme – vor allem ihr Präsident –, und man durfte sich auf eine scharfe Reaktion der Aufsichtsbehörde gefasst machen. Zawusi war eines mysteriösen Todes gestorben, und die Polizei hatte noch immer keine heiße Spur. Und schon kam der nächste *Trauerfall*. Ongalos Diktator, der herzkranke Sana Alda, war, noch nicht 60jährig, in den Armen zweier indischer Prostituierten seinen Anstrengungen erlegen. Ungerechte Welt? Ausgerechnet diesem Schlächter, der Hunderttausende von Menschenleben auf dem Gewissen hatte, war es vergönnt, sein eigenes in zärtlicher Umarmung, bei Kerzenschein und Champagner, auszuhauchen! In diesem Falle konnte man Fremdeinwirkung ausschließen, zumindest solche mit Bleigehalt. Die Medien hatten ihn öfters als einen der grausamsten Politclowns Afrikas bezeichnet; seine Grausamkeiten standen außer Zweifel, was an ihm jedoch clownesk gewesen sein soll, war schwer nachvollziehbar. Über ihn dürfte niemand gelacht haben, allenfalls belächelt hatte man ihn wegen seines operettenhaften Pomps, den er bei öffentlichen Auftritten trieb. Aber die waren seltener geworden; zu groß war seine Angst vor einem Attentat. Jede Nacht verbrachte er in einem anderen seiner über zwanzig Paläste und Herrensitze, zu denen er sich in stets wechselnden gepanzerten Limousinen über täglich geänderte Routen fahren ließ. Das hatte er Fidel Castro und Saddam Hussein abgeschaut. Nun hatte sich das stets befürchtete Attentat erledigt, beziehungsweise einen eher romantischen Verlauf genommen. Die Familie geriet in Panik und verließ fluchtartig das Land, denn man konnte mit Sicherheit davon ausgehen, dass es zu einem Umsturz kommen

würde. Kem Alda befand sich zu diesem Zeitpunkt in Europa, in Luxemburg, aber das war reiner Zufall. Madame und Sohn Mohamed Alda ließen sich, zusammen mit ein paar Getreuen, bei Nacht und Nebel ins Nachbarland Cobindo fahren, wo eine Privatmaschine auf sie wartete und nach Algier brachte. Für diese Flucht musste Madame ein paar hunderttausend Dollar entbehren. In Algier bestiegen die Herrschaften eine Linienmaschine der British Airways nach London, wo die einzige Tochter seit Jahren lebte. Man flog standesgemäß in der First Class – das mitreisende Gesinde musste in die Holzklasse – und selbstredend mit gefälschten Pässen. Nun gab's nicht nur in Ongalo effiziente Geheimdienste – oder bei denen gab es ein Leck. Die dunkelhäutige Reisegruppe wurde jedenfalls in London Heathrow schon sehnsüchtig erwartet, und mehrere Millionen Dollar, die Madame in bar und in vielen kleinen Päckchen auf zahlreiche Gepäckstücke verteilt, mit sich führte, wurden gefunden und konfisziert. Das war ärgerlich, aber deswegen würde die noble Präsidentenfamilie der britischen Sozialkasse nicht auf der Tasche liegen müssen. Schließlich hatten ein paar fürsorgliche Banker in der Schweiz, in Liechtenstein und vor allem in Luxemburg das Ersparte gut verwaltet. Die gefälschten Pässe wurden eingezogen, und die Familie durfte nach stundenlagen Kontrollen und Diskussionen zur geliebten Tochter fahren; Sie musste sich täglich bei der Polizei melden. Das mitreisende Personal wurde aus humanitären Gründen nicht sofort zurückgeschickt, sondern erhielt eine befristete Aufenthaltsbewilligung, ebenfalls mit strengen Auflagen.

20. Kapitel

KRISENSITZUNG

Oberstaatsanwältin Rosanna Orlando hatte zur Krisensitzung geladen. Sie selbst wurde assistiert von dem jungen Staatsanwalt Bachmeyer und einer Referendarin, die inzwischen stark erweiterte SOKO war vertreten durch Heinrichs, Schneider, Meyer sowie durch die Herren vom Wirtschaftsdezernat, die Zawusis Akten durchforstet hatten. Orlando begrüßte die Teilnehmer und fasste die Situation zusammen. »Ich mache keinen Hehl daraus, dass ich mich bis vor kurzem sehr schwer damit getan habe, zwischen dem immer noch nicht aufgeklärten Tod des Dr. Zawusi und seinem Versuch nur wenige Stunden zuvor, eine Million Mark über die Grenze nach Deutschland zu verbringen k e i n e n Zusammenhang zu sehen.« Sie warf Heinrichs einen liebevollen Blick zu, was Karin Meyer nicht entging. »Aber selbst ich bin lernfähig. Herr Heinrichs, schauen Sie nicht so ungläubig! Es ist in der Tat so, das größere Geldtransporte durch Zawusi vielleicht nicht zum Tagesgeschäft gehörten, aber doch in ziemlicher Regelmäßigkeit stattgefunden haben. Wie Frau Meyer und Herr Heinrichs feststellen konnten, wurden bei der Blumenthal-Bank in Luxemburg immer wieder größere Barabhebungen getätigt und damit vermutlich Provisionen und Bestechungsgelder bezahlt. Wir klären gerade ab, ob dies auch bei anderen Banken der Fall war. Unsere Vorstellungskraft zur Verwendung dieser Gelder ist jedenfalls grenzenlos. Das wäre der eine Tatbestand. Herr Heinrichs hat vollkommen recht« – schon wieder ein Kompliment! –, »wenn er feststellt, dass derartige Transaktionen in bar wohl zur Routine von Zawusis Geschäften gehörten. Und wir kennen das ja aus anderen Fällen. Der andere Tatbestand ist sein Tod unter mysteriösen Umständen und das Verschwinden von offensichtlich höchst vertraulichen, vielleicht brisanten

Akten aus seinem Auto, in dem sonst nichts zu fehlen scheint und das keinerlei Spuren einer Durchsuchung aufweist. Und das gehört wohl kaum zur Routine solcher Geschäfte, auch wenn man spontan an Industriespionage denkt. Wie Herr Heinrichs pietätlos bemerkte, wird man nur einmal im Leben erschossen! Was will ich damit sagen? Ich bin bereit – zumindest für den Augenblick, und ich hatte das kürzlich schon zugesagt-, die beiden Vorfälle separat untersuchen zu lassen, natürlich beide unter der Ägide Ihrer SOKO. Darauf müssen wir uns jetzt organisatorisch einstellen. Wir wissen inzwischen von unseren Kollegen aus der Schweiz, dass bei der dortigen Blumenthal-Bank mehrere hundert Millionen zur luxemburgischen Schwesterbank durchgeleitet wurden. Alle Zahlungen kamen von der Eisen & Stahl, die inzwischen den Auftrag erhalten hat, eine Aluminiumhütte in Ongalo zu errichten. Ich habe soeben einen Durchsuchungsbeschluss für die Räumlichkeiten dieser Firma unterzeichnet, und wir werden morgen früh den Herren unsere Aufwartung machen – unter Leitung von Herrn Schneider. Sie werden von der Kripo Essen zwanzig Mann Verstärkung bekommen. Die Schweizerische Bankenaufsicht ist durch die Prüfer der dortigen Blumenthal-Tochter informiert und hat das fragliche Konto blockiert. Heute früh habe ich auch die Aufsichtsämter in Berlin und Luxemburg informiert. Soweit also zum wirtschaftlichen Teil unseres Falles. Nun zum Tode unseres Afrikaners. Auch hier bestreite ich nicht, mich von Anfang an auf einen Suizid konzentriert zu haben, festgebissen, werden vermutlich einige von Ihnen sagen, die meine sprichwörtliche Dickköpfigkeit kennen.« Und wieder konnte sie es nicht lassen, Heinrichs einen schmunzelnden Blick zuzuwerfen.»Wir haben auch bis heute nicht die geringste Spur einer Fremdeinwirkung. Aber ich muss zugeben, dass der Fund seiner Million im Kofferraum nicht gerade ein überzeugendes Motiv für einen Selbstmord ist. Was die Sache viel mysteriöser macht, sind die verschwundenen Akten – und die Indizien, dass sich offensichtlich ein Dritter mit dem Aktenkoffer beschäftigt hat. Hierauf deutet die Lesebrille hin, die man darin gefunden hat und die nach dem bisherigen Kenntnisstand dem Opfer nicht gehört haben kann. Wir können somit die Möglichkeit nicht ausschließen, dass Zawusi vielleicht doch gezielt erschossen wurde, und zwar wegen der Unterlagen und nicht wegen des Geldes, von dem der Täter womöglich keine Ahnung hatte. Wie Sie wissen, waren Herr Heinrichs und ich soeben bei der Arsteel, um den Herren die volle Wahrheit zu sagen, vor allem aber, um herauszufinden, wer an den Papieren ein so starkes Interesse haben konnte, dass er dafür sogar einen Mord begeht. Wer sonst könnte hierzu eine Erklärung haben, wenn nicht die; daher haben wir uns etwas weit aus dem Fenster gelehnt und ihnen diese Mitteilung gemacht, obwohl wir uns in einem laufenden Verfahren befinden. Die Informationen, die wir dort erhalten haben, müssen noch ausgewertet werden; das dürfte nicht ganz einfach sein. So, das wäre der neueste Stand der Dinge. Herr Schneider wird das morgige Besuchsprogramm in Essen übernehmen. Herr Heinrichs, Frau Meyer und ich konzentrieren uns jetzt erst einmal auf den Raub der Akten. Ich danke Ihnen.«

21. Kapitel

NÄCHSTES MEETING

Zwei Tage später trafen sich die Oberstaatsanwältin, Karin Meyer und Jürgen Heinrichs wieder in Orlandos Büro, um das weitere Vorgehen in Sachen Aktendiebstahl zu beraten. Nur wenige Minuten vor Sitzungsbeginn erfuhr man vom Tode des Diktators und der Flucht der Familie nach London. Nicht dass die Teilnehmer der Runde eine Gedenkminute eingelegt hätten, aber man war sich darüber einig, dass die neue Situation ihre Nachforschungen vermutlich nicht vereinfachen würden. Orlando informierte die beiden Kommissare über einen Anruf Schneiders aus Essen. Man war mit über zwanzig Beamten morgens um acht am Sitz der Eisen & Stahl AG aufgekreuzt und hatte kistenweise Material sichergestellt, das schon auf dem Wege nach Düsseldorf sei. Die Durchsuchung habe für die zu erwartende Aufregung und Empörung gesorgt, aber auch nach Protesten und wütenden Reaktionen des Vorstandsvorsitzenden habe man sich dem Unvermeidlichen fügen müssen. Schneider rechne damit, dass er noch mit fünf oder sechs Kollegen den Rest der Woche dort verbringen müsse, um weitere Akten zu sichten und Mitarbeiter zu befragen. Es bestehe schon jetzt kaum Zweifel daran, dass ihnen ein besonders dicker Fisch ins Netz gegangen sei. »Soweit zum monetären Aspekt«, meinte Orlando. »Widmen wir uns nun den Akten aus dem Auto. Was wissen wir?« Zu Karin Meyer gewandt, sagte sie »Sie wissen sicher von Herrn Heinrichs, dass wir in Luxemburg in Ruhe ein anderes Exemplar der ominösen Akte einsehen konnten, zu neunzig Prozent für uns technische Laien mehr oder weniger unverständlich. Die Herren von der Arsteel schließen Konkurrenzunternehmen als Tatverdächtige weitgehend aus, und zwar mit Argumenten, die recht einleuchtend klingen, aber auch nicht das Gegenteil beweisen. Wir sollten uns dennoch mit den Wettbewerbern sowohl der Eisen & Stahl als auch der Arsteel befassen. Dazu müssen wir zunächst herausfinden, wer die sind, einmal konkret für dieses Projekt, zum anderen aber auch allgemein, falls es um Patente, Fertigungsmethoden und dergleichen gegangen sein könnte. Wenn Sie dies in die Hand nehmen können; die Kollegen vom Wirtschaftsdezernat werden Ihnen dabei helfen. Dann ist uns beim Studium der Unterlagen noch etwas anderes aufgefallen: Die verschiedenen möglichen Standorte der Aluminiumhütte sind auf diversem Kartenmaterial verzeichnet, sozusagen als Alternativlösungen, und anscheinend auch die Umsiedlungspläne für die betroffenen Anwohner. Zumindest deuten gewisse Pfeile und Notizen darauf hin. Herr Heinrichs, ich glaube, Sie hatten sich dazu einiges notiert.«Mit spitzbübischem Lächeln zog Heinrichs ein paar Fotos von diesem Kartenmaterial aus seiner Aktentasche, und die Staatsanwältin meinte: »Wie Sie daran gekommen sind, frage ich mich wirklich.« Karin Meyer hatte die Fotos schon gesehen und war mächtig stolz auf ihren Chef. »Wir haben die Herren von der Arsteel bei Rückgabe der Unterlagen ganz bewusst nicht darauf angesprochen; wir ziehen es vor, uns einmal selbst ein wenig schlau zu machen. Was könnte das bedeuten? Vielleicht eine Grundstücksspekulation? Angeblich ist das Projekt in Ongalo noch gar nicht bekannt, um keine Unruhen auszulösen. Wem gehört überhaupt das Land? Den armen Fischern wohl kaum, vermutlich dem Staat oder unserem soeben verblichenen Menschenfresser. Aber das würde wieder gegen die Hypothese einer Spekulation sprechen. Der ganze Alda-Clan soll jedoch ziemlich groß sein, und womöglich gibt's oder gab's auch da Rivalitäten. Ich befürchte, wir müssen unsere Nachforschungen auf Ongalo ausdehnen und mit der dortigen Botschaft Kontakt aufnehmen. Karin, haben Sie keine Lust auf Sonne und Meer?«»Tun Sie mir das nicht an! Die Sonne scheint auch woanders. Aber wenn's unbedingt sein muss; ich tue ja meine Pflicht. Aber alleine kriegen mich keine zehn Pferde dorthin.« »Sachte, sachte, soweit sind wir noch nicht. Das war erst einmal ein Scherz, aber über kurz oder lang, fürchte ich, müssen wir uns vor Ort umsehen. Jetzt warten wir erst einmal ab, was dort überhaupt geschieht nach Aldas Tod. Ich werde nachher einmal versuchen, mit der Botschaft zu telefonieren.«

Die drei berieten noch eine Weile die weiteren Schritte und trennten sich nach etwa einer Stunde.

22. Kapitel

VORLADUNG IN BERN

Es vergingen nur wenige Tage, bis bei der Blumenthal Bank in Frankfurt, zu Händen der Partner, ein Einschreibebrief der Eidgenössischen Bankenkommission eintraf, in dem eine lückenlose Aufklärung der fraglichen Kontoverbindung und der Durchleitung der Millionenbeträge an die luxemburgische Tochtergesellschaft verlangt wurde, verbunden mit der Vorladung zu einem Gespräch in Bern mit genauer Terminvorgabe. Ohlig bestätigte den Termin und kündigte seinen Besuch an, bei dem er begleitet werde von seinem Direktor Christoph Lange sowie dem Verwaltungsratspräsidenten der Schweizer Tochtergesellschaft, Herrn Karsten Jäger. Wagenbach, der von der Vorladung wusste, bat Ohlig, ebenfalls an diesem Gespräch teilzunehmen, was dieser kategorisch ablehnte. Wagenbach ging es darum, den Herren in Bern klarzumachen, dass diese Vorgänge hinter seinem Rücken und noch vor seinem Eintritt in die Bank eingefädelt worden waren und dass er es gewesen war, der sich vehement gegen diese Transaktionen gewehrt und entsprechende Aufklärungen verlangt habe, sobald er davon Kenntnis erlangt hatte. Das war dem Herrn Dr. Ohlig natürlich klar, und deswegen wünschte er nicht die Anwesenheit des Geschäftsleiters. Später bereute Wagenbach, dass er die EBK nicht direkt gebeten hatte, auch ihn vorzuladen. Er hatte immer einen guten Kontakt – schon in seiner früheren Banktätigkeit – mit der Aufsichtsbehörde gehabt, und die Herren hätten sicherlich seiner Bitte stattgegeben. Nun war es zu spät. In einer vorab verlangten Stellungnahme an die Wirtschaftsprüfer hatte Jäger offengelegt, dass es sich bei den Kontoinhabern um die Söhne des Diktators handelte! Die Sensation war perfekt. Indirekt wurde damit auch zugegeben, dass die Pässe gefälscht waren. An dem Gespräch in Bern nahm auch Urs Grün von der Revisionsgesellschaft teil. Ohlig spielte den Ahnungslosen und behauptete kaltschnäuzig, die Kunden gar nicht zu kennen. Zwar habe Jäger ihn darüber informiert, dass er eine neue Geschäftsverbindung im Zusammenhang mit dem Bau einer Industrieanlage in Westafrika durch die Eisen & Stahl AG – schließlich eine allererste Adresse – aufgetan habe, aber Einzelheiten wisse er nicht. Wie sollte das denn auch möglich sein bei der Größe der Bank und den verschiedenen Tochtergesellschaften und Beteiligungen. Das sei doch Aufgabe der Verantwortlichen vor Ort, und bei denen habe es offenbar an der nötigen Sensibilität gefehlt. Erst sehr viel später würde die Presse vom Besuch der Alda-Söhne in Begleitung von Jäger in Frankfurt berichten, was für Blumenthal aber keine Folgen haben sollte. Die Medien schossen sich immer mehr auf den Fall ein, nachdem immer weitere zwei- und dreistellige Millionenbeträge bei verschiedenen Banken gefunden wurden, allein bei fünfzehn Instituten in Zürich und Genf, mehreren in Liechtenstein und sozusagen als Sahnehäubchen 1, 31 Milliarden DM bei Blumenthal in Luxemburg, die anscheinend als Drehscheibe für diese Transaktionen fungiert hatte. Weltweit wurden 130 Konten blockiert, die alle dem Alda-Clan gehörten, insgesamt mehrere Milliarden Dollar. Nun hatten Bundesrat – die Schweizer Regierung – und die Bankenkommission ein Problem. Was war nicht alles an Potentatengeldern in den letzten Jahren in der Eidgenossenschaft aufgedeckt und von der Presse ausgeschlachtet worden! Nur nicht schon wieder einen Skandal, und dann noch in dieser Größenordnung, die den Rahmen aller bisherigen Fälle sprengte, und im Zusammenhang mit einer der schlimmsten Diktaturen der Welt. So versuchte man, die Angelegenheit zunächst auf kleiner Flamme köcheln zu lassen. Man bestätigte zwar der Presse, dass eine Korruptionsaffäre vorliege, schwieg sich aber über die Beteiligten aus, und die Journalisten spekulierten wochenlang in die falsche Richtung. So glaubte man zwar, Benazir Bhutto aus Pakistan und den Suharto-Clan in Indonesien dieses Mal ausschließen zu können, dafür kam der Tschad ins Gespräch, und auch über Kamerun wurde diskutiert. Ein Basler Strafrechtsprofessor fand es grundsätzlich interessant, dass ein solcher Fall, wenn auch bisher nur in Bruchstü-

cken bekannt, überhaupt behandelt werde, nachdem *jahrelang solche Vorkommnisse in der Schweiz toleriert wurden, doch jetzt scheint die Politik deutlich zu ändern.*
Nachdem die Presse inzwischen fündig geworden war und Ross und Reiter genannt hatte, konnte auch die EBK nicht anders, als den Vorfall zu bestätigen und entsprechende Sanktionen anzukündigen. Im Übrigen ging sie vermutlich davon aus, dass nichts so alt ist, wie eine Zeitung von gestern. Mit dieser Einschätzung sollte sie richtig liegen; nach wenigen Wochen hatten die Journalisten neue Themen zu bearbeiten. So machte sie mit Herrn Dr. Ohlig einen Deal: Wenn die drei höchst platzierten Personen in der Schweizer Tochter von ihren Aufgaben entbunden würden, das heißt der Verwaltungspräsident Jäger, der Vizepräsident Waltermann sowie der Generaldirektor Wagenbach, würde man von einer Geldbuße, die sicher in die Millionen gegangen wäre, absehen und die Angelegenheit als abgeschlossen ansehen. Am nächsten Tag bestätigte Ohlig die Demissionen dieser drei Herren auf Briefpapier des Verwaltungsrats der Blumenthal Bank (Schweiz) AG, und er unterschrieb alleine, ohne Einzelunterschrift zu haben, die es in der Schweiz schon lange nicht mehr gab bei Banken. Die EBK schien dieser gravierende Formfehler nicht zu stören, und sie bestätigte diese Ankündigung. Die übrigen Verwaltungsratsmitglieder wurden erst im Nachhinein über diese Entscheidung informiert, wieder auf Briefpapier ihres Gremiums – und wieder mit Einzelunterschrift des Herrn Dr. Ohlig. Bevor sie sich anderen Themen widmete, berichtete die Presse über diese *Rücktritte*, und so erfuhr der Vizepräsident Waltermann schließlich aus der Zeitung, dass er *demissioniert* habe. Jäger blieb – zunächst – unbehelligt Leiter der Luxemburger Blumenthal-Bank. Waltermann, den man sich nicht zum Feind machen wollte – er war eine bekannte Persönlichkeit auf dem Bankenplatz – bekam ein Beratermandat, und Wagenbach durfte vorzeitig in Pension gehen. Auch bei zwei oder drei Großbanken kam es zu ein paar Alibi-Entlassungen. Schließlich forderte die Luxemburger Bankenaufsicht die Ablösung Jägers, und später untersagte das Bundesaufsichtsamt in Berlin dem Bankhaus Blumenthal, Jäger weiterhin in leitender Funktion zu beschäftigen. Dies wurde bestätigt und gleichzeitig umgan-

gen. Das Haus hatte eine Tochtergesellschaft FIAG, Frankfurter Immobilien-AG, und hier fand Jäger Unterschlupf, nicht offiziell, aber de facto als hoch dotierter Quasi-Geschäftsführer. Als auch das in Berlin bekannt wurde, gab es ernsthafte Probleme für das altehrwürdige Privatbankhaus, und Jäger wurde endgültig in den *verdienten* Ruhestand geschickt – wie man hörte, mit einem massiv vergoldeten *Handshake*. Dann verlor sich seine Spur. Er zog sich auf eine einsame Insel in Norwegen zurück, dem Heimatland seiner Frau. Es war sicherlich nicht schwierig, die norwegische Staatsangehörigkeit anzunehmen, und welches Land liefert schon seine Staatsbürger aus? Sicher ist sicher!

Wagenbach war verbittert, schließlich hatte er einen guten Ruf zu verlieren. Seine Bitte um eine Unterredung bei der EBK wurde abgelehnt mit der Begründung, *es bestehe kein Anlass, ausgeschiedene Gewährsträger zu Gesprächen zu empfangen*. Er wandte sich nun direkt an den Finanzminister, dem die EBK unterstand. Zu seiner Überraschung erhielt er schon bald einen recht persönlich gehaltenen, zweiseitigen Brief des Ministers, eigenhändig unterzeichnet, worin er ihm allerdings mitteilte, *in dieser Angelegenheit nicht tätig werden zu können, da die EBK eine unabhängige Verwaltungsbehörde sei und seinem Ministerium lediglich administrativ zugeordnet. Dieses habe somit keine Kompetenz, in Belange, welche die Kommission betreffe, einzugreifen*. Nicht sehr hilfreich, aber ein Indiz dafür, dass die Regierung den Fall sehr ernst nahm. Aber die war froh, dass ein weiterer Skandal zu den Akten gelegt worden war.

Schließlich nahm er noch Kontakt auf mit der NGO* Global Transparency, und zwar direkt mit dem Begründer und Leiter, Paul Anders.

Diese Organisation hatte sich den Kampf gegen Korruption auf die Fahnen geschrieben, eine lobenswerte Initiative. Sein Brief wurde nicht beantwortet. Nach einer Erinnerung teilte man ihm mit, dass man *nicht über die personellen und finanziellen Ressourcen verfüge, um notwendige Einzelrecherchen durchzuführen. Man leiste strukturelle Ar-*

---

*NGO = Nichtregierungs-Organisation

beit, betreibe Aufklärung, um rechtliche und politische Gegebenheiten zu beeinflussen. Um was ging's denn hier? Wagenbach war beeindruckt Auch eine spätere Kontaktaufnahme mit dieser lobenswerten Organisation sollte unbeantwortet bleiben.

23. Kapitel

BESTATTUNG

Zawusis sterbliche Überreste waren inzwischen zur Bestattung freigegeben worden; die Beerdigung fand auf dem Düsseldorfer Nordfriedhof statt. Heinrichs hatte beschlossen hinzugehen. Vielleicht konnte er dabei zu neuen Erkenntnissen kommen. Er wollte dies offiziell tun und der Familie kondolieren, während er Karin bat, sich gründlich zu verkleiden und ihre Minox nicht zu vergessen. Mit einem breitkrämpigen schwarzen Hut, Stöckelschuhen, die sie zehn Zentimeter größer machten und einer riesigen Sonnenbrille würde sie selbst der Mann ihrer Träume, Karsten Jäger, nicht erkennen, falls der überhaupt anwesend sein sollte. Es wurde eine große Beerdigung, sicherlich an die zweihundert Leute, und vor dem Hauptportal gab es eine Art Autosalon für Nobelkarossen. Etliche große Mercedes mit Düsseldorfer, Frankfurter und Essener Nummern, zwei BMWs aus Luxemburg und viele andere. Karin war voll damit beschäftigt, die Zulassungsschilder diskret abzulichten, offenbar von niemandem bemerkt. Heinrichs, in dunklem Anzug, sprach wie vorgesehen der Familie seine Anteilnahme aus und versicherte ihr, dass man den Fall sicherlich bald aufklären würde, auch wenn es noch eine Menge zu tun gebe. Christa Zawusi und ihre Kinder waren sichtlich überrascht und gerührt, dass er auf den Friedhof gekommen war und auch über die diskrete und warmherzige Art, mit der er sein Beileid ausgesprochen hatte. Frau Schubert stand direkt neben der Familie. Ihre goldige Haarpracht war, dem Anlass angepasst, noch prächtiger arrangiert als sonst und von einem schwarzen Samtband durchzogen – ein wahres Kunstwerk. Heinrichs Blicke kreuzten sich mit denen Jägers, der offenbar über dessen Anwesenheit überrascht war und demonstrativ in eine andere Richtung blickte. Auch der blässliche Vormann war da, dessen Farblosigkeit der schwarze Mantel noch unterstrich. Heinrichs glaubte auch, Ohlig auszumachen, obwohl er den nur von Fotos kannte. Wie die Manager von Eisen & Stahl aussahen, wusste er nicht, jedoch deuteten die Wagen mit Essener Kennzeichen darauf hin, dass einige von ihnen anwesend waren. Auch Dr. Unger von der Arsteel war zugegen und begrüßte Heinrichs sehr freundlich; er wollte wissen, ob es denn schon neue Erkenntnisse gebe. Heinrichs nahm noch ein paar dunkelhäutige Männer wahr, vermutlich Angehörige des Verstorbenen – oder sollte etwa einer von ihnen Alda heißen oder gar zwei?

Im *Golzheimer Krug*, in unmittelbarer Nähe von Zawusis Domizil, gab's im Anschluss an die Beisetzung ein Mittagessen für die Familienangehörigen und einen engeren Freundeskreis, immerhin noch an die dreißig Personen. Für diesen Anlass hatte das Restaurant über eine Personalagentur einen *voiturier* engagiert, der sich um die Autos der Gäste zu kümmern hatte, sie in den umliegenden Straßen parkte und dort später wieder abholte und vorfuhr. Es war ein freundlicher junger Mann mit besten Manieren und guten Englischkenntnissen. Dass er seit kurzem der erweiterten SOKO James angehörte, war reiner Zufall, genauso wie die Tatsache, dass er eine Minox besaß. Er sollte nicht untätig bleiben. Da die wenigen Plätze direkt vor dem Eingang von Hotelgästen belegt waren und der einzig verbliebene Platz für Christa Zawusi reserviert worden war, musste er alle ankommenden Gäste um den Autoschlüssel bitten, um deren Wagen in der Nähe abzustellen. Somit hatte er einen kurzen Kontakt mit ihnen, abgesehen von denen, die mit einem Fahrer kamen. Aber auch denen musste er einen Platz zuweisen oder einen Tipp geben, und mit dem einen oder anderen kam er ins Gespräch, während die Chefs beim Essen waren. Und für diskrete Aufnahmen mit der Minox hatte er hinreichend Gelegenheiten. Bei der nächsten Arbeitssitzung der SOKO erstattete er Bericht, nachdem er bereits alle Fahrzeughalter ermittelt hatte. Nach etwa zwei Stunden seien die meisten Gäste kurz nacheinander herausgekommen. Einige hätten sich vor dem Restaurant noch angeregt unterhalten, während sie auf ihre Wagen warteten. Danach seien zwei Herren erschienen, die nach der Beschreibung nur Jäger und Vormann sein konnten, in Begleitung von zwei Afrikanern. In der Tat war der BMW, den er für sie holte, auf die Blumenthal-Bank Luxemburg zugelassen. Drei Herren baten Binder, so hieß der *voiturier*, die Fahrer der beiden Mercedes mit Essener Kennzeichen zu bitten vorzufahren. Wie zu erwarten, waren diese Wagen auf die Eisen & Stahl AG zugelassen. Weitere Beschreibungen folgten, und die SOKO hatte somit einen vollständigen Überblick über die Teilnehmer an diesem Essen. Heinrichs fragte sich, ob die Afrikaner, die er schon auf dem Friedhof ausgemacht hatte, Familienangehörige Zawusis waren. Die gemeinsame Wegfahrt von zweien mit Jäger und Vormann sprachen jedenfalls eher für geschäftliche Kontakte. Nur zwei waren bis zum Schluss bei der Familie geblieben, vermutlich Verwandte. Zu viel mehr Erkenntnissen war man im Augenblick nicht gekommen, außer der Tatsache, dass zwischen Zawusi und den Blumenthals ein enger Kontakt bestanden haben musste, während die Familie und vor allem Sohn Peter das Gegenteil behauptet hatten. Wieso waren sonst Ohlig und die beiden aus Luxemburg bei der Bestattung zugegen , letztere sogar beim anschließenden Mittagessen? Da würde der Filius einige Erklärungen liefern müssen. Ein paar Tage später wurde er hierzu befragt. Er blieb bei seiner Behauptung, lediglich von einem Kontakt seines Vaters zu dieser Bank gewusst zu haben, ohne die geringsten Einzelheiten, geschweige denn Personen dieses Hauses zu kennen. Die Herren aus Luxemburg habe er nie vorher gesehen, nicht einmal ihre Namen gekannt. Wer sie dann eingeladen hatte, wollten die Kriminalbeamten wissen. Das sei Herr Dr. Beit von der Eisen & Stahl gewesen, ein langjähriger Freund seines Vaters, der ausdrücklich darum gebeten habe. Und Beit sei es auch gewesen, der empfohlen habe, die zwei Afrikaner einzuladen, die er ebenfalls nicht gekannt hatte, und die Beit als wichtig für das Projekt in Ongalo bezeichnet habe. Bei einem solchen Essen könne man sich schließlich besser unterhalten als auf dem Friedhof. Das habe die Familie schlecht abschlagen können. Die beiden anderen seien Vetter seines Vaters. Ob er die Wahrheit sagte? Es war schwer, ihm das Gegenteil nachzuweisen. Es hätte sich alles so verhalten können, aber etwas seltsam war es schon.

24. Kapitel

ES KNISTERT

Ein paar Wochen später. Heinrichs saß mit seinen Kollegen Meyer und Schneider wieder bei der Staatsanwältin, und er fand die Zusammenarbeit mit ihr immer angenehmer, obwohl es bis anhin zu keinem Ergebnis gekommen war – nicht einmal annähernd. Aber den befürchteten Schlagabtausch hatte es nicht gegeben. Zwar tendierte sie immer noch zur Selbstmordtheorie, während Heinrichs immer weniger daran glauben wollte. Aber auch Orlando wusste, dass viele Indizien gegen einen Suizid sprachen – nur dies zuzugeben, fiel ihr nicht leicht. Alle drehten sich im Kreise, keiner hatte eine feste Vorstellung, wie sich die Dinge tatsächlich abgespielt haben könnten. Die beiden waren inzwischen ein paar Mal zusammen zum Essen gegangen, und eines Abends, im *Schiffchen,* hatte sie ihm das *Du* angeboten. Heinrichs wusste nicht, wie ihm geschah und wäre am liebsten vor Freude in die Luft gesprungen, hielt sich aber zurück. »Ja, das ist toll, natürlich bin ich einverstanden.« Er stand auf, ging um den kleinen Tisch herum und gab ihr einen Kuss auf die Wange – ziemlich zaghaft. »Aber wie machen wir es im Dienst?«, wollte er wissen. »Genauso«, sagte sie trocken. »Ich bin gegen jegliche Geheimniskrämerei, und eines Tages würde sich doch einer von uns versprechen, obwohl wir ja beide so perfekt sind und nie einen Fehler machen. Und dann wär's peinlich. Was soll's. Wie lange kennen wir uns schon? Mindestens zehn Jahre, und wir haben doch schon so manchen Fall gemeinsam gelöst, auch wenn manchmal die Fetzen flogen. Du duzt dich doch auch mit Karin Meyer und den anderen. Da stehen wir doch drüber, meinst du nicht auch?« Heinrichs war überglücklich – wie schon lange nicht mehr, aber es entsprach seinem Temperament, dies nicht allzu sehr zu zeigen.

Nun saß der harte Kern der SOKO James bei Orlando zusammen und versuchte, Bilanz zu ziehen. Die Ermittlungen gegen die Eisen & Stahl würden sich wohl noch lange hinziehen bis zur Anklageerhebung. Dass es dazu kommen würde, schien festzustehen, schließlich wusste man schon jetzt, dass von dort viele hundert Millionen an Schmiergeldern bezahlt worden waren, wovon der Großteil inzwischen bei Blumenthal Luxemburg blockiert war. Die Ermittlungen sollten noch viel Zeit in Anspruch nehmen, da es herauszufinden galt, wer außer dem Alda-Clan noch Nutznießer dieser freundlichen Spenden gewesen war, ein riesiges Puzzle. Von Beit hatte man zwölf Millionen bei einer Stiftung in Liechtenstein aufgespürt, aber was war mit den anderen Drahtziehern und Komplizen? Sollten etwa auch honorige Banker die Hand aufgehalten haben? Und für wen war die Million bestimmt, die man bei Zawusi gefunden hatte? Die Eisen & Stahl hatte inzwischen erste Verschiffungen vorgenommen. Die Container stapelten sich im Hafen von Onko – mit dem Bau des neuen Hafens war noch nicht einmal begonnen worden – und ein Teil der Stahlkonstruktionen lag offen auf den Kaimauern herum und setzte bereits Rost an, bei der extremen Luftfeuchtigkeit kein Wunder.

In Ongalo war es nach dem unerwarteten Tod Aldas relativ unblutig zu einem Umsturz gekommen. Ein neues Regime, alles alte Gegner des Diktators, hatte die Macht übernommen. Die meisten kamen aus dem Gefängnis und befreiten viele Sympathisanten, soweit sie die Haft überlebt hatten. Sie machten die Zellen frei für eine Reihe von Familienmitgliedern und Freunden Aldas, denen die Flucht aus dem Land nicht mehr gelungen war. Die neue Regierung versprach freie Wahlen und den Kampf gegen die Korruption. Ausländische Beobachter waren erleichtert, ein gerütteltes Maß an Skepsis blieb indes bestehen. Der geheimnisvolle Tod Zawusis war weiterhin ungeklärt. Für Heinrichs war es, am Ende seiner Karriere, eine der größten Herausforderungen, und auch die Staatsanwältin verließ manchmal der Mut, obwohl sie sich dies niemals anmerken ließ. Es sei denn bei einem Tête-à-Tête mit dem Kommissar, wozu es immer häufiger kommen sollte. Bei den umfangreichen Untersuchungen der Geschäftsunterlagen, Rekonstruktionen zahlreicher Kontakte Zawusis, Durchleuchtung der Konkurrenzsituation und vielem mehr war nicht die Spur eines Motivs aufgekommen – weder für einen Mord, noch für einen Selbstmord.

25. Kapitel

EIN DURCHBRUCH?

Auch in den folgenden Wochen gab es für die stark erweiterte SOKO kaum eine Verschnaufpause. Eine Arbeitssitzung jagte die andere, immer neue Theorien und Hypothesen wurden erörtert und wieder verworfen, immer wieder neue Spuren verfolgt, die sich schlussendlich alle als unergiebig erwiesen. Heinrichs hätte sich die Haare raufen können, aber sein Bürstenschnitt erlaubte das nicht. Dann, in einer Besprechung, meinte er: »Ich weiß nicht recht, aber ich habe das Gefühl, dass wir irgendetwas übersehen haben, vielleicht etwas sehr Naheliegendes.«
»Soll das heißen«, fragte Schneider, »dass die legendäre Spürnase nicht mehr verstopft ist?« »Mokier dich nur! Komm, Karin, wir gehen mal in Klausur.« Karin war überrascht. »Und wo soll die stattfinden?« »In meinem Büro. Dort liegt noch der ganze Krempel, den wir in Zawusis Wagen gefunden haben.« »Wie du meinst. Aber das haben wir doch alles tausendmal vorwärts und rückwärts studiert. Du bist die Agenda Seite für Seite mit dem Sohn durchgegangen, und die paar Notizen und Faxe in den Klarsichthüllen könnte ich dir auswendig herunterlabern. Und sonst war doch in dem Aktenkoffer fast nichts und auch woanders im Auto nicht.« In der Tat hatte sich Peter Zawusi kooperativ gezeigt und versucht, die zahlreichen Eintragungen in dem kleinen Taschenkalender seines Vaters zu entziffern und zu deuten. In vielen Fällen war ihm das auch gelungen; so manche Initialen und Abkürzungen konnte er erklären – wenn auch manchmal erst nach längerem Nachdenken, Abgleichungen mit anderen Unterlagen oder Befragung von Frau Schubert. Aber es gab auch eine Reihe von Eintragungen, mit denen Peter nichts anfangen konnte. »Also, wenn's dich nicht langweilt, sollten wir doch noch einmal die Fahrt unseres Freundes rekonstruieren.« »Wie

kommst du darauf, dass mich das langweilen könnte? Mit dir ist's doch immer spannend. Ich bin richtig froh, in deiner SOKO zu sein; ich habe schon so viel gelernt in diesen Monaten. Und du wirst sehen, wir lösen diesen Fall.«

»Dein Wort in Gottes Ohr! Zawusi ist also von Mondorf kommend bei Remich in die Bundesrepublik eingereist, und tot aufgefunden hat man ihn in der Nähe dieses Kaffs Igel. Und das liegt an der Strecke von Luxemburg-Stadt nach Trier, ganz in der Nähe des Grenzübergangs Wasserbillig. Gut, das wissen wir alles schon. Wenn er wirklich Wein einkaufen wollte, scheint es logisch, dass er bei Remich über die Grenze gefahren ist. Vielleicht war das aber nur eine Ausrede bei den Zöllnern, und er hatte wegen der Million im Kofferraum gehofft, dass diese Zollstation, wie meistens, unbesetzt ist. Ich habe mir gerade noch vom Zoll bestätigen lassen, dass an diesem und einigen anderen kleineren Übergängen nur noch höchst selten kontrolliert wird. Und da unser Freund offensichtlich immer wieder einmal größere Geldbeträge abgehoben und vermutlich außer Landes verbracht hat, wusste er ziemlich genau, wo für ihn das geringste Risiko bestand, gefilzt zu werden. Und ein großer Umweg, um von dort, irgendwo bei Trier, auf die Autobahn zu gelangen, war das auch nicht. Und wenn schon, die vermeintliche Sicherheit war ihm das wert. Aber ich möchte mir die Streckenführung doch noch einmal genauer ansehen. Lass uns noch mal in die Karte schauen, die bei seinen Sachen war. Mein Gott, die Karte! Wer von uns hat sich eigentlich das Kartenmaterial genau angeschaut?«

Karin Meyer wusste darauf keine Antwort. Heinrichs erhob sich und schloss den Stahlschrank auf, in dem die Unterlagen aus Zawusis Wagen sicher verwahrt waren, das heißt die kleineren Dinge, vor allem aus dem Aktenkoffer. Weitere Fundstücke waren weiterhin bei der Spurensicherung unter Verschluss. Er nahm einen kleinen Stapel von Karten und Plänen heraus und legte alle beiseite, die ihnen kaum weiterhelfen konnten, wie eine Karte der Schweiz, Stadtpläne von Zürich und Frankfurt und eine Umgebungskarte von Hamburg. Dann legte er eine Benelux-Karte im Maßstab 1 : 300'000 vor sich auf den Tisch, einen Stadtplan von Luxemburg und eine Gebietskarte 1 : 50'000 der Gegend um Trier und Konz. Gemeinsam schauten sie zunächst auf die große Karte und fanden das bestätigt, was sie eigentlich schon wussten, nämlich dass man von Remich kommend über die deutsche Weinstraße, die 419, schnurstraks nach Trier fahren konnte – mit oder ohne Halt beim Weinhändler in Nittel – und automatisch über Igel kam, wenn man vorher auf die nördliche Seite der Mosel gewechselt hatte. Sie legten die Karte beiseite; sie waren nicht schlauer geworden. Heinrichs griff sich den Stadtplan, während Karin die Gebietskarte studierte. Im Stadtplan befanden sich auf den ersten Blick keinerlei Markierungen oder Anmerkungen. Wenn Zawusi ein *Habitué* dieser kleinen Stadt war, musste er kaum etwas besonders kennzeichnen. Die Avenue de la Liberté, in der die Arsteel ihren Hauptsitz hatte, und der Boulevard Royal, auf dem sich die Blumenthal-Villa und das Hotel *Le Royal* befanden, gehörten zu den großen Achsen der Innenstadt, für die man kaum einen Plan konsultieren musste. Dann fand Heinrichs doch noch etwas: Die Rue de Bragance war an beiden Rändern mit einem dünnen schwarzen Filzstift nachgezogen, und rechts davon war eine 40 vermerkt. Man sollte einmal nachprüfen, wer dort wohnt. Sonst gab der Plan nichts her; außerdem war er laut Impressum schon vier Jahre alt, so dass diese Adresse vielleicht Schnee von gestern war. Aber man konnte nie wissen.

»Bingo!«, rief Karin. »Schau mal hier!« Sie drehte die Gebietskarte zu Heinrichs hin. »Hier ist Igel, und hier geht die Landstraße – ich kann zwar keine Nummer erkennen – nach Norden in Richtung Trierweiler und überquert dabei die Autobahn. Aber hier, schon viel früher, hat jemand mit blauem Kugelschreiber diese Linie nach rechts gezogen, unser Feldweg, und dort dieses kleine Häuschen gemalt, unser alter Schuppen!« »Ich glaub's ja nicht. Das ist doch genauso, wie Schneider es beschrieben hat. Ich rufe ihn, schnell an.« Schneider war nach zwei Minuten in Heinrichs' Büro, warf einen Blick auf die Karte und sagte: »Genau da war's. Das muss der Weg sein und das die Scheune.« »Und was sagt uns das?«, fragte Heinrichs in Richtung Karin. »Dass er, wie wir schon vermutet hatten, nicht dorthin entführt worden ist, sondern dass dies ein vereinbarter Treffpunkt war. Jemand hat ihn ihm erklärt, und Zawusi hat's genau eingezeichnet. Jetzt sehe ich gerade noch etwas, kaum zu erkennen auf dem farbigen Untergrund: Hier zwischen Igel und der Linie nach rechts steht handschriftlich eine Zwei, und ich vermute, dass dies zwei Kilometer bedeutet.« Schneider nickte, »Das war etwa die Entfernung vom Ortszentrum bis zu diesem Feldweg – Volltreffer!« »Nun könnte ihm natürlich auch die Karte untergeschoben worden sein, um eine falsche Spur zu legen«, gab Karin zu bedenken.

»Das glaube ich nicht«, entgegnete Schneider. »Außer dem Stadtplan, der im Aktenkoffer lag, war dieses gesamte Kartenmaterial , das ihr hier liegen habt, fein säuberlich in der Seitentasche der Fahrertür verstaut, und, wie ihr wisst, sah nichts nach einer Durchsuchung aus. Und schaut mal da: Diese Karte wurde in Düsseldorf gekauft, hier klebt noch das Preisschildchen von Schrobsdorff auf der Kö. Außerdem ist sie neu, die letzte Ausgabe aus diesem Jahr.«

»Karin«, bat Heinrichs, »spring doch mal zu unseren Herren Ökonomen rüber, die auch die gesamte Buchhaltung der Inter-Trade untersucht haben. Ich glaube, das Material ist noch bei denen, sonst müsste noch mal jemand nach Neuss zu dem Steuerberatungsbüro fahren. Wenn nämlich Zawusi diese Karte gekauft hat, ist das bestimmt über die Firma gelaufen, und vielleicht haben wir Glück und finden eine Rechnung oder einen Kassenbon.« »Bin schon unterwegs«, rief Karin beim Hinausgehen. Nach zwanzig Minuten war sie zurück. »Nochmals Bingo, heute ist unser Tag. Hier ist eine Rechnung der Buchhandlung Schrobsdorff über eine Straßenkarte; die ist zwar nicht präzisiert, aber der Preis stimmt genau mit dem auf dem Etikett überein, zwei Taschenbücher ohne Titelangabe, vielleicht die beiden Krimis, die man bei ihm gefunden hat, sowie einen Guide Michelin Benelux. Und wann wurde das alles gekauft? Eine Woche vor seinem Tod!« »Vielleicht ist heute wirklich unser Tag. Den neuen Guide Michelin haben wir auch hier, und dass die beiden Krimis nicht mit ihren Titeln auf der Rechnung stehen, ist einleuchtend, denn sonst hätte er sie nicht als Betriebsausgabe verbuchen können. Ich wusste es doch, dass wir etwas übersehen hatten; wie konnte mir das nur passieren?«

»Jetzt mach die bloß keine Vorwürfe«, wandt Schneider ein. »Keiner von uns hat an diese blöde Gebietskarte gedacht. Bei dieser Masse von Details, denen wir nachgegangen sind, ist es doch normal – und nicht das erste Mal – , dass man etwas übersieht oder nicht daran denkt.«

»Danke für deine tröstlichen Worte! Also, die Indizien, dass unser Freund aus freien Stücken an diesen Ort gefahren ist und nicht dorthin verschleppt wurde, sind nunmehr sehr solide. Was uns aber noch lange nicht erklärt, was er dort wollte. Aber seien wir Optimisten und nehmen zur Kenntnis, dass wir zumindest einen kleinen Schritt weitergekommen sind.« »Ich glaube, so klein ist der Schritt gar nicht«, meinte Karin Meyer. Die Stimmung war gut; endlich nach Monaten einmal ein Erfolgserlebnis, ein erster Lichtblick. Diese Motivation brauchte das Team – es gab neue Hoffnung. Heinrichs bat Schneider, sich bei dem Luxemburger Kollegen Heintz nach der Adresse Rue de Bragance 40 zu erkundigen. Schon nach einer halben Stunde kam Schneider zurück. Die Rue de Bragance sei eine ruhige Straße in einem beliebten Wohnviertel, und das Haus Nummer 40 gehöre einem angesehenen Anwalt, Maître Dahm, der aber selbst nicht dort wohne. Die vier Wohnungen seien vermietet, zwei an höhere Funktionäre des Europäischen Gerichtshofs, eine an einen Zahnarzt, Dr. Simmer, der seine Praxis in der Rue Adolphe Fischer habe, und die vierte an die Botschaft Nigerias in Brüssel, die auch für Luxemburg zuständig sei, und die werde ab und zu vom Handelsattaché genutzt, wenn der hier zu tun habe. Nach Aussagen anderer Hausbewohner sehe man den jedoch höchst selten. Heinrichs machte sich eine kurze Notiz dazu, für die Aufklärung des Falles versprach er sich jedoch nicht viel davon. Aber er war zufrieden mit dem heutigen Tag und freute sich schon auf den Abend. Die schöne Staatsanwältin hatte ihn zum Abendessen zu sich nach Hause eingeladen! Sie wohnte in der Drakestraße im Stadtteil Oberkassel in einem restaurierten Haus aus den 20er Jahren. Neben einem üppigen Blumenstrauß würde er ihr die Neuigkeit des Tages mitbringen, und er war gespannt auf ihre Reaktion. Ihre Selbstmord-Hypothese würde weiterhin etwas zerbröseln, aber vielleicht würde er sie trösten können – wenn sie ihn denn ließe. Heinrichs tat sich schwer einzugestehen, dass er doch etwas nervös war, den heutigen Abend mir Rosanna bei ihr zu Hause zu verbringen. Er erschien pünktlich, und sie öffnete die Tür in einem weißen Hosenanzug und einer schwarzen Seidenbluse. Was war diese Frau doch für eine Augenweide! Sie freute sich über die prachtvollen Blumen und nahm ihm den Regenmantel ab. Noch mehr als ihr Büro zeugte diese Wohnung mit den schönen Stuckdecken und den hohen Fenstern von ihrem sicheren Stilempfinden und ihrem untrüglichen Gefühl für Ästhetik, denn hier hatte sie freie Hand gehabt. Designermöbel kontrastierten mit einigen Antiquitäten , moderne Malerei und Skulpturen mit Kunst aus Mali und Südafrika. Und überall Blumen und Kerzen – und sehr viele Bücher. Es sollte ein harmonischer Abend werden. Als Heinrichs am nächsten Morgen gegen sieben Uhr nach Hause kam, um sich für den Dienst frisch zumachen und umzuziehen, fühlte er sich leicht und beschwingt, wie seit langem nicht mehr. Würde sein Leben eine Wende nehmen? Doch dieses Glücksgefühl war nicht ungetrübt. War seine Frau nicht erst zwei Jahre tot? Diese Frau, die er so sehr geliebt hatte und die so plötzlich und viel zu jung von ihm gegangen war. War es eine Art von Untreue? Er bäumte sich dagegen auf. Nein, er würde diese Frau niemals vergessen, die wunderbaren Jahre, die er mit ihr verbracht hatte, die Gespräche, die Reisen. Aber ging das Leben nicht weiter? Vielleicht noch zehn, fünfzehn oder gar zwanzig Jahre? Er musste mit dieser neuen Situation erst noch fertig werden, er musste mit sich selbst ins Reine kommen. Für den Augenblick gewann sein Pflichtbewusstsein die Oberhand, und er versuchte mit aller Kraft, sich auf seine Arbeit zu konzentrieren, auf diesen schwierigen Fall des toten Afrikaners. In einer halben Stunde würde er im Büro sein, und er spürte einen neuen Elan in sich, ja er fühlte sich wie neugeboren.

26. Kapitel

DIE NÄCHSTEN SCHRITTE

Außer der nun einigermaßen sicheren Erkenntnis, dass Zawusi nicht an den Fundort seiner Leiche entführt worden war, sondern diesen abgelegenen Flecken geplant und gezielt angesteuert haben musste, war man – auch nach Wochen weiterer Recherchen – keinen Schritt vorangekommen. Warum hatte er sich dorthin begeben, und wen hatte er dort treffen wollen? Hatte er womöglich hier das Geld übergeben wollen und ist, obwohl er es nicht mehr hatte, trotzdem dorthin gefahren, vielleicht weil er den Empfänger nicht erreichen konnte? Aber diese Frage hatte man sich doch schon mehrfach gestellt. War es Zufall, dass Jäger in unmittelbarer Nähe wohnte? Man würde sein Alibi überprüfen müssen. Bon Courage! Zudem war es an der Zeit, Nachforschungen in Ongalo selbst anzustellen. In einer erneuten Sitzung mit der Staatsanwältin wurden die nächsten Schritte abgestimmt. Zunächst würde man noch einmal nach Luxemburg fahren müssen, um Jäger nach seinem Alibi zu befragen und natürlich auch die beiden anderen Mitwisser des Geldbezuges, und dann müsste sich ein Team der SOKO nach Afrika begeben. Orlando war der Meinung, dass Heinrichs beide Missionen persönlich übernehmen sollte. »Okay«, seufzte der, »also zunächst nach Luxemburg, und ich nehme Karin mit; sie ist sowieso verguckt in diesen Jäger.« Auch Karin seufzte und meinte: »Es bleibt einem nichts erspart. Aber ich mach's gerne und freue mich schon auf ein Wiedersehen mit dem Mann meiner Träume.« »Ongalo«, fuhr Heinrichs fort, »möchte ich ihr ersparen. Ich schlage vor, mit Schneider zu fliegen.«

»Einverstanden«, sagte Rosanna Orlando, »um Ongalo kümmere ich mich und bereite mit der Deutschen Botschaft schon einmal alles vor. Zunächst viel Spaß im Großherzogtum!« Heinrichs ließ einen erneuten Termin mit Jäger vereinbaren und verlangte, dass auch die Herren Vormann und Theis anwesend seien. Jäger empfing die Kommissare mit den Worten: »Ach Sie schon wieder! Ich bin schon überrascht, dass Sie offenbar immer noch nicht weiter gekommen sind.«

»Sehen Sie«, erwiderte Heinrichs, »gerade deshalb kommen wir wieder zu Ihnen, denn mit Ihrer Mithilfe werden wir sicherlich bald zu einem Ergebnis kommen. Bevor wir uns jedoch mit Ihnen unterhalten, möchten wir gerne die Herren Vormann und Theis sprechen, einzeln, in welcher Reihenfolge ist unwichtig.« Jäger verließ das Besuchszimmer, und wenige Minuten später erschien Vormann. Er begrüßte die beiden Besucher höflich und nahm ihnen gegenüber Platz. Was er denn noch für sie tun könnte, fragte er fast zaghaft. Heinrichs ergriff das Wort: »Nach Ihren eigenen Angaben gibt es nur drei Personen, welche von Zawusis Geldbezug bei Ihnen gewusst haben, darunter auch Sie selbst. Nun überprüfen wir die Alibis dieser Personen für den Zeitpunkt des Todes, das heißt für die Zeit von etwa 11 bis 16 Uhr am Tage seines Besuchs bei Ihnen, morgens um neun. Innerhalb dieser Zeitspanne ist laut Gerichtsmedizin der Tod eingetreten. Somit unsere Frage an Sie: Wo waren Sie zu diesem Zeitpunkt?« Vormann nahm es gelassen.

»Ich weiß, Sie tun Ihre Pflicht, und ich habe da keine Probleme mit. Anhand meiner Agenda kann ich Ihnen nachweisen – und meine Sekretärin wird dies bestätigen können –, dass ich nach dem Besuch Zawusis mehrere Kunden hier hatte; die Bestätigungen dieser Besuche finden Sie auch in den Kundendossiers, da sie die Entgegennahme von Unterlagen oder deren Einsicht quittieren müssen, mit Datum und Uhrzeit. So halten wir's jedenfalls hier, aber ich darf davon ausgehen, dass Sie diese Informationen vertraulich behandeln. Den letzten Besucher am Vormittag, einer unserer größten Kunden, habe ich anschließend zum Mittagessen eingeladen; wir waren im Restaurant *La Pomme Cannelle* des Hotels *Le Royal*. Die Restaurantrechnung kann ich aus der Buchhaltung kommen lassen. Von dort bin ich gegen 14 Uhr wieder in die Bank gegangen und bin dann bis zum Abend geblieben. Hierfür gibt's einige Zeugen; von 15 bis etwa 16 Uhr hatte ich eine Arbeitsbesprechung mit unserem EDV-Leiter, Herrn Huwer.« »Gut«, sagte Heinrichs, »wir werden das überprüfen. Nichts für ungut. Könnten Sie nun Herrn Theis herbitten?« Vormann ging hinaus, und Theis betrat wenige Minuten später das Besuchszimmer. Heinrichs gab ihm dieselben Erklärungen und stellte auch ihm die entsprechenden Fragen. Auch der Kassierer schien weder schockiert noch beleidigt zu sein und gab an, den ganzen fraglichen Tag im Hause gewesen zu sein, auch während der Mittagspause. Das sei anhand mehrerer Transaktionen an der Kasse, die alle seine Unterschrift trügen oder von ihm abgezeichnet worden seien, leicht nachzuweisen. Und seine Mitarbeiterin, Frau Marchetti, könne dies bestätigen. Auch er schien den Kommissaren glaubhaft, sie wollten aber der guten Ordnung halber auch seine Aussagen nachprüfen, obwohl sie kaum Zweifel daran hatten. Sie baten ihn, Herrn Jäger zu ihnen zu bitten. Der Herr Direktor ließ sich gut zehn Minuten Zeit, bis er bei den Kommissaren erschien und meinte ironisch: So, haben Sie jetzt den Mörder im Hause Blumenthal dingfest gemacht?« Heinrichs passte sich wiederum, wie beim letzten Besuch, blitzschnell dem Ton Jägers an und vergaß jegliche Konzilianz: »Sie scheinen den Ernst der Lage immer noch nicht begriffen zu haben. Wir sind überhaupt nicht zum Scherzen aufgelegt und haben auch nicht die Absicht, für ein Gespräch mit Ihnen Vergnügungssteuer zu zahlen. Also: eine kurze Frage mit der Bitte um eine klare Antwort. Wo waren Sie am Tage von Zawusis Besuch zwischen 11 und 16 Uhr?« »Ich höre wohl nicht recht«, schnarrte Jäger zurück. Nervosität und Wut waren ihm ins Gesicht geschrieben. »Dann empfehle ich Ihnen einen Gang zum Ohrenarzt«, konterte Heinrichs. »Zum letzten Mal: wo waren Sie zum fraglichen Zeitpunkt?« Jäger gab nicht auf und meinte mit zunehmender Lautstärke: »Ich glaub, ich bin im falschen Film!« »Dann gehen Sie in ein anderes Kino«, brüllte Heinrichs zurück. »Entweder zeigen Sie sich jetzt kooperativ und beantworten unsere Fragen, oder ich veranlasse umgehend eine Vernehmung im Präsidium. Das scheinen Sie offenbar vorzuziehen, und Ihr Verhalten ist kaum dazu angetan, die Beurteilung Ihrer Person positiv zu beeinflussen.« »Und Sie bilden sich im Ernst ein, ich hätte etwas mit Zawusis Tod zu tun?« Heinrichs stand auf und sagte zu Karin Meyer: »Komm, wir fahren ab und laden diesen feinen Herrn nach

Düsseldorf ein. Sie bekommen spätestens morgen eine Vorladung; die Vernehmung dürfte noch in dieser Woche erfolgen.«

Mit dieser Reaktion hatte Jäger nicht gerechnet, und er versuchte, die Polizisten zu beruhigen. »Sorry, so war's nicht gemeint. Aber können Sie nicht verstehen, dass es mich auf die Palme treibt, wenn man mich – auch wenn's nur theoretisch ist – mit dem mysteriösen Tod unseres Klienten in Verbindung bringt?«

Heinrichs hatte sich wieder hingesetzt, und Karin tat es ihm nach. »Zum allerletzten Mal: Wo waren Sie zum fraglichen Zeitpunkt. Hierauf erwarten wir eine klare Antwort, und alle Kommentare zu unserem Verständnis und Ihrer Botanik sind mehr als überflüssig. Habe ich mich klar ausgedrückt?«

Jäger schien seine demonstrativ aufgesetzte Selbstsicherheit zu verlieren. »Für den fraglichen Tag hatte ich mir frei genommen; ich habe noch einen erheblichen Urlaubsrückstand, und manchmal nehme ich mir einfach mal einen Tag, um das eine oder andere zu erledigen. Das wird ja wohl erlaubt sein.« »Zur Sache«, brüllte Heinrichs. »An diesem Tag bin ich morgens nur kurz in die Bank gekommen, vor allem, um Zawusi zu begrüßen – er war schließlich ein wichtiger Kunde -, und ich wollte ohnehin ein paar Besorgungen in der Stadt machen. Ich habe dann noch schnell die Post durchgesehen, zumal ich ein dringendes Schreiben erwartete. Kurz nachdem Zawusi abgefahren war, bin ich wieder gegangen.« »Und was haben Sie dann gemacht?«, wollte Karin wissen. Jäger warf ihr einen wütenden Blick zu. »Ich bin nach Hause gefahren und habe ein wenig im Garten gearbeitet. Das tut manchmal ganz gut und entspannt.« »Herr Jäger, auf Ihre Kommentare können wir verzichten. Außerdem haben Sie doch gerade gesagt, dass Sie ein paar Besorgungen in der Stadt machen wollten. Und nun sind Sie gleich nach Igel gefahren? Wie passt denn das zusammen?« »Nun ja, ich hatte mir das dann anders überlegt. Außerdem hatte ich eine Armbanduhr, die ich zur Reparatur bringen wollte, zu Hause vergessen. Und das Wetter war so herrlich, dass ich mich kurzfristig für den Garten entschieden habe. Man wird ja wohl noch seine Pläne ändern dürfen, oder?«

»Herr Jäger, Ihre Kommentare sind überflüssig! Und zu Hause hat man Sie natürlich gesehen, sicherlich doch Ihre Frau Gemahlin.«

»Da muss ich Sie enttäuschen. Meine Frau war mit den Kindern in Norwegen, ihrer Heimat – es waren Schulferien.« »Um unsere Enttäuschung müssen Sie sich keine Sorgen machen, aber vielleicht hat Sie sonst jemand gesehen, ein Nachbar zum Beispiel oder der Postbote.«»Nicht, dass ich wüsste. Ich habe jedenfalls keinen Nachbarn wahrgenommen. Der Briefträger war tatsächlich in dieser Zeit da, aber ob der mich hinter dem Haus im Garten gesehen hat, möchte ich eher bezweifeln. Nein, ich habe kein Alibi, also bin ich der Mörder! Zudem habe ich im Garten gearbeitet, und der Gärtner ist doch immer der Mörder, nicht wahr?«Heinrichs tat sich schwer, die Fassung zu bewahren. »Gut, wir nehmen zu Kenntnis, dass Sie kein Alibi haben, und ich darf Sie zum letzten Mal bitten, Ihre albernen Bemerkungen zu unterlassen. Auf jeden Fall werden wir Ihre Angaben überprüfen, und Sie werden in den nächsten Tagen Luxemburg, beziehungsweise Ihren Wohnort nicht verlassen. Ist das klar?«Karin war beeindruckt, wie sich ihr Chef diesen unsäglichen Banker zur Brust nahm. Es war beneidenswert, wie er sich in Sekundenschnelle auf sein Gegenüber einstellen konnte. Das müsse sie noch lernen, aber sie war ja noch so jung. Heinrichs gab ein Zeichen zum Aufbruch, und sie verließen die Bank – Heinrichs, indem er Jäger flüchtig die Hand reichte, was Karin mit Erfolg zu vermeiden wusste. Sie gab vor, noch einmal schnell auf die Toilette zu wollen, und so konnte sie sich davor drücken, Jägers feuchte Pranke zu schütteln. »Jetzt fahren wir nach Igel«, sagte Heinrichs, kaum dass sie im Wagen Platz genommen hatten.

»Nach Igel? Was machen wir denn dort?« »Ich möchte mir einmal die sicherlich bescheidene Hütte unseres Herrn Bankdirektors anschauen und die Umgebung.«

Es war nur eine kurze Fahrt bis zu diesem Dorf, und die Moselstraße, in der Jäger wohnte, war schnell gefunden. Heinrichs sollte nicht enttäuscht werden: Sie standen vor einer protzigen Villa mit pseudogriechischen Säulen, einer Art dorisch-ionischer Verschnitt, das Ganze im Stil *nouveau riche*, geschmacklos und angeberisch. Durch das pompöse schmiedeeiserne Einfahrtstor mit goldfarbenen Applikationen war das Haus von der Straße aus am Ende einer breiten Auffahrt gut auszumachen. Heinrichs schätzte das gepflegte Grundstück auf mindestens 3'000 Quadratmeter. Rechts davon stand eine schöne Villa aus den 30er Jahren, und die beiden Parzellen waren durch eine etwa drei Meter hohe und dicke Hecke voneinander getrennt. Dieser Nachbar zur Rechten konnte vermutlich nicht auf Jägers Grundstück blicken und ihn bei der Gartenarbeit wahrnehmen, auch aus dem ersten Stock nicht, da vor dem Haus zwei riesige Eichen standen. Interessant war es auf der linken Seite. Dort stand ein großes Einfamilienhaus kurz vor der Fertigstellung. Die Fassade wurde gerade verputzt, der Garten angelegt, und nach den Aufschriften auf einigen Lieferwagen zu urteilen, war man gerade beim Innenausbau. Auch dieses Nachbargrundstück war von Jägers Anwesen durch eine Hecke getrennt. Die war jedoch weniger hoch und wies große Lücken auf, vermutlich Wunden durch die Bauarbeiten – ein Sanierungsfall.

»Das ist interessant; komm, wir gehen mal hinüber.«

Heinrichs wandte sich an einen Arbeiter und fragte nach dem Bauleiter.

»Da, Mann mit braune Jacke, und daneben Architekt », gab der Arbeiter mit osteuropäischen Akzent an. Karin hatte noch nicht recht begriffen, was Heinrichs hier wollte, aber er würde schon seine Gründe haben. Sie begleitete ihn neugierig zu den beiden Herren am Ende des Grundstücks. Heinrichs zückte seinen Dienstausweis, stellte sich und seine Kollegin vor und sagte: »Entschuldigen Sie die Störung, aber dürfen wir Ihnen ein paar Fragen stellen?«

Die beiden Männer blickten erstaunt auf, und der Architekt fragte zurück:

»Ja sicher, ist wieder etwas nicht in Ordnung mit der Baustelle?«

»Nein, hier ist sicherlich alles bestens – und wenn nicht, wäre das nicht unser Ressort.« Heinrichs nahm seinen Taschenkalender und zeigte auf die 41. Woche. »Können Sie sich erinnern, in welchem Zustand sich diese Baustelle zu diesem Zeitpunkt befunden hat – ich meine, ungefähr?«

Architekt und Bauleiter zogen ihre Agenden zu Rate und stellten übereinstimmend fest: »Da haben Sie Glück; wir könnten es natürlich rekonstruieren, aber in diesem Falle ist das nicht nötig. In dieser Woche wurde nämlich der Dachstuhl fertig gestellt, und am Freitag haben wir Richtfest gefeiert.«

»Das heißt«, meinte Heinrichs, »dass sich in diesen Tagen ständig Zimmerleute und sicherlich andere Arbeiter dort oben befunden haben, und ich nehme an, dass man von dort einen guten Überblick auf das Grundstück von Herrn Jäger hat, oder täusche ich mich da?«

»Keineswegs. Aber selbst vom ersten Stock kann man das Nachbargrundstück gut einsehen. Im Augenblick jedenfalls. Wenn alles fertig ist, werden wir die Hecke sanieren, und der Herr Jäger will ein paar schnell wachsende Bäume anpflanzen; dann hat er wieder seine Ruhe.«

»Sie kennen Herrn Jäger?«, wollte Karin Meyer wissen. Der Bauführer verdrehte die Augen und meinte: »Leider zu Genüge. Nichts als Ärger haben wir mit dem. Ich weiß nicht, wie oft der uns schon die Polizei auf den Hals geschickt hat. Deshalb dachte ich schon, Sie kämen auch in seinem Auftrag.«

»Überhaupt nicht. Aber könnte es sein, dass sich der eine oder andere Ihrer Arbeiter daran erinnert, in dieser Woche vor dem Richtfest Herrn Jäger bei der Gartenarbeit beobachtet zu haben?«

Der Bauleiter musste lachen. »Der Herr Bankdirektor und Gartenarbeit! Dafür ist der sich doch viel zu schade, und ich frage mich, ob der eine Rose von einer Tulpe unterscheiden kann. Nein, nein den Garten macht derselbe Gärtnereibetrieb, der hier gerade alles anlegt. Dort hinten, der Herr im grünen Overall ist der Inhaber, Herr Werner. Fragen Sie ihn, ob ich Unsinn erzähle.« Unter den Fahrzeugen auf dem Grundstück stand auch ein dunkelgrüner Lieferwagen mit der Aufschrift *Gottlieb Werner Gartenbaubetrieb – Friedhofsgärtnerei*. Heinrichs bedankte sich, nicht ohne sich für die Störung zu entschuldigen, und dann fasste er Karin am Ellbogen und führte sie in Richtung des Gärtners. Beide zückten wieder ihre Ausweise und stellten sich vor. »Wir hätten ein paar Fragen an Sie, es dauert nicht lange.« »Werde ich jetzt verhaftet?«, scherzte Werner, ein sympathischer Naturbursche, etwa Mitte vierzig, wettergebräunt und muskulös, mit einem blonden, etwas zerzaustem Haarschopf und etwa 1,90 groß. Eine gewisse Nervosität war ihm dennoch anzumerken.

»Keine Bange! Wir haben gerade gehört, dass Sie auch das Grundstück der Familie Jäger in Ihrer Obhut haben; das sieht ja sehr gepflegt aus, soweit man das von der Straße aus beurteilen kann. Sehr schön.«
»Danke, man tut, was man kann.«
»Und das machen Sie alleine?«
»Nein, nein, ich habe natürlich ein paar Mitarbeiter; dort sind wir meist zu Dritt. Wie hier. Sehen Sie dort hinten die zwei, das sind meine beiden rechten Hände.« »Ich hatte das anders gemeint mit dem *alleine*«, entgegnete Heinrichs. »Ich wollte wissen, ob nur Sie und Ihre Leute sich um Jägers Garten kümmern oder ob sich auch die Familie dort nützlich macht.« »Ach so, nein, das sind nur wir. Herr Jäger hat da eher zwei l i n k e Hände, wie er selbst immer betont – aber der hat dafür sicherlich kaum Zeit bei seinem Job.«
»Nun ja, es gibt doch lange Sommerabende und Wochenenden, an denen man einmal zum Rasenmäher greifen könnte oder so.«
»Eigentlich schon, aber das tut der nie. Und die beiden Kinder machen eh keinen Finger krumm. Das würde ich sofort merken, wenn sich zwischenzeitlich mal jemand von der Familie im Garten betätigt hätte. Ich kenne dort sozusagen jeden Grashalm. Also, die Frau Jäger – ich glaube, die ist Schwedin – nein Norwegerin – die kümmert sich ab und zu um die Blumenkübel auf der Terrasse, zupft ein paar verwelkte Blätter ab, und wenn sie mal eine Pflanze ersetzen will, ruft sie mich an, damit ich eine neue mitbringe. Aber im Garten selbst macht die auch nichts. Sie holt sich schon mal ein Gewürz aus dem Kräutergarten, den wir ihr hinter dem Haus angelegt haben, und selbst, wenn sie dabei einmal ein bißchen Unkraut herausreißt, kann man das wohl kaum als Gartenarbeit bezeichnen. Aber wieso fragen Sie mich das alles?« Die beiden Kommissar gingen hierauf nicht ein und schauten sich an; Jäger hatte nicht nur kein Alibi, sondern sie auch glatt belogen mit seiner angeblichen Betätigung im Garten am fraglichen Tag. Es sah nicht gut aus für ihn. Hier hatten sie nichts mehr weiter zu erforschen, und sie entschlossen sich zur Heimfahrt. Der Bauleiter hatte ihnen noch zugesagt, trotz allem die Arbeiter

zu befragen, ob sie Jäger an diesem Tage gesehen hätten und sich dann telefonisch zu melden. Nach den klaren Aussagen des Gärtners glaubten beide nicht daran.

Karin übernahm das Steuer, und Heinrichs ließ sich in den Beifahrersitz fallen und verfiel in tiefes Grübeln. Karin konzentrierte sich auf die Straße – und grübelte auch. Sie dachte darüber nach, was sie nun alles wussten oder zu wissen glaubten, aber vor allem über das, was sie nicht wussten – noch immer nicht. Das war die Crux. Gut, Jäger hatte kein Alibi für die Zeit, in der Zawusi erschossen wurde – oder sich selbst die Kugel gegeben hatte – und das nicht weit von seinem Haus entfernt. Und obwohl sie ihn nicht ausstehen konnte, hatte sie Mühe, sich ihn als Mörder vorzustellen. Waren sie heute weitergekommen? Sie hatten vielleicht ein paar Steinchen in ihrem großen Mosaik platziert, in dem es jedoch noch viel zu viele freie Stellen gab. Kein Grund zum Jubeln.

27. Kapitel

AUF NACH AFRIKA

Wie mit der Staatsanwältin besprochen, flogen Heinrichs und Schneider ein paar Tage später nach Onko, der Hauptstadt Ongalos. Rosanna Orlando hatte Termine organisiert im Industrieministerium, bei der Deutschen Botschaft und den Kollegen der dortigen Staatsanwaltschaft und Kriminalpolizei. Die Lufthansamaschine landete pünktlich, und als die beiden die klimatisierte Kabine verließen und über die Gangway nach unten gingen – Fingersteige gab es dort nicht –, hatten sie ihren ersten Schock: 40 Grad im Schatten bei extremer Luftfeuchtigkeit! Schon nach den paar Schritten bis zur Passkontrolle waren sie nass bis auf die Haut. Die Formalitäten waren schnell erledigt, nicht etwa, weil man in Ongalo so freundlich und unbürokratisch war, sondern weil man sie zum Diplomatenschalter geleitet hatte, wo sie von einem Mitarbeiter der Botschaft erwartet wurden. Er stellte sich als Klaus Enders vor, Attaché in der Rechtsabteilung, und begleitete sie zur Gepäckausgabe. Auch das ging schnell; ihre Koffer waren mit *Priority* gekennzeichnet und erschienen als erste auf dem Förderband. Von dort gelangten sie schnell zum Ausgang.

Im Halteverbot wartete ein großer schwarzer Mercedes – schon wieder einer! – mit CD-Schild. Der war auf etwa 17 Grad heruntergekühlt; das Wechselbad konnte beginnen. Der einheimische Fahrer, tiefschwarz wie Zawusi, hatte offensichtlich Formel-1-Ambitionen und raste in atemberaubendem Tempo durch die trostlosen Vororte, hupte Menschen, Hunde und Kühe aus dem Wege, bis sie nach kurzem Rennen das Stadtzentrum erreichten. Es war heruntergekommen, gesichtslos, mit nichtssagenden Neubauten, denen der Putz abblätterte, an breiten Boulevards, die Sana Alda für seine pompösen Auftritte und Paraden hatte anlegen lassen. Herr Enders, der neben dem wild gewordenen Fahrer Platz genommen hatte, gab ein paar Erklärungen zur Stadt, aber viel gab es in dieser tristen Millionensiedlung nicht zu sehen. Er zeigte auf den Stadtpalast des Diktators, der auch dem neuen Staatspräsidenten als Amtssitz diente. Der tropische, gut bewässerte Park stand in krassem Gegensatz zu der ungepflegten und verdreckten Umgebung , in der überall Menschenmassen herumlungerten und vielleicht auf bessere Zeiten warteten. Der Botschaftswagen hielt vor dem Hilton , das sich in recht gepflegtem Zustand darbot. Die beiden Kommissare bezogen ihre Zimmer und hatten sich für zwei Stunden später mit Enders in der Hotelhalle verabredet. Dort wollte er sie erwarten und zur Botschaft begleiten, wo ein kleines Arbeitsessen vorgesehen war. Die Staatsanwältin hatte gute Vorarbeit geleistet; wie sehr hätte Heinrichs sich gewünscht, dass sie mitgekommen wäre!

Es tat ihnen gut, sich nach dem langem Flug und dem ersten Hitzeschock in ihren klimatisierten Zimmern frisch machen und ausruhen zu können. Heinrichs ging noch einmal seine Unterlagen und Notizen durch und genehmigte sich einen Gin Tonic aus der Minibar.

Pünktlich traf er sich mit Schneider in der Lobby, und wenige Minuten später erschien auch Enders, der sie zum Wagen begleitete. Die zweite Formel-1-Runde konnte beginnen. In halsbrecherischer Fahrt schoss die schwere Limousine durch das Zentrum in Richtung Norden. Heinrichs fragte zaghaft, ob es nicht etwas langsamer gehe, aber Enders schien abgehärtet, zuckte mit den Schultern und meinte, es sei hoffnungslos und er habe es aufgegeben, den guten Bimbo zu einer etwas zivilisierteren Fahrweise anzuhalten. Aber fahren könne der ja, und bisher sei noch nie etwas passiert. Mit seinem eigenen Auto würde er sicherlich nicht so fahren, aber beim Anblick dieser imposanten Karosse mit den grünen Diplomatenschildern und dem CD – vorsorglich habe man auch vorne eins montiert – würden fast alle Verkehrsteilnehmer auf ihre Vorfahrt verzichten und voll in die Bremsen steigen. So zischte Bimbo zielstrebig dahin; wenn eine der wenigen Ampeln, die es in Onko gab oder die funktionierten, auf Rot schaltete, war das für ihn allenfalls eine amüsante Empfehlung und auf jeden Fall nur für die anderen bestimmt. Nach etwa fünfzehn Minuten erreichten sie ein Villenviertel, in dem es schon manierlicher aussah. Der Wagen bog in eine Einfahrt ein und vollzog auf dem Kiesweg vor der Eingangstür einer weißen Villa eine Vollbremsung, die die Kieselsteinchen unter die Kotflügel knallen ließ, für Bimbo eine Art Boxenstop. Er sprang heraus, öffnete die hintere linke Tür, um Heinrichs aussteigen zu lassen; Schneider und Enders mussten sich selbst bemühen.

Enders begleitete die beiden Besucher in die Eingangshalle, wo Botschafter Hilmar von Sassenheim sie bereits erwartete. Er war ein mittelgroßer Mann, etwa Mitte 50 mit einem vollen grauen Haarschopf und elegant gekleidet. Er begrüßte seine Gäste herzlich und erkundigte sich nach der Herreise. Dann bat er sie in einen kleinen Salon, wo bereits mehrere Herren standen, drei Afrikaner, nämlich der Oberstaatsanwalt von Onko, der Leiter der Kriminalpolizei sowie ein Beamter aus dem Innenministerium. Außerdem war der Chef der Konsularabteilung der Botschaft zugegen. Von Sassenheim machte die Teilnehmer der Runde miteinander bekannt und bat einen schwarzen Hausdiener, Aperitifs anzubieten. Er schlug den Anwesenden vor, Platz zu nehmen, während die Getränke serviert wurden.

»Zunächst möchte ich unsere Besucher herzlich willkommen heißen; wir sind alle sehr daran interessiert, dass dieses traurige Kapitel aufgeklärt wird. Unserer aller Unterstützung können Sie gewiss sein.«

Mit Rücksicht auf die afrikanischen Gäste sprach von Sassenheim englisch, nachdem er sich vergewissert hatte, dass die Kommissare damit kein Problem hatten.

»Vielleicht sollte ich Ihnen einen kurzen Überblick geben über die derzeitige Lage in Ongalo. Der neue Präsident gibt sich große Mühe, wieder Ordnung in diesem Land herzustellen und die Korruption zu bekämpfen. Der Umsturz nach Aldas Tod verlief fast unblutig, aber das Land ist ruiniert; Hunderttausende von Menschen fielen dem Diktator zum Opfer, darunter zahlreiche Intellektuelle und Hoffnungsträger. Trotz der großen Ölvorkommen ist Ongalo auf Auslandshilfe angewiesen, nicht nur finanziell, sondern und vor allem, was technisches Know-How anbelangt. Es liegt alles am Boden, das Gesundheitswesen kann man nur als katastrophal bezeichnen; das Gleiche gilt für

Schulen und Universitäten. Wir alle hoffen, dass es im Land weiterhin ruhig bleibt und sich die Lage nach und nach normalisiert, aber das wird noch ein langer und dorniger Weg sein. Von der Aluminiumhütte wurde ein erster Teil angefangen; die weiteren Arbeiten sind im Gange oder geplant, aber man ist sehr skeptisch, ob eine so gigantische Anlage jemals funktionieren wird, da es an jeglichem Fachwissen hier fehlt und man völlig von ausländischen Führungskräften abhängig sein wird. Angesichts der Überkapazitäten in der Welt dürfte es sich ohnehin um eine Fehlinvestition handeln, aber die Gründe für diesen Bau sind ja bekannt. Die neue Regierung ist dabei, die konfiszierten Milliarden auf den Alda-Konten ins Land zu holen; angesichts der komplizierten Rechtslage erweisen sich die Verhandlungen mit der Schweiz, Luxemburg, Liechtenstein, aber auch mit Großbritannien und den Kanalinseln als sehr komplex. So oder so dürften darüber Jahre ins Land ziehen. Und wie Sie wissen, laufen die Ermittlungen gegen die Eisen & Stahl AG durch die Staatsanwaltschaft Düsseldorf, und auch hier dürfte es Jahre dauern, bis es zur Prozesseröffnung kommt. Die Umsiedlung einiger Dörfer ist ebenfalls friedlicher verlaufen als angenommen. Die neue Regierung hat hier eine geschickte Hand gehabt – allerdings auch mit viel Geld darin –, indem sie die betroffenen Menschen nicht, wie geplant, ins Hinterland verbannt, sondern an anderen Stellen am Meer wieder angesiedelt hat. Somit können diese armen Teufel auch weiterhin ihrem angestammten Beruf als Fischer nachgehen, obwohl der immer schwieriger wird. Bei einer Zwangsumsiedlung ins Landesinnere wäre es mit Sicherheit zu blutigen Unruhen und Sabotageakten gekommen.

So weit, so gut. Aber was ist mit Zawusis Tod und den verschwundenen Akten?«

Hierüber sollte in den kommenden Stunden und während der folgenden Tage eifrig diskutiert und spekuliert werden. Der Botschafter zeigte sich sehr gut vorbereitet und mit den Vorgängen bestens vertraut. Dabei flocht er ein, dass er die Staatsanwältin Orlando vom Studium her gut kenne, und er war voll des Lobes für diese bemerkenswerte Frau.

Wieso hatte sie ihm nicht gesagt, dachte Heinrichs, dass

der Botschafter ein ehemaliger Kommilitone von ihr ist? Das erklärte vermutlich auch diesen überaus freundlichen Empfang. Weiber!

Der Leiter der Konsularabteilung, Herr Dollenberg, kam auf die Apostille zurück, welche die Botschaft für die Passkopien der Alda-Söhne ausgestellt hatte. Auch sie seien getäuscht worden. Die Söhne habe man nicht persönlich gekannt, und die Fälschung der Kopien oder der Pässe selbst sei für sie nicht erkennbar gewesen. Sie hätten ja nur die Unterschrift des Notars beglaubigt. Den habe es tatsächlich gegeben, und ein Mitarbeiter der Botschaft sei ins Notariat gefahren, damit er dort in dessen Gegenwart seine Unterschrift leiste und sich ausweise, worauf man die Überbeglaubigung ausgestellt habe. Für Heinrichs sah das nach einer überflüssigen Rechtfertigung eines Wichtigtuers aus. Dieses Thema war nicht mehr aktuell, man wusste inzwischen, wer die tatsächlichen Pass- und Kontoinhaber waren, und man wusste sehr wohl, was eine Apostille bedeutet und hatte nie den geringsten Zweifel daran gehabt, dass auch die Botschaft hereingelegt worden war. Man hatte jetzt wirklich wichtigere Dinge zu erörtern. Nur eins fiel ihm auf bei den weitschweifigen Ausführungen des Konsulatsbeamten, nämlich die Bemerkung, diesen Notar habe es tatsächlich gegeben. Gebe es den denn nicht mehr, wollte er wissen.

»Nein, den gibt es nicht mehr«, erwiderte Dollenberg . Vor einigen Wochen sei er, als er vor seinem Haus aus dem Auto stieg, hinterrücks erschossen worden; von dem Täter – oder den Tätern – fehle jede Spur.

»Vor einigen Wochen, sagen Sie. Sehe ich das richtig, dass diese Tat nach dem Umsturz begangen wurde?«

»So ist es.« Heinrichs fragte sich, was in diesem Land eigentlich vorging. Hatte sich wirklich alles geändert? Fragen über Fragen. Die folgenden Tage waren ausgefüllt mit zahlreichen Gesprächen und Arbeitssitzungen mit der Staatsanwaltschaft, der Kriminalpolizei, Angehörigen der Botschaft und vielen anderen. Schwerpunkt der Nachforschungen Heinrichs und Schneiders war Zawusis Aktenkoffer und die daraus verschwundenen Unterlagen. Wer konnte daran Interesse haben und dafür womöglich einen Mord begehen – denn dass es einer gewesen war, schien inzwischen außer Zweifel. Die konfiszierte Million war in Ongalo kein Thema. Man wusste, wie das System funktioniert hatte, und was jetzt noch interessierte, waren eventuelle Nutznießer außerhalb des Alda-Clans, also Helfer und Helfershelfer, vermutlich auch in Bankenkreisen. Hiermit war die Staatsanwaltschaft unter straf- und steuerrechtlichen Aspekten intensiv befasst, aber hier in Afrika war dazu vermutlich wenig zu erfahren.

Mit der Hypothese, dass es möglicherweise innerhalb der Alda-Sippe eine Konkurrenzsituation bei der Standortwahl gegeben haben könnte, also eine Art Grundstücksspekulation, kamen die Kommissare auch kaum weiter. Außerhalb der Städte gab es keine zuverlässigen Katastereintragungen, und Alda und sein Clan hätten sich immer so verhalten, als ob ihnen Grund und Boden des ganzen Landes gehörten. Diese Aluminiumhütte sei nicht die erste Investition im Lande, und in der Vergangenheit habe man Fabriken dort errichtet, wo man sie haben wollte, ohne Rücksicht auf ein paar Hütten oder ganze Dörfer, die einfach und ohne Vorankündigung den Bulldozern zum Opfer gefallen seien. Mit juristischen Spitzfindigkeiten wie Eigentumsfragen habe man nie seine Zeit verschwendet, von Entschädigungen ganz zu schweigen. Ob es bei solchen Projekten Streitigkeiten innerhalb der großen Herrscherfamilie gegeben habe, wisse man nicht. Es habe immer wieder einmal Gerüchte gegeben über schwere Auseinandersetzungen innerhalb der Sippe, aber eben nur Gerüchte. Konkret sei nie etwas nach draußen gedrungen; man habe lediglich von Zeit zu Zeit vom Tode von Angehörigen des Diktators erfahren – immer Unglücksfälle selbstredend.

Die Mitglieder des Clans, denen es nicht mehr gelungen war, sich nach Aldas Tod ins Ausland abzusetzen, saßen in Haft. Heinrichs stellte die Frage, ob man von dem einen oder anderen der Inhaftierten etwas herausbekommen könnte; viel Hoffnung machte er sich jedoch nicht. Der Botschafter wollte abklären, ob den Kommissaren ein Besuchstermin in der Haftanstalt bewilligt werde. Heinrichs und Schneider blieben zehn Tage in Onko, führten zahlreiche Gespräche, bei denen von Sassenheim sehr hilfreich war, aber sie kamen dennoch nicht vom Fleck. Auch ein Gespräch mit drei Inhaftierten am Tage vor ihrer Abreise brachte keine Erkenntnisse. Entweder wussten die befragten Personen wirklich nichts, oder sie wollten sich nicht exponieren; schließlich stand ihnen noch ein Verfahren mit unbestimmtem Ausgang bevor. Aber auch bei den Gesprächen mit den ongalischen Beamten von Staatsanwaltschaft, Polizei, Innenministerium und anderen hatten sie – trotz deren Zuvorkommenheit – nicht immer das Gefühl, dass hier mit offenen Karten gespielt wurde. Häufig waren die Antworten ausweichend, oder man wechselte das Thema. Wurde ihnen etwas vorenthalten? Und wo kamen die alle her? Hatten die alle im alten Terrorregime keine Funktion gehabt; schwer vorzustellen in einem Land, in dem gerade die nicht-regimetreue Intelligenzschicht systematisch liquidiert worden war. Gut, einige waren nach dem Umsturz aus dem Exil zurückgekehrt – aber wie viele waren das?

Der Kontakt mit dem Oberstaatsanwalt Naaba Gaoua war kollegial und gut. Heinrichs lud ihn nach Deutschland ein, wo er studiert hatte und daher fließend deutsch sprach. Dennoch fühlte Heinrichs eine gewisse Distanz, eine unsichtbare Barriere. Sagte Gaoua wirklich alles, was er wusste? Einmal äußerte er sich – zwischen den Zeilen – durchaus kritisch über Zawusi. Der habe schließlich auch zum Alda-Clan gehört, auch wenn es keine verwandtschaftliche Bande gegeben habe. Zu seinem mysteriösen Tod bemerkte er nur *selber schuld*, ein Hauch von Mitgefühl war nicht zu erkennen. Als Heinrichs in diesem Punkt etwas vertiefen wollte, wechselte Gaoua das Thema, und so geschah es auch bei den folgenden Unterhaltungen. Heinrichs war etwas irritiert, hatte aber keine Erklärung dafür.

Endlich einmal alleine mit Schneider, schlug Heinrichs vor, sich in eine stille Ecke in der Bar des Hiltons zu setzen, um einmal ein Resümee zu versuchen von all dem, was sie in diesen Tagen gehört und erfahren hatten – oder besser: nicht erfahren hatten. Heinrichs bestellte sich einen Jonny Walker Black Label, on-the-rocks, Schneider einen Gin Tonic. Es war angenehm kühl in der Bar, ohne dass man sie auf die üblichen 16 bis 17 Grad heruntergeklimatisiert hatte, wie es in fast allen tropischen Ländern eine Unsitte war.

»Sind wir jetzt schlauer als vorher?«, fragte Heinrichs.
»Ich fürchte, nein«, erwiderte Schneider. »Diese Scheiß-

Aluhütte wurde vom Ex-Schurken Alda in Auftrag gegeben aus Gründen, die wir kennen, aber zu seinen Lebzeiten nicht begonnen. Das neue Regime ist nun dabei, sie zu errichten und fühlt sich anscheinend an die Verträge gebunden – auch schon irgendwie merkwürdig. Wer weiß, wer von denen alles die Hand aufgehalten hat oder sonst irgendwie persönliche Interessen damit verbindet? Das Projekt sollte geheim gehalten werden aus Gründen, die wir ebenfalls kennen. Spätestens bei Ankunft der ersten Teillieferungen konnte es mit der Geheimhaltung nicht mehr weit her sein. Somit dürften die armen Kerle an der Küste, auch wenn sie fast alle Analphabeten sind, via Buschtrommel darauf vorbereitet gewesen seien, dass sich für sie Unheil anbahnte. Angesichts des schmalen Küstenstreifens gab es für den Standort eines so riesigen Komplexes nicht viele Alternativen. Auch das wissen wir längst. So oder so wäre ein Teil dieser Fischer betroffen gewesen, theoretisch also Potential für Widerstand, Sabotage, Revolte – aber eben doch sehr theoretisch. Sie wären nicht informiert worden, sondern hätten von ihrem Unglück erst erfahren, wenn eines Morgens die Planierraupen vor ihren armseligen Hütten erschienen wären. Also nicht viel Zeit, um ihren Widerstand zu organisieren. Aus der verschwundenen Arsteel-Akte konnte man gewisse Rückschlüsse über alternative Standorte und Umsiedlungspläne ziehen – das wissen w i r und wer noch? Diese Fischer jedoch mit Sicherheit nicht. Wie hätten die hiervon etwas erfahren können und – noch unwahrscheinlicher – eine Verbindung nach Europa herstellen, um an solche Informationen zu kommen und womöglich einen Mord zu organisieren? Sorry, dass ich noch einmal die ollen Kamellen durchgekaut habe, aber wir wollten ja eine Art Bestandsaufnahme machen. Ich für mich schließe d i e s e Bevölkerungsgruppe aus.«

Heinrichs hatte Schneider nachdenklich zugehört. »Ja, ich glaube, das war eine klare Analyse. Ich habe diese Nacht, als ich stundenlang wach lag, auch darüber nachgedacht, ob wir uns nicht zu sehr auf dieses Aktenkonvolut der Luxemburger konzentriert haben, ob wir nicht auf einer völlig falschen Piste sind. Wir haben das Ding vorwärts und rückwärts durchgeackert und mit den Leuten von der Arsteel besprochen. Natürlich waren da Betriebsgeheimnisse drin, von denen sicherlich das eine oder andere die Konkurrenz interessieren könnte, aber vielleicht haben wir das alles überbewertet. Tatsache ist doch, dass die Eisen & Stahl den Auftrag bekommen hat und die Arsteel mit im Boot sitzt. Mit anderen Worten: der Verlust der Akte hat keine Auswirkungen gehabt. Und was die Standortfrage angeht, hast du völlig recht, das konnte nur die betroffenen Fischer interessieren, die man wohl für das Verschwinden der Unterlagen vergessen kann. Also, was haben wir? Niente!«

»Ach, du lernst jetzt Italienisch?«, schmunzelte Schneider, aber Heinrichs überging die kleine Anspielung.

»In Zawusis Aktenkoffer befanden sich doch auch diese vier Schnellhefter, die unser redseliger Zöllner in Remich gesehen hatte und die ebenfalls verschwunden sind. Genau die hat auch der Dr. Unger erwähnt, ohne genau zu wissen, was sich darin befand, aber offenbar die Aluhütte betrafen. Aber alle vier? Unser Dicker hat nach Ungers Aussage während der Arbeitssitzung mehrfach in diese dünnen Akten hineingeschaut und sich Notizen gemacht. Wenn Zawusi womöglich ein Geheimnisträger war, sollten wir uns tatsächlich intensiv mit diesen Heftern befassen, denn die waren schließlich s e i n e Akten, während er das dicke Teil doch erst in Luxemburg bekommen hat. Von ihm selbst kann darin jedenfalls keine Information sein, die jemanden interessieren könnte.«

»Sie ist aber geklaut worden.«

»Okay, okay, aber diese Mäppchen auch. Wegen der offenbar vergessenen Lesebrille sind wir doch schon längst zu der vermutlich richtigen Erkenntnis gekommen, dass der Diebstahl offenbar in größter Eile erfolgte oder der Gangster dabei gestört wurde und daher – schnell, schnell – alles zusammengerafft hatte, ohne zu wissen, wo genau sich die Information befand, die er suchte oder finden sollte. Das haben wir doch schon alles durchgespielt. Ich muss gestehen, die Sache mit diesen Mappen vernachlässigt zu haben, vielleicht durch die große Aufregung bei der Arsteel wegen des Verschwindens der Hauptakte.«

»Genau so ist es. Ich muss mir dann auch den Vorwurf machen. Aber was nutzt uns das jetzt? Aber wer kann uns zu diesen Schnellheftern etwas sagen? Vielleicht der Sohnemann, vor allem aber unser Spritzgebäck. Sie musste Zawusi doch die Unterlagen für seine Fahrt nach Luxemburg vorbereitet haben als seine Alleinsekretärin. Auch wenn er davon ausgehen konnte, dort das komplette Material ausgehändigt zu bekommen, scheint es doch normal, dass er ein paar eigene Papiere dabei hatte. Wir müssen noch einmal die beiden Beamten in Remich befragen und dann den Unger nochmals löchern, ob er sich daran erinnert, welche Ordner Zawusi während der Sitzung zur Hand genommen hat; die hatten ja offenbar unterschiedliche Farben. Vielleicht haben wir Glück, er oder ein anderer Teilnehmer erinnert sich. Und dann müssen wir vor allem unser Goldlöckchen ausquetschen; hiervon verspreche ich mir noch am meisten. Ich glaube, es ist gut, dass wir morgen zurückfliegen; hier werden wir nicht mehr klüger.«

Botschafter von Sassenheim hatte die beiden Kommissare für ihren letzten Abend noch zu einem Essen in kleinem Kreis eingeladen.

Heinrichs und Schneider bedankten sich für die gute Zusammenarbeit mit allen Beteiligten, ohne dem Botschafter später unter vier Augen ihren Eindruck zu vermitteln, dass ein Teil ihrer ongalischen Gesprächspartner doch eher etwas mauerten. Der zuckte nur mit den Schultern und zeigte sich nicht überrascht, konnte sich aber aus verständlichen Gründen nicht näher dazu äußern. Um die magere Bilanz nicht zu sehr zu betonen, sagte Heinrichs, dass man nun in Düsseldorf den Wust aus Notizen, Informationen und Aufzeichnungen auswerten müsste, was sicherlich eine Zeit in Anspruch nehme.

Am nächsten Morgen brachte sie ein Wagen der Botschaft zum Flughafen – zu ihrer Erleichterung nicht mit Bimbo als Fahrer. Am Nachmittag betraten sie wieder Düsseldorfer Boden. Wie angenehm empfanden sie die kühle Witterung, über die sie so häufig geflucht hatten.

28. Kapitel

NEUE FÄHRTEN?

Gleich am nächsten Morgen hatten sie einen Termin bei der Staatsanwältin, und Heinrichs brannte darauf, sie wiederzusehen. Er überbrachte *sehr liebe Grüße* ihres alten Studienfrendes von Sassenheim – ob die mal was miteinander hatten? Und wenn!

Die Kommissare berichteten ausführlich über ihre Reise und die zahlreichen Gespräche und Sondierungen. Orlando hörte aufmerksam zu, und die Idee, dass sie alle womöglich einer falschen Spur gefolgt waren oder sich zu sehr auf eine konzentriert hatten, schloss auch sie nicht aus. Sie gab sofort grünes Licht, sich nun intensiv mit den mysteriösen Schnellheftern zu befassen.

Heinrichs vereinbarte einen Termin mit Zawusi junior in der Inter-Trade und bat darum, dass auch Frau Schubert anwesend sei. Er nahm Karin Meyer mit, die froh war, dass ihr Chef wieder wohlbehalten aus Afrika zurückgekommen war. Schneider fuhr in der Zwischenzeit nach Remich. Sie wurden freundlich vom Goldlöckchen und dem Herrn Sohn empfangen und in Zawusis Büro gebeten. Heinrichs kam ohne Umschweife auf die bunten Schnellhefter zu sprechen und wollte wissen, was sich darin befand. Sohn Peter versicherte – und es klang glaubwürdig –, dass er von diesen Mappen keine Ahnung habe. Er sei die letzten Wochen vor dem Tode seines Vaters nicht nach Hause gekommen, da er mit Hochdruck an seiner Dissertation gearbeitet habe. Erst am Tage der Todesnachricht sei er nach Düsseldorf gefahren, und bei diesem traurigen Anlass habe man sich ja kennen gelernt, meinte er zu Heinrichs gewandt. Somit habe er von den Vorbereitungen zu dieser Arbeitssitzung in Luxemburg nichts mitbekommen, wie er überhaupt nur eine eher vage Kenntnis von diesem Projekt habe, da er seit Monaten nicht mehr bei seinem Vater gejobbt hatte. Heinrichs nahm sich vor, diese Aussage noch zu überprüfen, wenngleich sie ihm einleuchtete.

Nun kam Frau Schuberts Auftritt.

»Habe ich Sie richtig verstanden, dass es sich um vier Ordner oder mehr handeln soll?« Heinrichs nickte. »Also, das kann ja nicht sein!«

»Wollen Sie mir unterstellen, dass ich die Unwahrheit sage?« entgegnete er verärgert. »Vier waren's auf alle Fälle, ob vielleicht noch ein oder zwei mehr, klärt mein Kollege Schneider ab.« Frau Schubert schien etwas geniert, was bei ihr sicherlich nicht häufig vorkam.

»Nein, natürlich nicht, ich bitte um Entschuldigung. Es ist nämlich so, dass ich zwei Mappen für die Fahrt zur Arsteel vorbereitet habe, die eine war blau, die andere gelb. Der Chef hatte so ein fotografisches Gedächtnis und hat immer darauf bestanden, dass verschiedene Vorgänge in Ordner mit unterschiedlichen Farben abgelegt wurden; das erleichterte ihm den schnellen Zugriff, vor allem während einer Sitzung. Ich halte es übrigens genauso; Sie haben's vielleicht im Archiv bemerkt, dass dort die diversen Projekte alle ihre eigenen Farben haben. Vor der Fahrt nach Luxemburg hatte mir Herr Dr. Zawusi zwei kleinere Packen von Unterlagen gegeben mit der Bitte, sie in Schnellhefter abzulegen – wie immer mit verschiedenen Farben. Was das im Einzelnen war, weiß ich nicht so genau; ich bin ja nur eine dumme kleine Sekretärin. Der eine Packen war sehr technisch, Pläne, Zeichnungen, Berechnungen und so weiter; diese Papiere habe ich in dem blauen Ordner abgeheftet. Die anderen Unterlagen betrafen Finanzierungen, Banken, Versicherungen, Hermes-Bürgschaft und all dieses Zeugs, und die habe ich in die gelbe Mappe eingeordnet. Und sonst gab's nichts, da bin ich hundertprozentig sicher.«

»Doch«, sagte Heinrichs, »im Aktenkoffer Ihres Chefs lagen noch ein paar Klarsichthüllen, die auch die fragliche Konferenz betrafen.«

»Ach die, ja die habe ich vergessen, weil ich sie gar nicht in der Hand hatte. Ich erinnere mich; da ging es um Terminabsprachen, Telefonnotizen und ich weiß nicht, was noch. Solche Sachen hat er oft selbst erledigt, und für mich sind das keine Akten. Und die hatte er schon in seinen Koffer gelegt, bevor ich dann die beiden Schnellhefter hineintat sowie noch seine Schreibmappe und ein paar Kugelschreiber.«

»Gut«, meinte Heinrichs, »lassen wir diese Plastikhüllen mal beiseite. Auch nach unserer Erkenntnis befanden sich darin keine weltbewegenden Vorgänge. Sie sind sich also sicher, dass es nur diese zwei Schnellhefter gab, die Sie selbst zusammengestellt haben?«

»Absolut! Nach dem ich sie hineingelegt habe, hat der Chef – direkt vor mir – den Aktenkoffer zugemacht, sich von mir verabschiedet und ist losgezogen.«

In diesem Augenblick klingelte Heinrichs Mobiltelefon; es war Schneider. Er sei soeben aus der Zollbaracke in Remich gekommen und fahre jetzt los. Der junge Zöllner sei sich vollkommen sicher, dass sich vier Schnellhefter in dem Aktenkoffer befunden hätten, ein blauer, ein gelber, ein hellroter, eher rosa, sowie ein dunkelgrauer. Vorsorglich habe er in seinem Beisein noch einmal in seine Kladde geschaut, in der er alle Fundsachen akribisch aufgelistet hatte und dabei seine Behauptung bestätigt gefunden. Was sich im Einzelnen in diesen vier Ordnern befunden habe, wisse er nicht genau, da er ja ohnehin von alledem nichts verstehe, und er habe wieder die Platte von seinen mangelnden Englischkenntnissen abgespielt und betont, nur nach Geld und Bankbelegen gesucht zu haben. Er könne sich vage an viele technische und finanzielle Unterlagen erinnern, die sich in einer blauen und einer gelben Mappe befunden hätten. Soweit deckte sich dies mit den Aussagen von Frau Schubert, die aufmerksam die Ohren spitzte.

»Und was sagt er zu den beiden anderen?«, fragte Heinrichs seinen Kollegen.

»Er kann sich nur an Briefe erinnern, kein einziger auf Deutsch, alle in Englisch, Französisch und vermutlich einer afrikanischen Sprache. Vielleicht seien auch Vereinbarungen, Verträge und ähnliches dabei gewesen. Auch ein paar handschriftliche Notizen habe er gesehen. Und dann verschiedene Tabellen mit Namen oder Initialen, immer wieder Zahlen dahinter und irgendwelche Abkürzungen, zum Teil war das mit der Maschine geschrieben, zum Teil mit der Hand – für ihn alles unverständlich. Aber da er nicht fand, wonach er suchte, habe er keine weitere Zeit darauf verwandt, sich diese Papiere näher anzusehen. Ich meine, das kann man ihm nicht verübeln. Das sei also der hellrote Hefter gewesen. In dem grauen habe er ähnliche Unterlagen gesehen, Adressen, Telefonummern, Tabellen, Visitenkarten. Für ihn seien das übliche Unterlagen gewesen, die ein Geschäftsmann, der pausenlos durch die Gegend düst, eben so bei sich habe. So etwas sehe er täglich bei seinen Kontrollen.«

»Ich danke dir, fahr vorsichtig. Wir sehen uns morgen.«

»Das war mein Kollege Schneider, den kennen Sie ja schon. Er hat gerade noch einmal die Zollbeamten gefragt, die Herrn Zawusi kontrolliert hatten. Er bestätigte ziemlich genau die Aussage von Frau Schubert...«

»Das möchte ich dem auch geraten haben!«

»Frau Schubert, würden Sie mich bitte ausreden lassen! So, der Gute hat in der Tat einen blauen und einen gelben Schnellhefter durchgeblättert auf der Suche nach Geld und erinnert sich in etwa an Inhalte, wie Sie sie beschrieben haben. Aber jetzt kommt's, ehe Sie mir wieder ins Wort fallen: es gab noch zwei weitere dünne Ordner, einen hellroten und einen dunkelgrauen!«

Das Spritzgebäck war sprachlos, eine Ausnahmesituation bei ihr.

Aber Frau Schubert hatte ihr Selbstwertgefühl schnell wieder gefunden und war sich offensichtlich ihrer Sache sicher.

»Und was befand sich in den beiden anderen Akten?«, wollte Peter wissen.

»Tut mir leid, wir befinden uns immer noch in laufenden Ermittlungen; dazu kann ich Ihnen nichts sagen«, erwiderte Heinrichs unnachgiebig. Er wandte sich wieder an Frau Schubert:

»Sie haben solche Mappen vorher nie bei Ihrem Chef gesehen? Die könnten ihm doch auch von jemandem übergeben worden sein, wenn Sie sie nie gesehen haben.«

»Natürlich läuft hier viel Papier durch, und der Chef ist häufig aus einer Sitzung gekommen oder von einer Reise zurückgekehrt mit einer Menge von Akten, die ihm übergeben worden waren. Aber letztlich landeten die alle bei mir zur weiteren Bearbeitung, Weiterleitung, Ablage oder was auch immer. Er war extrem ordentlich, und daher haben sich in seinem Büro nie Aktenstapel angesammelt. Auf seinem Schreibtisch lagen immer nur die Unterlagen, die er gerade bearbeitete. Nein, tut mir leid, ich bin mir vollkommen sicher, diese Ordner nie gesehen zu haben. Wenn Sie uns sagen würden, was darin war, könnte ich mir vielleicht etwas zusammenreimen, aber das wollen Sie ja nicht.«

»Mit Wollen hat das nichts zu tun, sondern mit geltenden Vorschriften. Und sehr viel könnte ich Ihnen nicht einmal dazu sagen, denn die Dinger sind ja weg, und der junge Kollege hat zwar ein verdammt gutes Gedächtnis, kann aber zum Inhalt dieser Mappen keine genauen Angaben machen, da er von all dem nichts verstanden hat, zumal das Meiste in verschiedenen Fremdsprachen abgefasst war, von denen er keine Ahnung hat. Außerdem hat er, soviel darf ich verraten, den Aktenkoffer durchsucht, bevor man die Million im Kofferraum fand. Er hatte sich ganz auf Geldscheine und Bankunterlagen konzentriert, wofür solche Geschäftsunterlagen häufig ein beliebtes Versteck sind. Da er nicht fündig wurde, waren für ihn diese Akten nicht mehr von Bedeutung. Also gut, Frau Schubert, wir nehmen das zur Kenntnis. Sollte Ihnen noch eine Idee kommen – das gilt natürlich auch für Sie, Herr Zawusi – wissen Sie, wo Sie uns erreichen können.«

Heinrichs und Meyer verabschiedeten sich und hatten den Eindruck, zwei ziemlich irritierte Menschen zurückgelassen zu haben, wobei ihre Aussagen glaubwürdig erschienen.

Nach Rückkehr ins Präsidium versuchte Heinrichs, Dr. Unger von der Arsteel telefonisch zu erreichen. Er war der Ansicht, dass er wegen dieser einen, wenn auch wichtigen Frage nicht eigens wieder nach Luxemburg fahren müsse. Er hatte Glück, Unger war im Hause, aber gerade auf einer anderen Linie im Gespräch. Es könne etwas dauern, aber danach würde er sofort zurückrufen, beschied ihm Frau Thilges.

Es dauerte keine Viertelstunde, als ihm ein Anruf aus Luxemburg gemeldet wurde. »Guten Tag, Herr Dr. Unger, das ging ja schnell, besten Dank für Ihren Rückruf!«

»Guten Tag, Herr Heinrichs, das ist doch selbstverständlich. Außerdem bin ich doch neugierig. Ich nehme an, Sie haben neue Informationen für uns.« Heinrichs tat sich schwer zuzugeben, dass er überhaupt keine Neuigkeiten hatte. Wie schnell würde man das der Ineffizienz der Kripo zuschreiben; das kannte er schon. Nun konnte er sich auf die immer noch laufenden Ermittlungen berufen, die es nicht erlaubten, Auskünfte zu geben. Dass sie inzwischen auch in Ongalo vor Ort recherchiert hatten – praktisch ohne Ergebnis – würde er auf keinen Fall erwähnen.

»Na ja, es braucht alles seine Zeit; ich hatte schon einfachere Fälle zu lösen.«

»Und unsere berühmte Akte ist nicht mehr aufgetaucht?«, wollte Unger wissen.

»Das hätte ich Ihnen mitgeteilt, auch wenn wir sonst, wie Sie wissen, zu laufenden Verfahren keine Auskünfte geben dürfen. Aber liege ich richtig in der Annahme, dass deren Verschwinden doch nicht so katastrophal war, wie es anfangs den Anschein hatte? Die Eisen & Stahl und Ihr Haus haben die Aufträge erhalten, sie produzieren, liefern – es läuft doch alles nach Plan, oder irre ich mich?«

»Nein Sie irren sich nicht. Und sorry, dass ich nach der Akte gefragt habe, das war dumm von mir. Natürlich hätten Sie uns informiert, wenn sie wieder aufgetaucht wäre. Der Diebstahl bedeutet in der Tat für uns keinen Verlust von Daten und Informationen. Wir hatten natürlich, wie Sie wissen, mehrere Exemplare, und außerdem gibt's immer eine Sicherheitskopie, an die ohnehin keiner rankommt. Auf das laufende Projekt hat das Verschwinden dieser Unterlagen in der Tat keine Auswirkungen gehabt. Aber ob das auch für spätere Aufträge gilt, kann ich Ihnen nicht sagen. Unsere Sorge galt – und gilt – der Möglichkeit, dass unser Know-How in falsche Hände geraten und bei anderer Gelegenheit genutzt werden könnte, was wir womöglich nicht einmal feststellen, geschweige denn nachweisen könnten – oder erst sehr viel später.«

»Verstanden. Der Grund meines Anrufes ist eine weitere Frage, die wir vielleicht am Telefon klären können. Sie hatten erwähnt, dass während Ihrer Arbeitssitzung Herr Zawusi einige Male eine dünne Akte, so einen Schnellhefter, aus seinem Aktenkoffer genommen und hineingeschaut und auch Notizen darin gemacht habe. Meine Frage ist nun folgende: können Sie sich noch erinnern – oder einer der anderen Sitzungsteilnehmer –, ob es immer dieselbe Mappe war? Wir wissen nämlich von den Zöllnern, dass er vier davon dabei hatte, die sich durch ihr Farben deutlich voneinander unterschieden.«

»Hm, lassen Sie mich nachdenken. Es war eine blaue – ein recht grelles Blau –, die er mehrmals hervorholte, etwas nachschaute und sich ein paar Notizen darin machte, und ich glaube, einmal nahm er auch eine gelbe zur Hand. Ich frage mal schnell Frau Thilges, die gerade hereingekommen ist; sie hat ein Gedächtnis wie ein Elefant und lässt mich das zuweilen schamlos spüren.«

Heinrichs hörte Frau Thilges' Lachen im Hintergrund. Sie hatte Ungers Antwort mitbekommen und bestätigte sie:

»Genau so war's. Er hat mehrere Male diesen knallblauen Schnellhefter herausgenommen und einmal ziemlich lange darin herumgeblättert, offenbar etwas gesucht. Und Notizen hat er sich auch gemacht, und zwar direkt auf den Papieren, die sich darin befanden. Gegen Ende der Sitzung, als die Rede auf die Ausfallbürgschaft kam, schaute er ganz kurz etwas in einem gelben Ordner nach.«

»Sie haben's gehört, Herr Heinrichs? Oder soll ich wiederholen, was Frau Thilges gesagt hat?«

»Nicht nötig, ich habe sie gut verstanden. Jetzt nur noch eins: Haben Sie die beiden anderen Mäppchen in seinem Aktenkoffer gesehen?«

»Mehr oder weniger. Wir hatten uns bewusst etwas aufgelockert um den Konferenztisch platziert, damit wir uns mit all den Plänen und Zeichnungen ausbreiten konnten. Somit hatten wir immer ein oder zwei Stühle zwischen den Teilnehmern freigelassen. Ich saß neben ihm, und zwischen uns waren zwei leere Sessel. Und auf den einen, direkt neben ihm, hatte er seinen Aktenkoffer gelegt, mit offenem Deckel. Und obwohl mich das nichts angeht und auch nicht interessierte, habe ich quasi zwangsläufig mitbekommen, dass sich darin noch andere Unterlagen befanden. Auf jeden Fall noch solche Schnellhefter, aber ob das zwei oder drei waren, kann ich beim besten Willen nicht sagen. An einen erinnere ich mich, er war hellrot, eher rosa. Es kann sein, dass da noch eine dunkle Mappe dabei war, schwarz oder dunkelgrau oder so, und ein paar dieser ganz dünnen Klarsichthüllen. Wir hatten Ihnen ja schon erzählt, dass er später Mühe hatte, die von uns übernommene dicke Akte noch zu verstauen; dazu musste er ein paar andere Sachen herausnehmen, zwei Bücher und diverses Kleinmaterial, wofür Frau Thilges ihm eine Plastiktüte gab. Aber andere Unterlagen hat er nicht herausgenommen, da bin ich mir ganz sicher. Frau Thilges nickt. Aber bei dieser Umpackerei habe ich deutlich gesehen, ohne neugierig zu sein, dass da noch die anderen Mappen waren, die ich gerade erwähnt habe.«

»Ja, das war's schon. Ich glaube, das war hilfreich. Herzlichen Dank! Wir bleiben in Kontakt. Und einen Gruß an Frau Thilges, auf Wiedersehen.«

Am folgenden Morgen bat Heinrichs Karin Meyer und Karl-Heinz Schneider in sein Büro. Man tauschte noch die neuesten Erkenntnisse aus, wenn es denn welche waren. Schneider gab noch ein paar Details zum Besten aus seinen Gesprächen in Remich, und Heinrichs und Meyer informierten den Kollegen über ihren Besuch bei der Inter-Trade, Heinrichs berichtete über sein gestriges Telefongespräch mit Unger.

»Was sagt uns das alles?«, fragte Heinrichs. »Vielleicht gar nichts, vielleicht eine ganze Menge. Festzustehen scheint immerhin, dass sich vier dieser Hefter in seinem Koffer befanden, und unser Goldmariechen versichert glaubwürdig, dass es nur zwei vorbereitet und hineingelegt hat, einen blauen und einen gelben. Das deckt sich haargenau mit den Aussagen von Dr. Unger und seiner Sekretärin. Daraus dürfen wir schließen, dass diese beiden Ordner, also der blaue und der gelbe, tatsächlich mit dem Projekt zu tun hatten. Beide sind sich aber sicher, weitere solche Mappen gesehen zu haben, ohne zu wissen, wie viele es genau waren. Unger erinnert sich an eine hellrote und vage an eine dunkle. Und genau die hat doch unser junger Springer vom Zoll gesehen. Für *Bingo* ist's noch zu früh«, meinte er zu Karin gewandt, die geradezu nach einem Erfolgserlebnis lechzte.

»Somit lässt sich zumindest vermuten, dass unser Dahingegangener noch Unterlagen bei sich hatte, die mit der Aluhütte nichts zu tun hatten – oder nur inoffiziell, um mich vorsichtig auszudrücken. Und wenn die Aussagen von Frau Schubert stimmen, muss er sie entweder woanders gehabt haben, vielleicht schon im Auto, oder man hat sie ihm später übergeben, wo auch immer. Aber dass diese beiden Mappen in seinem Aktenkoffer lagen – das haben die Zöllner und die Arsteel-Leute bestätigt –, lässt darauf schließen, dass sie sehr wichtig waren, denn den hat er doch wie seinen Augapfel gehütet und beim Abendessen mit ins Restaurant genommen. Daraus könnte man schließen, dass sie bei seiner Abfahrt aus Düsseldorf nicht schon in seinem Wagen gelegen haben, der – mehr oder weniger – unbewacht in seiner Tiefgarage stand. So, und jetzt bin ich mit meinem Latein am Ende.«

Es folgten Minuten des Schweigens. Drei Augenpaare starrten scheinbar ins Leere, oder sahen sie etwas? Was ging in den drei Köpfen vor? An was dachten sie? Karl-Heinz Schneider unterbrach die Stille.

»Du hast recht, für ein ›Bingo‹ ist's noch zu früh, aber hast du nicht mit deinen Konklusionen vielleicht eine Tür aufgestoßen, die uns womöglich auf den richtigen Weg führt? Wir waren doch schon am letzten Abend in Onko in der Bar vom Hilton auf die Idee gekommen, dass möglicherweise das Geheimnis gar nicht in dem dicken Aktenbündel der Arsteel liegt, auf das wir uns so sehr konzentriert hatten, sondern vielleicht in einem der niedlichen bunten Schnellhefter. Und ich meine, wir sind schon ein Stück weiter. Konzentrieren wir uns doch auf Rosarot und Dunkelgrau.«

»La vie en rose«, meinte Heinrichs, zu Karin gewandt, und die konterte:

»Oder dunkle Machenschaften, dunkelgraue.«

»Ich fürchte, wir müssen noch mal nach Luxemburg«, ergriff Heinrichs wieder das Wort. »Wieso, wir haben dort doch alles abgegrast, vorwärts und rückwärts«, gab Schneider zu bedenken.

»Ja und nein. Was war denn mit seiner ersten Übernachtung in Luxemburg-Stadt, also vor dem Meeting mit der Arsteel? Er soll im *Royal* übernachtet haben. Wurde das eigentlich überprüft?«

»Klar doch«, entgegnete Schneider. »Dass er dort übernachtet hat, ging aus der Rechnung hervor, die in seinem Aktenkoffer lag. Als ich seinen Wagen überführt habe, bin ich dort hingefahren und habe das überprüft. Steht übrigens in meinem Bericht, aber nur mit einem Satz, da es mir, ehrlich gesagt, zum damaligen Zeitpunkt nicht wichtig erschien. Dem Hotelpersonal war nichts weiter aufgefallen, und es hat nur bestätigt, dass er alleine war.«

»Ja, ja, Entschuldigung; jetzt erinnere ich mich wieder. Aber wer sagt uns, dass er nicht von seinem Zimmer aus telefoniert hat und ganz bewusst nicht von seinem Handy? Oder von einem anderen Apparat irgendwo im Hotel? Karin, ich wünsche dir morgen gute Fahrt, du kannst meinen Dienstwagen nehmen.«

Karin war verdutzt. Alleine nach Luxemburg; war das nicht ein Vertrauensbeweis? Schneider ergriff noch einmal das Wort.

»Das habe ich natürlich auch kontrolliert. Von seinem Zimmer aus, das steht auf der Rechnung, hat er am Morgen vor seiner Abfahrt mit der Arsteel telefoniert, vermutlich, um seine Verspätung anzukündigen. Sonst war nichts.«

»Hm, Karin fahr trotzdem! Was ist denn, wenn er aus einer Kabine in der Halle telefoniert hätte, die's doch vermutlich gibt – okay, das müsste normalerweise auf seiner Zimmerrechnung stehen. Und wenn man's vergessen hat? Oder er hat bar bezahlt und behauptet, seine Hotelrechnung sei schon beglichen. Vielleicht erinnert man sich an ihn. Oder er ist einfach in ein offen stehendes Zimmer gegangen oder in einen Konferenzraum, um dort einen Apparat zu benutzen. Habe ich alles schon erlebt.

»Na klar, ich mache das. Aber wird man mir im Hotel Auskunft geben, einer Polizistin aus dem Ausland?«

»Gute Frage. Ich rufe den Commissaire Heintz an, der soll dich begleiten oder jemanden schicken. Schließlich ermitteln wir in einem Mordfall, und da dürfte das Hotel wohl keine Schwierigkeiten machen. Aber es kann sicherlich nicht schaden, wenn ein Kollege von dort dabei ist.«

29. Kapitel

CASINO ROYAL

Am folgenden Tag fuhr Karin mit Heinrichs' Dienst-BMW auf den Gästeparkplatz des Hotels *Le Royal* auf dem gleichnamigen Boulevard – Nr. 12. Sie war einerseits mächtig stolz auf ihren ersten Alleinauftrag, andererseits war ihr ein wenig mulmig zumute. War das nicht alles sehr vage? Wonach würde sie suchen sollen? War es nicht fast wie im Spielcasino: worauf sollte sie setzen. Rouge ou Noir? Und dabei musste sie an Rosarot und Dunkelgrau denken, und sie musste selbst schmunzeln über solche Gedankenkombinationen. Aber warum könnte sie nicht einfach ein wenig Glück haben? Warum konnte nicht ein Detail weiterhelfen, das man bisher übersehen hatte?

Sie ging in die Halle, schaute sich ein wenig um und setzte sich in eine der Sesselecken, nachdem sie niemanden entdeckt hatte, der Heintz sein könnte. Heinrichs hatte ihn ihr in etwa beschrieben, groß und dunkelhaarig. Sie waren für elf Uhr verabredet, und er hatte gesagt, er käme in Uniform; das könne nicht schaden. Es war kurz vor elf, und ein paar Minuten später betrat ein Polizeioffizier die Halle, ein gut aussehender Mann um die 40. Das musste er sein. Karin winkte mit dem *Luxemburger Wort*, in dem sie gerade ein wenig herumgeblättert hatte. Er kam zu ihr herüber, stellte sich vor und nahm ihr gegenüber Platz.

»Ich hoffe, Sie hatten eine gute Fahrt. Vielleicht trinken wir erst einmal einen Kaffee oder einen Tee und besprechen, wie wir hier vorgehen wollen.«

»Eine gute Idee, ich nehme gerne einen Espresso. Ja, die Fahrt war problemlos – und vielen Dank, dass Sie mich begleiten.«

Heintz winkte einer Kellnerin, die gerade durch die Halle ging und bestellte für seine deutsche Besucherin einen Espresso und für sich einen Café au Lait.

»Sind Sie denn inzwischen weiter gekommen?«, wollte er von ihr wissen. Karin fasste die Situation, so gut es ging, zusammen. Gegenüber einem Kollegen musste sie sich keinen Zwang auferlegen. Ohne große Umschweife kam sie auf den Punkt, nämlich die beiden *mysteriösen* Schnellhefter. Was war darin? Wo kamen die her? Wer hat sie womöglich Zawusi übergeben, oder wo hatte er sie vorher, nachdem seine Sekretärin glaubhaft versichert hat, von diesen Ordnern keine Ahnung zu haben? Bisher würden sie noch im Kreise trippeln, fügte sie an, aber möglicherweise läge hier der Schlüssel. Und in diesem Zusammenhang habe man beschlossen, Zawusis Aufenthalt hier in diesem Hotel doch noch etwas genauer unter die Lupe zu nehmen, als man es bis jetzt getan habe. Vielleicht könnten Telefongespräche weiterhelfen, die er von hier aus geführt habe.

Heintz fand das Vorgehen einleuchtend. Der Kaffee wurde serviert, Heintz bezahlte ihn sogleich – »Sie sind mein Gast« –, und als sie ihn ausgetrunken hatten, schaute er auf die Uhr und bat Karin, mit ihm zur Rezeption zu kommen.

»Ich habe für elf Uhr dreißig einen Termin mit dem Hoteldirektor gemacht; ich kenne ihn schon seit Jahren.«

Sie wurden sogleich in sein Büro geführt. Hendrik van de Waters war ein langer, dünner Holländer, um die 60 und mit schlohweißem Haar. Er begrüßte zunächst Karin sehr freundlich und dann Heintz als alten Bekannten. Karin zeigte ihren Dienstausweis, aber der Hotelier wollte ihn gar nicht sehen.

»Ein tragischer Fall. Ich kannte Dr. Zawusi recht gut. Er ist seit Jahren immer mal wieder hier abgestiegen, und einmal, vor ein, zwei Jahren, habe ich ihn in die Bar eingeladen, und wir haben uns lange unterhalten – vor allem über Afrika. Während meiner Karriere als Hotelkaufmann war ich auch in verschiedenen afrikanischen Ländern tätig, zwar nicht in Ongalo, und mein Herz hängt noch immer an diesem Erdteil. Es war interessant, Zawusi zuzuhören, ein gebildeter Mann. Wissen Sie denn schon was? Pardon, dumme Frage; Sie dürften es mir ja ohnehin nicht sagen. Also, womit kann ich dienen?«

Heinzt bat Karin Meyer, das Wort zu ergreifen; schließlich war sie in der SOKO und er nur ihr Begleiter und eine Art Türöffner hier in Luxemburg.

»Wir wissen, dass Herr Zawusi in der Nacht vor dem Tag, an dem er erschossen aufgefunden wurde, hier übernachtet hat. Unser Herr Schneider hat das überprüft, als er seinen Wagen in Trier abgeholt hat. Man hat ihm gesagt, dass er alleine in Ihrem Restaurant *La Pomme Cannelle* gegessen und anschließend noch einen Drink in der Bar genommen habe – das alles ergibt sich auch aus der Hotelrechnung, die man in seinem Auto gefunden hat, und dass er am folgenden Tag ebenfalls alleine gefrühstückt habe.«

»Ja, man hat mir von dem Besuch Ihres Kollegen berichtet«, sagte van de Waters. »Nun gibt es noch einen Punkt«, fuhr Karin fort, »den wir vielleicht nicht intensiv genug untersucht haben, nämlich welche Telefongespräche er von hier aus geführt hat. Auf der Hotelrechnung ist nur ein Anruf nach Esch vermerkt, er ging zur Arsteel; das ist in Ordnung. Wäre es denn möglich, dass Herr Zawusi nach der Bezahlung seiner Rechnung noch einmal auf sein Zimmer gegangen ist und noch ein Telefongespräch geführt hat, das auf seiner Rechnung nicht mehr erfasst wurde?«

»Ich weiß, worauf Sie hinaus wollen. Na klar, wir haben da so unsere Pappenheimer. Es kommt immer wieder einmal vor, zum Glück eher selten. Da sagt ein Gast, nachdem er bezahlt hat, dass er soeben feststellt, seinen Schirm vergessen zu haben und noch schnell mal aufs Zimmer müsse. Meist bieten wir dann an, das vergessene Stück sofort zu holen. Aber wenn Ihnen ein Kunde sagt, er wolle sich noch schnell die Zähne putzen und den Rest seiner Sachen in den Koffer tun, was machen Sie dann, vor allem, wenn es ein treuer Kunde ist? Meist geht's dabei auch völlig korrekt zu, und die Gäste sollen sich schließlich wohl fühlen bei uns und nicht kontrolliert. Aber es ist schon so: gerade in unserer Kategorie der 4- und 5-Sterne-Hotels wird unglaublich viel geklaut. Man kann sich das gar nicht vorstellen, was die Leute alles mitgehen lassen, von der Minibar ganz zu schweigen. Das ist schon krankhaft oder ein vermeintlicher Sport. Leute, die sich unsere Zimmer und Suiten leisten können, lassen zwei Minifläschchen Whisky mitgehen, ohne sie als Entnahme anzugeben, oder telefonieren, nachdem sie bereits ausgecheckt haben. Das kann ich mir alles bei Dr. Zawusi nicht vorstellen. Aber warten Sie, ich rufe schnell Frau Gaichel, die Leiterin unserer Telefonzentrale.«

Nach wenigen Minuten betrat eine dunkelhaarige Mitvierzigerin das Büro, die mit ihrer überdimensionierten schwarzen Hornbrille aussah wie Nana Mouskouri. Van de Waters machte die Anwesenden miteinander bekannt und erklärte Frau Gaichel, um was es ging. Auch sie hatte Zawusi gekannt und wollte schon hinausgehen, um den Sachverhalt zu überprüfen.

»Moment noch«, bat Karin Meyer. »Kann ein Gast denn auch von einem anderen Apparat im Hotel telefonieren; in der Halle ganz links steht doch auch ein Telefon.«

»Nein, nein«, sagte Frau Gaichel »Dieses Telefon ist intern und geht nur auf die Zimmer. Wenn jemand einen Gast abholt, dann fragt man ihn an der Rezeption, ob man den Kunden informieren soll oder ob der Abholer ihn selbst anrufen möchte; und dann verweist man ihn auf diesen Apparat, und er muss nur die Zimmernummer wählen. Aber Gespräche nach auswärts kann man von dort nicht führen. Dafür gibt's die zwei Kabinen bei uns an der Zentrale, die Sie vielleicht nicht gesehen haben; sie liegen etwas versteckt. Hier muss man sich aber bei uns anmelden. Wenn es kein Hotelgast ist, zum Beispiel ein Restaurantbesucher, muss er das Gespräch gleich bezahlen, entweder in bar oder mit Kreditkarte. In letzterem Falle kennen wir dann seine Identität. Wenn er dagegen hier logiert und sich mit seinem Schlüssel entsprechend ausweist, dann geht's auf die Zimmerrechnung. Also diese Gespräche sind alle erfasst.«

Bevor sie hinaus ging, raunte sie ihrem Chef jedoch »Was ist mit 34?« zu, jedoch nicht so leise, dass die Besucher es nicht gehört hätten.

»Ich will ja nicht indiskret sein«, meinte Karin, »aber nun haben wir es gehört. Was meint denn Frau Gaichel mit ›34‹?«

»Eine unangenehme Geschichte. Aber gut, ich zähle auf Ihre Diskretion. Wir hatten, kurz bevor Herr Dr. Zawusi hier übernachtete, einen Herrn aus einem Land, das ich lieber nicht erwähnen möchte. Sonst stempelt man mich noch zum Rassisten ab. Der bin ich nun wirklich nicht, so wie ich in der Welt herumzigeunert bin; da wird man automatisch tolerant und lernt, mit anderen Kulturen zu leben und umzugehen. Aber es gibt eben Länder, in denen die Manieren anders sind als bei uns und Menschen – oft gerade aus der Oberschicht -, die sich nicht die geringste Mühe geben, sich unseren Sitten und Gebräuchen anzupassen, wenn sie bei uns zu Gast sind. Nun, wir hatten einen gepflegten Herrn mittleren Alters, begleitet von einem blutjungen Blondinchen, der die Suite Nr. 34 gemietet hatte. Er ist Botschafter seines Landes bei der EU in Brüssel und war zu einer Tagung nach Luxemburg gekommen. Wir hatten zu diesem Zeitpunkt eine Menge Diplomaten im Hause. Am nächsten Morgen, er war noch beim Frühstück – alleine, die charmante Begleitung war nicht mehr zu sehen – rief mich die Gouvernante an und bat mich dringend nach oben. Die beiden mussten sich hier sehr zu Hause gefühlt haben, jedenfalls mehr, als wir uns darunter vorstellen! Der Teppichboden musste erneuert werden, eine Wand neu gestrichen, und im Bad gab's viel zu tun – ersparen Sie mir Einzelheiten. Ich konnte ihn gerade noch beim Auschecken erwischen, nahm ihn zunächst in mein Büro und fuhr dann mit ihm rauf in die 34, um ihm die Bescherung zu zeigen. Es war ihm sichtlich peinlich; er hatte offenbar das Ausmaß nicht realisiert und bot sofort die Begleichung des Schadens an, bar, ohne Schriftverkehr, ohne Versicherung – nur keine Schereneien. Die hätte er natürlich bekommen, wenn er klammheimlich abgereist wäre und wir uns an seine Botschaft gewandt hätten. Er bat um eine Schätzung der Renovierungskosten. Da haben wir natürlich viel Erfahrung, denn in so einem Hotel gibt es permanent etwas instand zu setzen. Also, ich überschlug die Summe – großzügig – die er ohne Kommentar akzeptierte. Er zog sein prall gefülltes Portemonnaie aus der Hosentasche und blätterte mir den Betrag in großen Scheinen hin, während er seine Zimmerrechnung bereits mit einer Kreditkarte beglichen hatte. So haben wir den Fall unter den Teppich gekehrt – aber noch unter den alten. Diskretion funktioniert zuweilen so. Dabei hatte ich darauf verzichtet, ihm auch noch den Mietausfall für diese Suite für vier, fünf Tage zu berechnen, aber wir waren für die kommende Woche nicht ausgebucht. Entschuldigen Sie, dass ich etwas ausgeholt habe, aber dieser Vorfall sollte doch noch Folgen haben, nicht dramatisch, aber jetzt sehe ich gewisse Dinge in einem anderen Licht, nachdem Sie mich auf Telefongespräche angesprochen haben, die womöglich von anderen Apparaten geführt wurden. Bereits am nächsten Tag begannen wir mit den Renovierungsarbeiten; sie dauerten, glaube ich, vier Tage. Der fast weiße Moquette mit herrlichen Rotweinflecken wurde herausgerissen und durch einen neuen ersetzt. Gleichzeitig wurde eine Wand neu gestrichen, und im Bad gab's einige Aufräumungsarbeiten. Zumindest während einer Nacht blieb die Eingangstür ausgehängt wegen des neu verlegten Bodens, der noch trocknen musste. Die Tür wurde außen an die Wand gelehnt. Theoretisch hätte jedermann dort hineingehen können. Aber ich gebe zu, darauf sind wir nicht gekommen. Schließlich war für jeden zu sehen, dass hier gearbeitet wurde; es sah aus wie eine kleine Baustelle. Vorsorglich hatten wir die Zimmer rechts und links daneben nicht vermietet, um die Gäste nicht zu belästigen, obwohl nicht gehämmert und gebohrt wurde. Nach wenigen Tagen war der Spuk vorbei – dachten wir. Dann kam Frau Gaichel zu mir, um mir mitzuteilen, dass während der Instandsetzungsarbeiten aus dieser Suite Ferngespräche geführt worden waren. Das hätte natürlich nicht passieren dürfen, denn normalerweise wird ein Telefonanschluss deaktiviert, wenn ein Gast abgereist ist und erst wieder in Betrieb gesetzt, wenn ein neuer Kunde das Zimmer übernimmt. Hier ist das in der Aufregung um diesen unerfreulichen Vorfall offenbar versäumt worden. Ich habe deswegen keinem die Ohren lang gezogen, wir sind alle nur Menschen. Zuerst dachte ich an die Handwerker, aber als Frau Gaichel mir sagte, dass die Gespräche in der Nacht geführt wurden, konnte man die wohl vergessen. Und welcher Teppichleger oder Maler telefoniert mit HongKong oder Nigeria? Wir haben uns also die Rechnung ans Bein gestrichen, ärgerlich, aber deswegen haben wir nicht Pleite gemacht.«

»Welche Zimmernummer hatte Zawusi noch; ich hab's vergessen, stand zwar auf der Rechnung.«

»Der war in 44.«

»Somit auf demselben Flur?«

»Ja, und vom Lift zu seinem Zimmer kam er an der 34 zwangsläufig vorbei.«

Frau Gaichel-Mouskouri kam zurück und hielt zwei Computerlisten in der Hand.

»Von seinem Zimmer hat er definitiv nur das eine Gespräch geführt, das auf der Rechnung steht; ein weiteres gab es nicht. Die Kabinen bei uns an der Zentrale hat er auch nicht benutzt, wir haben noch einmal alles überprüft.« Die eine Liste, die sie in der Hand hielt, war die von der 44 mit nur einer Zeile. Dieser Fall schien klar zu sein. Dann übergab sie die zweite Liste ihrem Chef.

»Das ist die von der 34.« Sie enthielt vier Verbindungen, alle zwischen Mitternacht und zwei Uhr früh – in der Nacht von Zawusis Aufenthalt. Mit Bleistift waren neben den Vorwahlnummern die Länder angegeben: HongKong, Nigeria, Libyen, und – das hatte Frau Gaichel schon herausgefunden – eine öffentliche Telefonzelle in Igel bei Trier. Karin verkniff sich ihr *Bingo*.

»Darf ich die Liste haben?« fragte sie van de Waters.

»Sie sind von der Kripo, ermitteln in einem vermutlichen Mordfall, und einen entsprechenden Gerichtsbeschluss würden Sie sofort bekommen – also hier, nehmen Sie sie. Wobei ich davon ausgehe, dass das Ganze bei Ihnen mit der nötigen Diskretion behandelt wird.«

»Ist doch selbstverständlich.«

Karin Meyer und Commissaire Heintz erhoben sich, bedankten sich bei beiden herzlich und gingen zurück in die Halle.

»Lassen Sie uns einen kleinen Imbiss nehmen; jetzt lade ich Sie ein.«

Heintz zögerte einen Augenblick, willigte dann aber ein.

»Wenn Sie's abrechnen können.«

Sie gingen ins *Le Jardin* hinüber, dem einfacheren Tagesrestaurant des Hotels und bestellten zwei gemischte Salate mit Shrimps und Mineralwasser. Sie ließen das Gespräch noch einmal Revue passieren, und Karin meinte:

»Ich glaube, meine Fahrt hierher hat sich gelohnt. Jetzt gibt's einiges zu tun zu Hause.«

Nach einer halben Stunde standen sie auf, nachdem Karin bezahlt hatte, und gingen nach draußen. Sie bedankte sich bei ihrem Kollegen für die Unterstützung, setzte sich ans Steuer, um in Richtung Düsseldorf zu starten.

30. Kapitel

NÄCHTLICHES GEFLÜSTER

Karl-Heinz Schneider und Karin Meyer saßen zu einem erneuten *Brainstorming* in Heinrichs' Büro. Karin berichtete über ihre Mission in Luxemburg und übergab ihrem Chef die Telefonliste aus dem *Royal*.

»Kompliment, das hast du toll gemacht«, meinte der.

»Danke, aber soviel habe ich dazu auch nicht beigetragen Es war ein Glücksfall, dass wir mit dem Direktor van de Waters sprechen konnten, ein sehr sympathischer Mann. Und das haben wir vor allem dem Kollegen Heintz zu verdanken – er lässt übrigens herzlich grüßen –, der den Hoteldirektor gut kennt. Ich bin mir nämlich nicht so sicher, ob eine mittlere Charge soviel erzählt hätte.«

»Dein Charme hat sicherlich seine Wirkung nicht verfehlt, sei nicht so bescheiden«, meinte Schneider.

»Ich werde gleich rot! Im Ernst: der Vorfall in der Suite ist ja nicht gerade ein Werbegag für ein Grand-Hotel – und dann noch die Panne mit dem Telefon, das man nicht abgeschaltet hat.«

»Das solltest du nicht überbewerten. Natürlich würde ich als Hoteldirektor auch so etwas lieber für mich behalten. Aber was glaubst du, was gerade in den Luxusschuppen alles passiert: Mord und Totschlag, Diebstahl, Betrug, ungedeckte Schecks, Vandalismus und, und, und. Die sind oft nicht zu beneiden. Wenn ich einmal anfange, Krimis zu schreiben, wird das bestimmt ein Thema sein, etwa *Mord im 5-Sterne-Hotel* oder so. Aber Spaß beiseite; jetzt gebe ich erst einmal deine Liste unseren Telefonseelsorgern, damit die die Teilnehmer herausfinden.«

Es dauerte nicht sehr lange – die drei saßen noch zusammen – als man Heinrichs die Liste der nachts aus der Suite 34 Angerufenen hereinreichte. Er las sie vor:

1). 0 Uhr 10 bis 0 Uhr 14: HongKong, eine *Wang Inter-*

national Ltd., die genaue Adresse steht hier. Bei denen war's dann 6 Uhr früh; na ja, dem Tüchtigen schlägt keine Stunde.
2). 0 Uhr 15 bis 0 Uhr 18: Nigeria. Eine *Baransanjo Company* in Lagos, ebenfalls mit Adresse. Nicht schlecht, unsere Telefonkollegen; dort war's dann 23 Uhr 15; man arbeitet halt rund um die Uhr.
3). 1 Uhr 30 bis 1 Uhr 34: Lybien, Gaddhafi persönlich? Nee, eine *Bani Sallum International* in Tripolis, ebenfalls mit genauer Anschrift. Kein Zeitunterschied, ist aber auch nicht wichtig.
4.) Igel bei Trier, zwischen 1 Uhr 56 und 57, knapp 30 Sekunden, also extrem kurz, mit einer öffentlichen Telefonkabine. Die steht auf der Hauptstraße, etwa in der Mitte des Dorfes; so ist's hier vermerkt.

Jetzt gibt es Arbeit. Ich gehe gleich zur Staatsanwältin rüber ... » – Karin grinste – »und bespreche mit ihr, über welche Kanäle wir die ersten drei Auserwählten herausfinden. Vielleicht hat sie ja noch ein paar Jugendfreunde im Auswärtigen Dienst.«

Klang da etwa ein Quentchen Eifersucht durch?

»Und jetzt die Telefonzelle. Ausgerechnet in dem Kaff, wo man ihn erschossen aufgefunden hat und wo unser Lieblingsbanker wohnt. Alles Zufall? Der Anrufer aus der Suite muss also mit jemandem vereinbart haben, zu diesem Zeitpunkt zu der Kabine zu gehen, um ihn dort erreichen zu können. Zumindest dieses Gespräch deutet auf höchste Geheimhaltung hin. Die Verbindung war sehr, sehr kurz; was kann man in 30 Sekunden schon besprechen, außer – zum Beispiel – einen Termin bestätigen? Hat er vielleicht mit seinem Mörder telefoniert? Es wird spannend! Was haben wir noch? Unser Anrufer geht in eine offen stehende Hotelsuite, um von dort zu telefonieren. Hat er sich vielleicht vorher vergewissert, dass der Telefonanschluss trotz der Renovierungsarbeiten funktionierte, oder hat er es nur gehofft und einfach probiert? Im Grunde unwichtig. Vermutlich war er sich aber sicher, denn der Anruf nach Igel muss präzise abgestimmt gewesen sein; man lässt ja keinen mitten in der Nacht eine halbe Stunde in einer öffentlichen Kabine warten. Bei den anderen Gesprächen ist es vermutlich auf eine Stunde früher oder später nicht angekommen. Wie auch immer. Er geht also zu einem Zeitpunkt in die Suite, zu dem er damit rechnen kann, dass kein Zimmermädchen oder Etagenkellner vorbeikommt; es war nach Mitternacht.«

»Fest steht«, unterbrach Karin, »dass Zawusis Zimmer auf demselben Flur lag und er somit an der Suite vorbeikommen musste, wenn er aus dem Lift kam. Somit kann ihm die ausgehängte Tür nicht entgangen sein. Und dass er die Gelegenheit nur genutzt hat, um Telefonkosten zu sparen, kann ich mir kaum vorstellen. Das lief doch alles über seinen Laden, war steuermindernder Aufwand – und bei der Kohle, die der verdient hat ... !«

»Das sind oft die schlimmsten Geizhälse«, warf Heinrichs ein »Aber ich stimme dir zu. Es spricht alles dafür, dass er – wenn's denn unser Meister war – eine Gelegenheit brauchte, um verschiedene kurze Anrufe zu tätigen, deren Zweck vielleicht nicht ganz unseren überkommenen Moralvorstellungen entsprachen. Denn wenn ich nichts zu verbergen habe, führe ich meine Gespräche aus meinem Hotelzimmer oder von meinem Mobiltelefon. So sieht er diese Gelegenheit; manch einem fällt das Glück nur so in den Schoß. Bei ihm sollte es jedoch nicht lange dort bleiben. Aber wir verlieren uns jetzt in Spekulationen.«

»Nicht unbedingt«, fand Schneider. »Es spricht doch einiges dafür, dass es so oder so ähnlich gelaufen sein könnte.«

»Nun hätte er aber trotz der späten Stunde erwischt werden können. Was hätte er dann gemacht?«

»Verehrte Frau Kollegin, ich glaube, wir haben noch genügend Fragezeichen zu Ausrufungszeichen geradezubiegen, als uns darüber den Kopf zu zerbrechen, wie er sich in einem solchen Falle aus der Affäre gezogen hätte. Unseren Kollegen vom Zoll hat er doch gesagt *no risk, no fun*. Gehen wir einmal davon aus, dass die Gespräche – wenn er sie denn geführt hat – für ihn so wichtig waren und so wenig für Mitwisser bestimmt, dass er dafür ein gewisses Risiko eingegangen ist, ein vermutlich sehr kleines. Also folgen wir der Hypothese: er war's. Und jetzt an die Arbeit.«

31. Kapitel

WER MIT WEM?

Heinrichs saß bei Rosanna Orlando und berichtete über den neuesten Stand der Dinge. Hinreißend sah sie wieder aus, und er lud sie für den Abend zum Essen ein. Mit ihrer Zusage zögerte sie keinen Augenblick. Wenigstens etwas Erfreuliches hatte dieser Fall.

Ja, sie habe ein paar gute Kontakte zum Auswärtigen Amt und würde gleich nachher veranlassen, dass man die deutschen Vertretungen in HongKong, Nigeria und Libyen einschalte, um Näheres über die angerufenen Firmen herauszubekommen. Für Heinrichs war das große Fragezeichen der Anruf in diese Telefonkabine in Igel.

»Der Gedanke drängt sich natürlich auf, dass der Angerufene unser Schätzchen von Blumenthal war. Und wenn Zawusi den um kurz vor zwei Uhr morgens anklingelt und ihn dazu in eine öffentliche Telefonzelle bittet, kann das kaum etwas Gutes bedeuten. Und so eklig ich diesen Kotzbrocken finde – aber ein Mord? Ich kann's mir trotz allem nicht vorstellen.«

»Hast du vergessen«, fragte die Schöne, »dass wir immer noch – auch noch – in Sachen der Million im Kofferraum ermitteln und wir uns darauf geeinigt hatten, einen Zufall nicht gänzlich auszuschließen? Und wir waren auch zu der Erkenntnis gekommen, dass Zawusi offensichtlich aus freien Stücken an den Ort gefahren war, von dem er nicht mehr wegfahren sollte, das heißt nur noch im Leichenwagen. Sein 30-Sekunden-Gespräch hätte eine Terminvereinbarung sein können im Zusammenhang mit einer Geldübergabe, Mord nicht eingeplant. Und zu diesem Zeitpunkt konnte er noch nicht wissen, dass ihm der Zaster am nächsten Morgen von unverschämten Zollbeamten abgenommen werden würde. Und dann fuhr er trotzdem hin – das haben wir schon durchgekaut –, weil er sich nicht traute, sein Malheur telefonisch mitzuteilen. Auch diese Routinier hat nicht an jeder Ecke eine offen stehende Hotelzimmertür zur Verfügung.

Somit gibt es zwei Hypothesen: die nächtliche Terminabsprache betraf das Geld oder hatte doch einen anderen Grund, der vielleicht rosarot oder dunkelgrau ist. Er kommt dort an, und schon macht's *Peng!* Und dieses Schnellgericht veranstaltet entweder der Gelackmeierte – womit ich noch etwas Mühe habe – oder jemand, der ihm aufgelauert hat und ihm unauffällig nachgefahren ist. Und damit sind wir wieder bei den beiden Möglichkeiten: dem Schützen, der v o r dem vorgesehenen Geldempfänger dort eintraf, ging's auch oder nur um das Geld, nicht ahnend, dass es weg war, oder um das große Geheimnis, das vielleicht in einer der bunten Ordner schlummert. Da es keine Durchwühlung des Wagens gegeben hat, tendiere ich eher zur zweiten Hypothese. Und damit sind wir wieder beim Zufall, den ich so sehr hasse.«

»Es geht nichts über den messerscharfen Verstand einer schönen Frau, kaum auszuhalten!«

»Grazie mille! Du musst es ertragen. Aber ich kann meinen Verstand auch abschalten, zum Beispiel heute abend.«

»Wie gut, dass das Abschalten mit der Schönheit nicht funktioniert; ich freue mich.«

»Ich mich auch!«

32. Kapitel

EIN ÜBERRASCHENDER ANRUF

Die nächtlichen Telefongespräche mit HongKong, Nigeria und Libyen hatten bisher nichts gebracht. Man hatte mit Hilfe der diplomatischen Vertretungen über die angerufenen Firmen das eine oder andere herausgefunden; mit allen hatte Zawusi in Geschäftsverbindungen gestanden, das hatte sich zum Teil auch aus den Akten bei der Inter-Trade ergeben. Ein konkreter Zusammenhang mit seinem Tod konnte jedoch nicht festgestellt werden, zumal der Inhalt der Gespräche nirgendwo aufgezeichnet worden war – jedenfalls nicht nach Kenntnis der Polizei. Auch der etwas ungewöhnliche Zeitpunkt der Anrufe hatte nicht weitergeholfen, wenngleich die Nachforschungen fortgesetzt wurden. Vermutlich hatte Zawusi die nächtliche Stunde nur deshalb gewählt, um mit einiger Sicherheit unbemerkt von einem fremden Apparat sprechen zu können, ohne abgehört oder entdeckt zu werden. Aber das waren nicht mehr als Spekulationen. Das große Fragezeichen blieb vor allem hinter dem Anruf in die öffentliche Telefonkabine.

Auch die Reifenspuren des Motorrades, das allem Anschein nach dem Todesschützen gehörte, hatten nichts ergeben. Sie gehörten zu einer Marke und Größe, wie sie zigtausendfach im Verkehr waren. Augenzeugen hatten sich auch keine gemeldet, obwohl die Kollegen in Trier ihren Aufruf noch zweimal in der Lokalzeitung wiederholt hatten.

Dann geschah das Unerwartete. Bei der SOKO ging an einem Sonntagabend ein Anruf aus Igel ein. Die beiden diensthabenden Beamten des Notdienstes waren auf ihren Linien im Gespräch, so dass ein Herr Böhmer auf dem Anrufbeantworter um Rückruf bat. Heinrichs erhielt montags in der Frühe diese Nachricht und bat Karin, den Herrn anzurufen. Herr Böhmer klang sympathisch am Telefon, bedankte sich für den Rückruf und sagte: »Ich bin 78 Jahre alt und wohne seit Jahrzehnten in Igel. Aber seitdem meine Frau vor zwei Jahren verstorben ist, fühle ich mich doch recht einsam und bin immer öfter bei meiner Tochter und ihrer Familie – sie hat drei prächtige Kinder – in Rastatt, in Baden-Württemberg. Manchmal bleibe ich ein paar Wochen dort und lasse mich ein wenig verwöhnen und kümmere mich um meine Enkelkinder. Und auch mit meinem Schwiegersohn verstehe ich mich prima.«

Karin wurde ungeduldig. Wieso erzählt ihr dieser Mann sein halbes Leben. Er hatte um Rückruf gebeten, und dafür gab's doch sicher einen wichtigen Grund.

»Ja, das ist schön für Sie. Aber ich nehme an, Sie hatten einen bestimmten Anlass, weswegen Sie uns angerufen haben.«

»Sicher. Entschuldigen Sie, dass ich etwas weit ausgeholt habe, aber damit wollte ich nur erklären, warum ich mich erst jetzt melde. Um das bißchen Post, das ich als alter Rentner noch bekomme, kümmert sich eine liebe Nachbarin; sie wohnt schon seit zwanzig Jahren im selben Haus. Wenn ich länger weg bin und sie glaubt, dass ein Brief wichtig ist, sendet sie ihn mir nach. Ansonsten legt sie die Post in meine Wohnung , wo sie auch die Pflanzen gießt.«

Karins Geduld wurde auf die Folter gespannt. Ob der mal zur Sache kommen würde?

»Nun bin ich gestern Abend zurückgekommen und habe mir die angesammelte Post angeschaut – viel war es ja nicht und das Meiste nur dumme Werbung. Aber meine Nachbarin – sie heißt übrigens Müllenbach – hatte mir auch ein paar Zeitungsartikel ausgeschnitten und Zeugenaufrufe der Trierer Polizei. So erfuhr ich erst jetzt von dem Tod des Afrikaners in seinem Mercedes hinter der alten Scheune. Diesen Weg kenne ich wie meine Westentasche. Ich habe nämlich einen Hund, einen Mischling – er heißt Rubi –, mit dem ich täglich dort spazieren gehe. Dort hat er viel Auslauf. Und wenn ich zu meiner Tochter fahre, nehme ich ihn mit; zum Glück kann ich noch Auto fahren.«

Karin bebte innerlich. *Mein Gott, ist der weitschweifig*, dachte sie.

»Gut, und dann? Was wollten Sie uns denn mitteilen?«

»Nun ja, in den Zeitungen stand, dass vermutlich ein Motorradfahrer den Schwarzen erschossen habe, man hat da wohl Reifenspuren entdeckt. Dann habe ich in meinem Kalender nachgeschaut. Der Tag, an dem der Mord begangen wurde, war genau der Tag vor meiner Abreise zu meiner Tochter. Um die Mittagszeit bin ich, wie fast täglich, mit meinem Rubi – er ist ein ganz liebes Tier – dort spazieren gegangen, als mir plötzlich ein wild gewordener Motorradfahrer entgegenkam. Ich habe sonst noch nie auf diesem Weg einen Motorradfahrer gesehen; er darf ja auch eigentlich nur von dem Bauern benutzt werden, dem die alte Scheune gehört. Und von zwei Anliegern, die noch hinter seinem Hof wohnen, aber die haben keine Motorräder.

Der eine hat noch einen alten VW-Käfer, der heißt Schmitt, und der andere – mein Gott, wie heißt der noch gleich? –, egal, der hat so einen kleinen Lieferwagen, so einen Renault. Also dieser verrückte Motorradfahrer hätte um ein Haar meinen Rubi überfahren. Sie müssen wissen, der ist noch ziemlich jung und verspielt, und da werf ich ihm oft einen Stock voraus, den er mir dann zurückbringt. Dadurch war er auch mitten auf dem Weg und nicht irgendwo auf dem Feld.«

Karins Adrenalinspiegel kletterte auf besorgniserregende Höhe.

»Und dann? Haben Sie den Fahrer erkennen können oder die Nummer oder den Motorradtyp?«

Das ging alles viel zu schnell. Der tauchte plötzlich auf, wie vom Himmel gefallen. Den langen Weg war er jedenfalls nicht gefahren, sonst hätte ich ihn ja kommen sehen. Er kam mit Sicherheit von der Scheune, das haben ja wohl auch die Reifenspuren ergeben, so wie's in der Zeitung stand. Also erkennen konnte ich den Fahrer nicht; er trug einen Helm, die übliche Motorradbrille, eine Lederjacke, einen Schal – da können Sie niemanden erkennen, selbst wenn's ein Bekannter gewesen wäre. Aber ich bin sicher, dass es ein Mann war, vermutlich ziemlich groß. Das Motorrad war eher ein leichtes, 250 oder nur 125 Kubik. Wissen Sie, ich bin früher selbst Motorrad gefahren, ach das waren noch Zeiten. Die Marke habe ich nicht erkennen können, vermutlich japanisch – es gibt ja auch kaum noch andere, jedenfalls bei den kleineren. Wenn ich daran denke, wie viele der berühmten alten Marken verschwunden sind.

Aber die haben Sie nicht mehr gekannt; Sie sind bestimmt noch sehr jung – der Stimme nach zu urteilen. Also grün war sie, da bin ich sicher.«

»Und die Nummer haben Sie nicht erkennen können?«

»Ich habe hinter ihm hergeschimpft und hätte ihn gerne angezeigt, aber es ging alles zu schnell. Außerdem hatte er enorm viel Staub aufgewirbelt, denn der Weg war rappeltrocken. Aber die drei Ziffern der oberen Zeile habe ich behalten, das war einfach, nämlich 3-2-1. Aber die drei Buchstaben darunter konnte ich mir so schnell nicht merken, obwohl ich fast sicher bin, dass ein G dabei war. Und als ich gestern die Geschichte in der Zeitung las und die Zeugenaufrufe, habe ich sofort bei der Polizei in Trier angerufen, und dort verwies man mich auf Sie in Düsseldorf. Daher mein Anruf.«

»Aber das ist doch schon etwas«, sagte Karin, die erleichtert durchatmete und froh war, dass der gute Herr Böhmer nun endlich zur Sache gekommen war.

»Herr Böhmer, ich glaube, Sie haben uns sehr wichtige Hinweise gegeben; wir werden sofort eine Ringfahndung veranlassen. Ich danke Ihnen sehr herzlich für Ihren Anruf. Vielleicht geben Sie mir noch Ihre genaue Adresse und Ihre Telefonnummer, falls wir noch Fragen haben. Vielleicht auch die Ihrer Tochter in Rastatt, wenn Sie so häufig dort sind.«

Sie notierte alles und rannte zu Heinrichs Büro.

Schneider saß gerade bei ihm, und sie berichtete ausführlich über dieses Telefongespräch und gab sich erst gar keine Mühe, ihre Erregung zu verbergen. Auch Heinrichs sah keinen Grund, seine Zufriedenheit zu verheimlichen und gab sofort alle Daten in die Fahndung.

Motorräder mit der Ziffernfolge 3-2-1 gab es bundesweit eine Menge; durch das vermutliche G in der Buchstabenzeile wurde der Kreis schon erheblich eingeengt. Es blieben immer noch etliche übrig, aber nach und nach fielen immer mehr durch das Sieb, sei es, dass es sich um schwere Maschinen handelte oder – im Gegenteil – um Motorroller, andere, weil die schwarz, blau oder rot waren, oder weil die Besitzer ein eindeutiges Alibi hatten. So zog sich die Schlinge immer enger um den rasenden (und schießenden?) Fahrer aus Igel. Nun begann die Feinarbeit, immer weitere schieden aus, bis schließlich nur noch einer übrig blieb, auf den alle Details zutrafen: Zulassungsnummer 321 – GMP, dunkelgrün, Marke Suzuki, Model *Bandit* – wie zutreffend –, zugelassen in Trier auf einen Gottlieb Werner. Heinrichs teilte seinen Kollegen dieses Ergebnis mit.

Karin Meyer reagierte als Erste.

»Moment mal, Werner heißt doch der Gärtner, mit dem wir auf Jägers Nachbargrundstück gesprochen haben, aber wie war noch sein Vorname? Augenblick, den haben wir schnell, ich habe nämlich ein paar Fotos dort gemacht – einfach so, man weiß ja nie. Hier, da habe ich sie, und da ist sein Lieferwagen, und was steht da drauf? *Gottlieb Werner!* Ich glaub's ja nicht! Nach dem Motto: *Der Gärtner ist immer der Mörder*, wie in jedem zweiten Krimi, und wie es unser Freund Jäger schon gesagt hat!«

»Ich find's auch absurd«, meinte Heinrichs, aber die Fakten sind eindeutig. Er ist der Einzige, der übrig bleibt. Also auf nach Trier! Wir müssen den Kerl befragen und möglichst überraschend. Karin ruf doch mal in seiner Firma an unter anderem Namen und stell dich als potentielle neue Kundin vor und frage, ob der Chef morgen kurz zu sprechen sei und wo.

»Wird sofort erledigt.« Nach zehn Minuten war sie zurück. Sie musste nicht einmal die Telefonnummer herausfinden; die war deutlich auf ihrem Foto mit dem Lieferwagen zu erkennen.

»So, ich hatte seine Frau an der Strippe, sehr freundlich. Ihr Mann sei zurzeit und mit Bestimmtheit morgen in der Moselstraße Nr. 3 in Igel anzutreffen, wo er einen neuen Garten anlege, und da sei noch viel zu tun. Zwischendurch arbeite er oder einer der Gesellen nebenan bei der Nr. 5, der Familie Jäger. Auf einem der beiden Grundstücke würde ich ihn mit Sicherheit antreffen – nicht gerade in der Mittagszeit, denn da käme er meist nach Hause zum Essen.«

»Bravo, also morgen früh fahren wir los.«

Sie waren schnell dort angekommen und parkten ihren Wagen vorsorglich am Anfang der Straße. Der war zwar nicht als Polizeiwagen zu erkennen, aber der gute Herr Werner erinnerte sich womöglich an das Modell, und das Düsseldorfer Kennzeichen war zu verräterisch. Sie schlenderten – scheinbar ganz entspannt – und demonstrativ gelockert auf das Grundstück der neuen Villa zu, das sie schon kannten und erblickten Werner auf Anhieb in einiger Entfernung. Sie gingen auf ihn zu und sagten freundlich *Guten Morgen, Herr Werner.* Der schien erschrocken.

»Ja, was ist denn nun schon wieder? Habe ich etwas verbrochen?«

»Das versuchen wir gerade herauszukriegen, und dazu hätten wir ein paar Fragen. Zum Beispiel: fahren Sie Motorrad?«

»Und ob, das ist mein Hobby.«

»Haben sie eine dunkelgrüne Suzuki?«

»Mein Motorrad ist eine schon etwas betagte Harley-Davidson, Modell ›Road King‹, die habe ich vor Jahren einmal günstig von einem Freund übernommen; neu hätte ich mir so etwas nie leisten können. Und die ist nicht grün, sondern silbergrau.«

Karin war, von Werner unbemerkt, zu seinem Lieferwagen gegangen, der in der Einfahrt stand, ziemlich weit weg von den beiden. Sie öffnete, eine der beiden Hecktüren – und was sah sie? Zwischen einer Menge Material, das sich üblicherweise im Lastwagen einer Gärtnerei befindet, wie Körbe, Harken, Schaufeln und vieles mehr stand eine dunkelgrüne Suzuki mit dem Kennzeichen 321-GMP! Sie winkte Heinrichs zu sich heran, der sofort verstand, dass sie offenbar etwas Wichtiges entdeckt hatte, und kam zu ihr herüber , nicht ohne Werner hart am Ellenbogen anzufassen und mitzuführen. Karin Meyer deutete auf das Motorrad und Heinrichs fragte:

»Und was haben wir denn da?«

Werner versuchte, sich gelassen zu geben.

»Ach so, an die habe ich eben nicht gedacht, als Sie mich fragten, ob ich Motorrad fahre. Die hier gehört praktisch zum Betrieb und ist immer im Lieferwagen. Wenn ich zwischendurch mal etwas besorgen muss, wozu ich keinen Lastwagen benötige, benutze ich sie, oder wenn ich mittags nach Hause fahre – das geht natürlich viel schneller. Und die Mitarbeiter dürfen sie auch benutzen. Sie gehört hier wirklich zum Maschinenpark, wie Rasenmäher, elektrische Heckenschere und all dem Zeugs, das man so braucht in unserem Beruf. Aber dieses kleine Ding benutze ich nun wirklich nicht als Hobby, sondern dafür habe ich ja meine

Harley. Insofern habe ich eben auf Ihre Frage nicht ganz korrekt reagiert – tut mir leid.«

»Schon gut. Nächste Frage: Wo waren Sie am Tage von Zawusis Tod – das Datum kennen Sie – zwischen 11 und 16 Uhr?«

»Hier. Den ganzen Tag.«

»Ihre Antwort kommt mir ein bißchen schnell; das ist schließlich schon eine Weile her.«

»Richtig. Aber wir arbeiten auch schon eine Weile hier, um den Garten anzulegen. Das ist mit Abstand mein größter Auftrag seit langem, und außer zwischendurch bei den Jägers bin ich seit vielen Wochen nur hier tätig. Die kleineren *Daueraufträge*, die wir so haben, werden von anderen Mitarbeitern erledigt. »

»Sie sagten doch eben, dass Sie häufig mittags mit dem Motorrad nach Hause fahren. Und jetzt wissen Sie auf Anhieb, dass Sie das genau an diesem Tage nicht getan haben? Kann das jemand bezeugen?«

»Sicher, meine beiden Mitarbeiter dort drüben. Eigentlich müsste das auch der Bauleiter bestätigen können.«

Heinrichs ließ die beiden Gärtner zu sich kommen und stellte ihnen die entsprechende Frage. Beide bestätigten die Aussagen ihres Chefs, wurden aber unsicher, als Heinrichs sie fragte, ob der denn mit Sicherheit nicht zwischendurch einmal weggefahren sei, zum Beispiel über die Mittagszeit. Werner mischte sich ein und sagte, dass das zwar häufig vorkomme, aber nicht täglich, und das komme auch darauf an, wo man gerade arbeite. Manche Kunden seien zu weit weg, und da würde sich das nicht lohnen.

»Das mag ja sein, aber an dem fraglichen Tag haben Sie doch nach eigenen Angaben hier gearbeitet. Und wenn Sie von hier zu sich nach Hause fahren, müssen Sie gar nicht in Trier durch die Stadt. Sie wohnen im Stadtteil Heiligkreuz, und über die 49 sind Sie mit dem Motorrad in 10 bis 15 Minuten zu Hause.«

»Sie sind ja gut informiert.«

»Das bringt unser Beruf so mit sich.«

Heinrichs bedankte sich bei den beiden Gärtnern und ging zu dem Bauleiter hinüber, den er beim letzten Besuch schon kennen gelernt hatte. Er stellte ihm dieselbe Frage.

»Ja, doch, Herr Werner und seine Leute sind seit Wochen

hier jeden Tag bei der Arbeit. Aber ob der nicht zwischendurch einmal wegfährt, um etwas zu besorgen, das kann ich nun wirklich nicht sagen. Ich glaube, dass er meistens zum Mittagessen nach Hause fährt – mit dem Motorrad. Das geht mich aber alles nichts an und interessiert mich auch nicht, solange die Arbeiten hier planungsgemäß vorangehen. Im Übrigen bin ich nicht von morgens bis abends hier; ich habe schließlich noch andere Baustellen. Also, ob Herr Werner am fraglichen Tag ohne Unterbrechung hier war oder vielleicht einmal weggefahren ist – nein, tut mir leid, das kann ich beim besten Willen nicht beurteilen. Darf ich wissen, warum Sie mich das alles fragen?«

Heinrichs gab darauf keine Antwort und bedankte sich für seine Aussagen. Zu Werner gewandt, meinte er:

»Ich fürchte, es wird eng für Sie. Schauen Sie, Sie haben nicht nur kein Alibi, sondern Sie wurden um die Mittagszeit auf Ihrem Motorrad gesehen, als Sie fluchtartig den Tatort verließen und in Richtung Landstraße rasten und dabei um ein Haar mit einem großen Hund kollidiert wären. Und da Ihr Nummernschild erkannt wurde, bin ich nun wirklich neugierig, was Sie jetzt noch als Argument vorbringen. Herr Werner, ich nehme Sie vorläufig fest wegen des dringenden Verdachts, Herrn Dr. Zawusi erschossen zu haben. Sie steigen jetzt zu uns in den Wagen, und dann fahren wir zu den Kollegen nach Trier und werden uns dort in Ruhe unterhalten. Wegen der vielen Leute hier und Ihrer eigenen Mitarbeiter verzichte ich darauf, Ihnen Handschellen anzulegen.«

Werner stieg ohne Widerstand in den Fonds des Wagens, und Karin verriegelte vom Armaturenbrett aus die hinteren Türen, wie mit einer Kindersicherung, so dass er keine Chance hatte zu entkommen. Während der Fahrt rief Heinrichs – er saß auf dem Beifahrersitz – die Kripo in Trier an, schilderte kurz die Situation und bat um einen Verhörraum. Die kurze Strecke war schnell geschafft. Der Dienststellenleiter begrüßte die Kommissare aus Düsseldorf – man kannte sich schon vom Telefon – und führte sie, zusammen mit ihrem *Gast* in einen Besprechungsraum und bot ihnen Wasser und Kaffee an.

Heinrichs setzte sich Werner gegenüber an den Tisch, schaltete das Aufzeichnungsgerät ein, während Karin

Meyer und der Dienststellenleiter draußen hinter einer verspiegelten Glasscheibe Platz nahmen, um das Gespräch von dort aus zu verfolgen.

33. Kapital

DAS GESTÄNDNIS

»Herr Werner, wollen Sie ein Geständnis ablegen?« Werner nickte wortlos und brach in Tränen aus.
»Ich habe das doch nicht gewollt, ich bin doch kein Killer«, stammelte er.
»Dann erzählen Sie mir die ganze Geschichte von A bis Z; hat Sie jemand angeheuert?«
Werner nickte wiederum, ohne ein Wort zu sagen.
»Lassen Sie sich nicht jedes Wort aus der Nase ziehen. Je kooperativer Sie sich zeigen, umso positiver wird sich das auf das Verfahren gegen Sie auswirken. Nun schießen Sie schon los.«
Werner schien sich langsam zu fassen und begann zu erzählen.
»An einem Sonntagmorgen, ein paar Wochen vor der Tat, erhielt ich zu Hause einen Telefonanruf von einem Anwalt aus Genf, der aber fließend deutsch sprach. Er sagte mir, Ich sei ihm empfohlen worden, und er würde mich gerne einmal treffen, um eine interessante Geschäftsmöglichkeit mit mir zu besprechen. Ich dachte natürlich an eine Gartengestaltung, obwohl ich mich fragte, was ein Schweizer Anwalt hier bei uns an der Mosel will, aber vielleicht ging es um einen deutschen Klienten, der sich hier in der Gegend ein größeres Anwesen zugelegt hatte. Aber wieso kontaktierte der mich dann nicht selbst? Schließlich sagte ich mir, was zerbrichst du dir den Kopf über ungelegte Eier, wenn womöglich ein interessantes Neugeschäft winkt. Zumal es mir finanziell nicht besonders gut geht. Die Gärtnerei habe ich zwar schon von meinem Vater übernommen, aber da gab's noch einen Partner, mit dem ich gar nicht klarkam. Auch mein Vater hatte mit dem immer wieder Probleme gehabt. Schlussendlich, nach ein paar Jahren, habe ich ihm seine Anteile abgekauft. Kurz danach konnte ich

noch einen Gartenbaubetrieb in Konz übernehmen, und so habe ich mich finanziell übernommen. Vor allem, weil zu diesem Zeitpunkt die Konjunktur einbrach. Die Bautätigkeit ging zurück, und so manche Gartenprojekte wurden vertagt oder abgeblasen. Kurz: ich hatte mich verschuldet, und da ruft plötzlich jemand an und stellt mir ein neues Geschäft in Aussicht.«

»Dann haben Sie sich mit diesem Anwalt getroffen, wo genau, und wie heißt der?«

»Der heißt Basset, Vorname Raymond, und er bat mich in die Bar vom Hotel *An den Kaiserthermen* und sagte, er wohne dort zurzeit. Am nächsten Abend, also am Montag, habe ich ihn dann dort getroffen. Wir hatten uns gegenseitig beschrieben, um uns sofort zu erkennen. Basset ist ein sympathischer Mann, um die 50, und er sagte mir, dass er für das neue Regime in Ongalo tätig sei, ein Staat in Westafrika, wo es vor kurzem einen Umsturz gegeben hat, nachdem der frühere Diktator – Aldo oder so – verstorben sei. Ich hatte vage davon gehört, wusste aber nichts Genaues. Die Familie sei geflüchtet, lebe aber weiterhin in Saus und Braus in Europa, wo man mehrere Milliarden DM Schmiergelder auf Konten in der Schweiz, in Luxemburg, Liechtenstein und ich weiß nicht, wo noch, entdeckt und blockiert habe. Nun bemühe man sich um die Freigabe der Gelder und deren Rückführung nach Ongalo, das würde aber vermutlich Jahre dauern. Das sei die eine Seite. Die andere sei zu wissen, wer alles an diesen Transaktionen mitgewirkt und die Hand aufgehalten habe, vor allem bei einem gigantischen Projekt einer Aluminiumhütte, die dieser Alda, Aldo oder wie in Auftrag gegeben habe und die nun im Aufbau sei. Der neue Oberstaatsanwalt sei wild entschlossen, diese Machenschaften aufzuklären, die Söhne des Diktators zu verfolgen und einige enge Vertraute aus dem Land ausfindig zu machen.«

Heinrichs hatte die ganze Zeit aufmerksam zugehört und sich hier und da Notizen gemacht, obwohl das Gespräch aufgezeichnet wurde. Jetzt, als das Stichwort *Oberstaatsanwalt* fiel, unterbrach er sein Gegenüber.

»Wissen Sie, wie der heißt?«

»Herr Basset hat den Namen genannt, aber ich kann den nicht behalten. Moment, es war was mit Gaua oder so ähnlich, keine Ahnung, wie sich das schreibt. Und der Vorname war, glaube ich, Naba, Also Naba Gaua. Aber beschwören kann ich das nicht.«

Heinrichs machte sich hastig weitere Notizen.

»Gut, fahren Sie fort.«

»Also dieser Oberstaatsanwalt sei dabei, die Familie und den Freundeskreis zu verfolgen, ferner etliche Industriemanager und Banker, um sie öffentlich anzuprangern, all die, die an diesem Riesenskandal mitgewirkt und sich bereichert hätten. Der Geheimdienst stelle den beiden Söhnen des Diktators nach, denen es offenbar gelungen sei, noch vor der Entdeckung und Blockierung der vielen Konten noch genügend Geld beiseite zu schaffen, um nach wie vor auf großem Fuß zu leben. Besonders im Visier habe man den Dr. Zawusi, der Drahtzieher vieler solcher Transaktionen, und man wisse, dass er eine Liste besitze mit den Namen und den Kontoverbindungen der vielen Helfer und vermutlich sogar mit den Beträgen, die an diese Personen gezahlt worden seien. Hinter dieser Liste sei man besonders her. Seit Wochen würde man seine Telefangespräche abhören. Der Geheimdienst habe in seinem Haus und in seiner Firma Wanzen installiert und auch in seinem Auto. Wie die das geschafft haben, hat er mir natürlich nicht verraten, aber ich denke, für einen Geheimdienst ist das Routine. Aber offenbar habe es ein Leck gegeben und Zawusi sei gewarnt worden. Das habe man einem Telefongespräch entnommen, das er mit der Blumenthal-Bank in Luxemburg geführt habe. Dabei soll er dem Direktor, also dem Herrn Jäger, gesagt haben, dass er eine wichtige Liste, die er dort in seinem Safe habe, abholen und woanders deponieren wolle, denn er habe das Gefühl, dass er verfolgt und überwacht werde. Herr Jäger hatte ihm das auszureden versucht und gemeint, einen sichereren Ort gäbe es nicht. Zawusi, so erzählte Herr Basset, habe sich jedoch von seinem Plan nicht abbringen lassen und hatte gemeint, dass, wenn er wegen eines Deliktes belangt werden sollte, auch eine Bank in Luxemburg aufgefordert werden könnte, seine Kontoverbindung offen zu legen, und dann sei sein Bankfach auch dran. Hatte der junge Zöllner nicht eine solche Liste erwähnt? So wusste der Geheimdienst, dass er am Tage vor einer Sitzung bei der Arsteel diese Unterlagen abholen würde, vermutlich auch Geld abheben, um es zu verteilen. Das Geld habe aber für den Geheimdienst keine Priorität gehabt; die paar Millionen, die man dort vermutete, seien im Grunde *peanuts* im Vergleich zu den sichergestellten Milliarden. Das ganze Interesse galt der Liste – Zawusis Liste.«

Heinrichs fand, dass Werner gut formulierte und jetzt, nachdem er ein Geständnis abgelegt hatte, fast erleichtert war, diese Geschichte loszuwerden.

»Das ist ja alles sehr interessant, aber wie ist denn der ongalische Geheimdienst auf Sie gekommen? Entschuldigung, das soll nicht abschätzig gemeint sein, aber Sie sind Gärtner, ein ehrenwerter Beruf, aber Sie sind – das nehme ich Ihnen ab – kein Berufskiller und kein Mann des Nachrichtendienstes oder der Spionageabwehr, vermute ich.«

»Na ja, ich habe mich in meinem Leben nicht ausschließlich um Rasen und Blumen gekümmert. Ich war Mitglied der Grenzschutztruppe G9 und bin ausgewiesener Scharfschütze. Ich habe damals, 1977, also vor fast zwanzig Jahren, an der Geiselbefreiung in Mogadischu teilgenommen, als die *Landshut* der Lufthansa entführt worden war. Und bei der intensiven Beobachtung Zawusis hat der Geheimdienst festgestellt, dass er immer wieder bei Herrn Jäger in Igel war; die waren dicke befreundet. Dann hat man Jäger und seine Lebensgewohnheiten ausgeforscht und ist auf mich gestoßen, der seit Jahren seinen Garten pflegt und seit vielen Wochen gleich nebenan einen neuen gestaltet. Ich war also jemand, der sich im Umfeld von Jäger bewegte und sicherlich vieles mitbekommen müsste. Dann hat man sich mit mir befasst und herausgefunden, dass ich bei der G9 war, Scharfschütze bin und Motorrad fahre. Der ideale Mann, einen delikaten Auftrag auszuführen. So hat's mir dieser Basset auf den Kopf zugesagt. Der wusste alles über mich.«

»Haben Sie den Dr. Zawusi vorher schon gesehen bei Jäger?«

»Ja, einige Male. Einmal hat er mich angesprochen. Die beiden, also Jäger und er, saßen auf der Terrasse, als ich noch den Rasen sprengte. Dann ging Jäger ins Haus, um eine Flasche Champagner aufzumachen, wie ich anschließend feststellte. Während dieser paar Minuten befragte mich Zawusi nach ein paar bestimmten Pflanzen und bat um meinen Rat. Er erzählte von seinem Haus in Düsseldorf, wo der Garten zu klein sei, um einen Gärtner zu beschäftigen, und für seine Frau sei das ein Hobby. Aber die sei nun nicht gerade vom Fach, und daher nutze er die Gelegenheit mir ein paar Fragen zu stellen. Er würde gerne noch ein paar Sträucher anpflanzen, wie er sie hier sehe, aber er wisse nicht einmal, wie die heißen würden. Ich habe ihm dann die Auskünfte gegeben, und dann kam Herr Jäger zurück, und ich ging wieder meiner Arbeit nach. Ansonsten habe ich ihn nur hin und wieder von weitem gesehen.«

Nun wurde Heinrichs einiges klar. Die nächtlichen Anrufe aus einem leeren Hotelzimmer hatte Zawusi geführt, um nicht abgehört werden zu können. Das hatten sie zwar schon vermutet, aber jetzt erschien es noch logischer, wenn er davon Wind bekommen hatte, dass er überwacht wurde. Die Auslandsgespräche hatten womöglich mit seiner Liste gar nichts zu tun. Der Anruf in die Zelle in Igel dagegen vermutlich schon. Vielleicht war es die Terminvereinbarung für die Übergabe der Akte; wollte er sie vielleicht bei Jäger zu Hause hinterlegen?

Die Reserviertheit des Oberstaatsanwaltes Naaba Gaoua in Onko erschien ihm nun ebenfalls in einem anderen Licht. Mein Gott, wie lange waren sie falschen Spuren nachgegangen und hatten in die verkehrte Richtung ermittelt! Aber es war jetzt nicht der Augenblick, sich Vorwürfe zu machen.

»Weiter, was kam dann? Dieser Basset hat sie also gekauft, um Zawusi umzubringen.«

»Nein, so war das nicht. Er hat mich gekauft, ja, aber nicht um Zawusi zu töten, sondern um an die Liste zu kommen. Er bot mir 200'000 DM, 50'000 sofort, den Rest bei Aushändigung der Liste. Ich habe mir 24 Stunden Bedenkzeit ausgebeten, und wir haben uns für den nächsten Abend am selben Ort verabredet.«

»Und dann haben Sie zugesagt.«

»Ja, mit soviel Geld wäre ich meine Sorgen losgeworden. Das gebe ich zu. Der Auftrag war wirklich nicht, ihn zu töten, wenn man auch seinen Tod in Kauf nahm. Wenn man den hätte vermeiden können, hätte man Zawusi voraussichtlich später entführt, um noch mehr Informationen aus ihm herauszupressen – je nachdem, was die Liste ergab.«

»Aber Sie hatten kein Probleme damit, ihn notfalls abzuknallen?«

»So einfach ist das nicht. Bei der G9 habe ich auch töten müssen, und die Opfer waren immer Verbrecher, Entführer und Terroristen. Nun hat mir dieser Herr Basset ausführlich über die Greueltaten dieses Diktators berichtet, der Hunderttausende von Menschenleben auf dem Gewissen hatte und dass Zawusi zu diesem Clan gehöre, auch wenn er vermutlich nicht mit der Familie verwandt sei. Nach Mogadischu hatte ich Riesenprobleme und bin monatelang zu einem Psychotherapeuten gegangen, was natürlich niemand wissen durfte. Sonst hätte man mich als Weichei abqualifiziert. Aber bald danach habe ich den Dienst quittiert, ich wollte nicht mehr.

Dann kam diese neue Situation. Ohne meine finanziellen Probleme hätte ich diesen Auftrag niemals angenommen, und ich war mir ziemlich sicher, dass ich auch ohne Blutvergießen an die Liste kommen würde – schließlich hatte ich es nur mit einer Person zu tun.«

»Wie sah der Plan genau aus?«

»Der Geheimdienst wusste also, dass Zawusi die Akte bei der Bank abholen und woanders hinterlegen wollte, aber wo, das hatte man nicht herausbekommen. Man wusste von seinem Termin in Esch und dem bei der Bank am Vortag. Ich sollte weitere Informationen abwarten und dann Zawusi verfolgen. An seinem Wagen hatte man einen Peilsender angebracht, für den Fall, dass ich ihn aus den Augen verlieren sollte. Basset übergab mir ein Handy, über das ich genauere Instruktionen bekäme, und zwar direkt von einem Mitarbeiter des Geheimdienstes und auf Deutsch. Er gab mir ferner eine Telefonnummer, ebenfalls von einem Mobiltelefon, auf der ich diesen Geheimdienstmann erreichen könne, falls ich ein Problem habe beziehungsweise, um die Ausführung des Auftrags zu bestätigen. Man würde mich bei jedem Kontakt nach einem Kennwort fragen – und dies sei *Safari*. Dann steckte er mir noch einen Umschlag zu mit 50'000 DM, in großen Scheinen.

Zwei Tage später erhielt ich dann den Anruf. Ich musste mein Codewort nennen, und man teilte mir mit, dass Zawusi am Morgen des nächsten Tages das Hotel *Le Parc* in Mondorf verlassen würde und über die deutsche Weinstraße zurückfahre, daher in Remich über die Grenze fahren müsse. In Nittel würde er Wein einkaufen. Das hatte man alles seinem Telefongespräch vom Vorabend mit seiner Frau entnommen. Ich bin dann an diesem Morgen auf den Parkplatz des Hotels gefahren, wo ich sehr schnell seinen schwarzen Mercedes ausmachen konnte – den hatte ich schon einige Male vor dem Haus von Jäger gesehen –, und ich wartete in einiger Entfernung hinter einer Baumgruppe, so dass er mich auf keinen Fall bemerken konnte. Nach etwa zwanzig Minuten – es war kurz nach Neun – sah ich ihn herauskommen. Er trug eine braune Reisetasche und einen schwarzen Aktenkoffer. Die Tasche stellte er in den Kofferraum, und den Aktenkoffer legte er auf den Beifahrersitz. Dann fuhr er los, und ich folgte ihm in größerem Abstand, verlor ihn aber nicht aus den Augen. In Remich an der Grenze, wo fast nie mehr kontrolliert wird, wurde er angehalten. Zwei Zollamte waren dort. Auch hier blieb ich unbemerkt in einem kleinen Wäldchen und konnte mit meinem Fernglas alles genau beobachten. Er wurde in das Zollhäuschen geleitet, und kurz darauf filzte einer der Zöllner seinen Wagen. Offenbar sehr gründlich, denn es dauerte eine Ewigkeit. Dann kam der zweite Beamte auch heraus, und sie öffneten den Kofferraum, obwohl das der erste auch schon getan hatte. Nach einer Weile hielten sie einen runden Stahlbehälter in der Hand, den sie aufmachten; dann holten sie bündelweise Geld heraus, das konnte ich deutlich erkennen; ich glaube, es war eine Menge. Dann gingen sie mit ihrem Fund in ihre Baracke zurück. Dann dauerte es noch einmal etwa eine Viertelstunde, bis Zawusi herauskam – ohne seine Blechbüchse, nur mit seinem Aktenkoffer. Er schien ziemlich niedergeschlagen, ging sehr langsam, leicht gebeugt, zog sein Jackett aus, legte den Koffer auf den Beifahrersitz oder davor auf den Boden – das konnte ich nicht genau erkennen –, und dann fuhr er los. Ich folgte ihm wieder, und meine Wunschvorstellung war, dass er zwischendurch mal auf einem Parkplatz kurz anhalten würde, vielleicht, um eine Pinkelpause zu machen oder zu telefonieren. Dann hätte ich ihn mit der Waffe bedroht und zur Herausgabe seines Aktenkoffers gezwungen. Man ging davon aus, dass die Liste sich darin befinden müsse und nicht irgendwo im Auto herumliege.«

»Und Sie hatten keine Angst, erkannt zu werden?«

»Nun, ich war total vermummt, und meine Stimme hätte ich etwas verstellt und mit einem osteuropäischen Akzent gesprochen. Es wären ohnehin nur ein, zwei Wörter gewesen.«

»Aber Sie waren auf Ihrem eigenen Motorrad; er hätte sich doch die Nummer merken können.«

»Kaum. Ich hatte auf dem Gepäckträger zuunterst eine normale Aktentasche festgeschnallt, in der ich die Liste versorgen wollte. Der Geheimdienst war davon überzeugt, dass es sich nur um eine dünne Mappe handeln konnte und nicht um einen dicken Ordner.

Darüber habe ich dann eine recht große Segeltuchtasche festgemacht, die das Nummernschild halb verdeckte und bei Fahrt ordentlich im Wind flatterte, so dass man die Nummer nicht vollständig erkennen konnte. Ich hatte sie mit ihren langen Tragegriffen festgemacht, sie konnte so nicht verrutschen oder wegfliegen. Außerdem – das war schon vorbereitet – hätte ich je nach Ablauf des Überfalls das Motorrad als gestohlen gemeldet. Und zwar aus meinem Lieferwagen, den ich die Nacht davor vor meinem Haus abgestellt und bei dem ich vorsorglich das Schloss der Hecktür aufgebrochen hatte.

Wenn er keine Pause machen würde oder nur an einem Ort, zum Beispiel an einer Tankstelle, wo zu viele Leute waren, hätte ich ihn bei günstiger Gelegenheit überholt und wäre vor ihm gestürzt. Dann hätte er anhalten und aussteigen müssen.«

»Für Geld machen Sie wohl alles!«

»Das hört sich schlimmer an, als es ist. Das haben wir natürlich gelernt, und daher konnte ich ein paar Mal während der Ferien und nach meinem Ausscheiden als Stuntman beim Film arbeiten. Das wusste der Geheimdienst übrigens. Unter meiner Motorradkluft war ich ordentlich gepolstert, das wäre schon gut gegangen. Ich hätte Zawusi noch gezielt in den rechten Fuß geschossen, um zu verhindern, dass er mich verfolgt. Ein paar Minuten später hätte man ihn gefunden, verblutet wäre der dadurch nicht. Aber es lief alles anders. Er fuhr nicht zu seinem Weinhändler, sondern in Richtung Trier. Er machte keine Pause, und eine günstige Gelegenheit für einen vorgetäuschten Unfall ergab sich nicht – es war zuviel Verkehr. Dann plötzlich hielt er einmal an, und zwar in der Ausbuchtung einer Bushaltestelle, und ich konnte mich noch rechtzeitig in einem Seitenweg verstecken. Durch mein Fernglas konnte ich erkennen, dass er die Straßenkarte studierte. Auch hier wäre ein Überfall zu riskant gewesen; der Bus musste jeden Augenblick kommen, wir hatten ihn vorher überholt. Dann fuhr er wieder los, und ich folgte ihm. Nach kurzer Zeit wurde er sehr langsam, als ob er etwas suchen würde. Aber da war nichts, rechts und links kein Haus, nichts. Dann – plötzlich – bog er gezielt in diesen Feldweg ein, den hatte er offensichtlich gesucht.«

Heinrichs entnahm seiner Aktentasche eine Schachtel Thomapyrin, fingerte den Beipackzettel heraus und schob ihn über den Tisch zu Werner.

»Lesen Sie doch mal die ersten paar Zeilen, bitte.«
»Was soll das denn jetzt?«
»Tun Sie nur, was ich sage, und die Fragen stelle ich.«

Werner entnahm einer Innentasche seines Overall eine Lesebrille und begann, den Beipackzettel vorzulesen.

»Schon gut, das reicht. Kennen Sie zufällig Ihre Dioptrien?«

»Ja, 1,6 auf beiden Augen. Ich benötige die Brille nur zum Lesen.«

Heinrichs warf einen Blick in seine Unterlagen und sagte dann:

»Wunderbar, passt genau. So, machen wir weiter. Sie meinen, dieser Weg sei ihm beschrieben worden, und er habe sich dort mit jemandem verabredet?«

»Ich weiß es nicht, aber es sieht danach aus. Warum sollte er sonst vorher angehalten und eine Karte studiert haben? Der schien sich nicht auszukennen, und dann bog er plötzlich ruck, zuck dort ein. Das sieht mir schon danach aus, dass man ihm den Weg beschrieben hat. Ich selbst kenne die Ecke ganz gut. Bei dem Bauern, dem die alte Scheune gehört, habe ich vor Jahren einmal ein paar Bäume gefällt. Also, er fuhr dort hinein und dann direkt, ohne zu zögern, hinter den Stall. Sonst gibt's da nichts, und daher gehe ich davon aus, dass es ein vereinbarter Treffpunkt war.«

»Und was meinen Sie, warum und mit wem er dort verabredet war?«

»Keine Ahnung. Das Geld war doch weg. Also bleibt für mich nur die Liste.«

»Halten Sie es für möglich, dass er dort mit Herrn Jäger verabredet war, um ihm vielleicht die Liste anzuvertrauen?«

»Warum nicht? Der hatte ihm doch davon abgeraten, seine Unterlagen aus dem Safe zu nehmen, aber Zawusi bestand darauf und wollte sich wieder melden. Der Geheimdienst hat aber kein weiteres Gespräch mehr abhören können. Wenn Zawusi sich wieder bei Jäger gemeldet hatte – und davon ging man aus –, dann von einem Apparat, der nicht überwacht wurde. Also wusste man nur, dass er die Liste abholen werde, jedoch nicht wohin er sie verbringen würde. Vielleicht hat Herr Jäger ihm angeboten, sie bei sich zu Hause zu verstecken. Und Zawusi, der ahnte oder wusste, das er beobachtet wurde, traute sich vielleicht nicht mehr, zu Jägers Haus zu fahren, und deswegen wollte man sich an diesem gottverlassenen Ort treffen.«

Heinrichs dachte nach. Das schien alles schlüssig. Und das würde den nächtlichen Anruf aus der offen stehenden Hotelsuite in eine öffentliche Telefonkabine in Igel erklären, von dem er Werner gegenüber nichts erwähnte.

»Gut, fahren Sie fort.«

»Diese einsame Stelle schien mir ideal für einen Überfall. Ich lenkte mein Motorrad direkt links neben den Mercedes. Zawusi fuhr die Scheibe runter, schien sehr erschrocken und fragte: *Wer sind Sie, was wollen Sie?* Ich sagte nur, mit starkem Akzent, *Aktenkoffer her, dalli!* Meine Waffe hielt ich ihm an die linke Schläfe. Daraufhin startete er den Motor, fuhr die Scheibe wieder hoch – und dann ist's passiert. Ich wollte es wirklich nicht, es ging alles so schnell.«

»Dass Sie es nicht wollten, haben Sie nun schon mehrfach gesagt. Mag ja sein, aber besonders schwer ist Ihnen das Abdrücken offenbar auch nicht gefallen.«

Werner schwieg und blickte zu Boden.

»Dann haben Sie Ihre Waffe dem Opfer in die Hand gedrückt – das konnte nur die linke sein – und fallen lassen.

So waren seine Fingerabdrücke darauf, und Sie haben sicherlich Handschuhe getragen.«

Werner nickte.

»Und dann?«

»Dann bin ich um den Wagen herumgegangen und habe die Beifahrertür geöffnet. Der Aktenkoffer lag auf dem Boden. Ich habe ihn auf den Sitz gelegt und aufgemacht. Ich war erschrocken, dass sich eine derartige Masse an Unterlagen darin befand. Denn ich hatte die ausdrückliche Instruktion, den Koffer nicht völlig zu leeren, da alles nach Selbstmord aussehen sollte und nicht nach einem Überfall, wenn denn eine Tötung unvermeidlich sein sollte. Da ein Geschäftsmann nicht mit einem leeren Aktenkoffer herumfährt, mussten einige Unterlagen drin bleiben. Jetzt stand ich vor einem Problem. Ich fing an, mir die Unterlagen anzusehen, als ich plötzlich das Geräusch eines Traktors hörte. Das konnte nur der Bauer sein. Er schien zwar noch ziemlich weit weg zu sein, aber in zwei Minuten würde der sicherlich hier ankommen. Vielleicht würde er ja nur vorbeifahren und mich dann nicht sehen, aber was wusste ich? In der Lokalzeitung hatte ich gelesen, dass er die alte Bude abbrechen muss, und ich konnte sehen, dass er damit schon begonnen hatte. Somit musste ich damit rechnen, dass er hierher kam. Also nichts wie weg! Ich hatte keine andere Wahl, als meine große Segeltuchtasche zu nehmen, die ja eigentlich einen anderen Zweck hatte und die Akten dort hineinzupacken. Bei ein paar Klarsichthüllen hatte ich schnell erkannt, dass sie nicht die Liste enthielten, aber mit der Sitzung in Luxemburg zu tun hatten. Die ließ ich im Koffer und brauste los.«

»Und dabei konnte Ihre schöne Stofftasche nicht mehr im Wind flattern und das Nummernschild verdecken; dazu war sie jetzt zu schwer. Und Ihre Lesebrille haben Sie in der Eile vergessen.«

Werner bemerkte verlegen:

»Ach, die lag noch drin, ja ich hab's mir fast gedacht.«

»Und der Bauer hat Sie nicht gesehen?«

»Nein, als ich losfuhr, war das Geräusch verstummt; er hatte anscheinend vorher an einem Feld angehalten, und ich konnte seinen Traktor noch nicht sehen – er mich somit auch nicht.«

»Und warum musste Zawusis Tod, den Sie ja nicht gewollt haben, wie Sie pausenlos betonen, nach Selbstmord aussehen?«

»Der Geheimdienst wollte vermeiden, dass ein Verdacht auf ihn fiel, in der Befürchtung, dass damit andere Mitglieder des Clans gewarnt sein könnten. Bei einem *normalen* Raubüberfall wäre das Auto durchwühlt, Geld, Kreditkarten, Wertsachen, seine teure Rolex und so weiter entwendet worden – aber doch keine Akten. Andererseits, ein Überfall, bei dem Unterlagen abhanden kommen, hätte eine Spur legen können, und das wollte man vermeiden. Daher die Selbstmordtheorie. Zawusi war in einen riesigen Korruptions- und Schmiergeldskandal verstrickt, ständig gab es neue Enthüllungen, also hatte er ein Motiv – meinte jedenfalls der Geheimdienst.«

»Okay, fahren Sie fort.«

»Dann bin ich losgebraust. Der Weg war menschenleer, und es herrschte ein starker Wind. Dann tauchte vor mir der alte Mann mit seinem Riesenköter auf. Er war vom Feld auf den Weg getreten und warf einen Stock in meine Richtung, den der Hund ihm zurückbringen sollte. Den hätte ich um ein Haar überfahren, aber es war noch mal gutgegangen. Der Alte krakeelte hinter mir her, aber ich konnte mir nicht vorstellen, dass der bei meinem Tempo die Nummer hätte erkennen können, auch ohne meine Flattertasche. Denn ich habe eine Menge Staub aufgewirbelt auf diesem ausgetrockneten Feldweg.«

Heinrichs behielt es für sich, dass Herr Böhmer auch nur einen Teil des Nummernschildes erkannt oder behalten hatte – aber der hatte gereicht.

»Und dann? Ich höre.«

»Dann bin ich auf die Landstraße zurück, habe in einem Waldstück angehalten und die Handy-Nummer angerufen, die Herr Basset mir gegeben hatte, mich mit *Safari* gemeldet und gesagt *Auftrag ausgeführt*. Man würde sich wieder melden, lautete die Antwort. Eine Stunde später rief mich Basset an, auf diesem Mobiltelefon, und er bat mich wiederum in sein Hotel. Ich solle aber direkt auf sein Zimmer kommen, er habe die Nummer 212, und die Unterlagen gut in einer Aktentasche oder ähnlichem versteckt halten. Ich fuhr zunächst nach Hause, zog mir einen korrekten Anzug an und versorgte die Papiere in meinem eigenen Aktenkoffer.«

»Und Ihre Frau hat nichts bemerkt?«

»Nein, die war für ein paar Tage bei ihrer Mutter in Hamburg. Da wollte sie schon länger mal wieder hin, und ich hatte ihr zu diesen Tagen geraten. Dann bin ich also ins Hotel, habe mich an der Rezeption gemeldet und gesagt, wo ich hinwolle. Man hat dann Herrn Basset angerufen und mir gesagt, er erwarte mich, und ich solle den Lift in den zweiten Stock nehmen. Basset empfing mich mit einem zufriedenen Lächeln und bat mich herein. Als ich ihm meine Beute übergab, war auch er erschrocken bei dieser Menge und fragte mich besorgt, ob ich den Aktenkoffer auch wirklich nicht völlig ausgeräumt hätte. Ich erzählte ihm alles haarklein, erklärte ihm, dass ich keine andere Wahl hatte und ein paar Geschäftsunterlagen in dem Aktenkoffer belassen hätte, so wie man mir es aufgetragen hatte. Ganz beruhigt schien er nicht, machte mir aber auch keine Vorwürfe. Ein besonders dickes Aktenbündel legte er nach einem Blick hinein beiseite. Dann nahm er sich die vier Schnellhefter vor, schaute sie sich sorgfältig an, legte den ersten beiseite und dann auch den zweiten. Den dritten und vierten blätterte er sorgfältig vorwärts und rückwärts durch und meinte dann *Gut gemacht, das war's.* Dann öffnete er den kleinen Safe in seinem Schrank, entnahm ihm einen Umschlag und übergab ihn mir. Es waren die restlichen 150'000. *Jetzt nehmen wir noch einen Drink in der Bar, und dann möchte ich Sie nie mehr wiedersehen – das ist nicht persönlich gemeint.* sagte er. Wir fuhren mit dem Aufzug hinunter, bestellten jeder einen Ballentine's – on-the-rocks – und schwiegen uns an. Mir war nicht danach, noch Fragen zu stellen, und er hatte offenbar auch nicht das Bedürfnis, mir noch irgendetwas mitzuteilen. Es war eine bedrückende Situation, mir war hundselend. Zwar war ich jetzt alle finanziellen Sorgen los, aber ich hatte ein Menschenleben auf dem Gewissen. Nach etwa zwanzig Minuten stand ich auf, verabschiedete mich und fuhr nach Hause.«

»Was haben Sie mit dem Geld gemacht?«

»Damit habe ich meine Schulden getilgt. Der größte Brocken war das Darlehen eines Freundes, und der stellte keine

Fragen. Dann habe ich bei meinen beiden Banken durch mehrere Einzahlungen meine Kontoüberziehungen abgetragen. Die hatten den Eindruck, dass meine Geschäfte wieder besser gehen, stellten aber auch keine besonderen Fragen.«

»Und Ihre Frau hat nichts davon mitbekommen?«

»Nicht wirklich. Sie ist Physiotherapeutin und geht ganz in ihrem Beruf auf. Gott sei Dank hat sie viel zu tun. Mit kaufmännischen Dingen hat's die nicht so, daher kannte sie keine Einzelheiten. Dass wir finanziell stark angespannt waren, wusste sie natürlich, schon weil wir uns seit zwei Jahren vieles nicht mehr leisten konnten, zum Beispiel Urlaubsreisen. Von dem Kredit des Freundes hatte sie keine Ahnung; der hatte darauf bestanden, dass ich es ihr nicht erzähle. Unsere beiden Frauen sind nämlich auch befreundet, und er wollte nicht, dass seine Frau es von meiner erfahre, da sie womöglich nicht damit einverstanden gewesen wäre. Dann habe ich, nachdem ich das Geld kassiert hatte, einmal ganz bewusst erwähnt, dass es uns bald dank des Großauftrages in Igel wieder besser gehen würde. Damit gab sie sich zufrieden, ohne nach Zahlen oder Einzelheiten zu fragen.«

»Und der Rest«, wollte Heinrichs wissen.

»Es gab keinen Rest. Ja gut, noch etwa 30'000, für die ich ein neues Auto bestellt habe, um meinen zwölf Jahre alten Volvo zu ersetzen – aber das brauche ich ja wohl nicht mehr.«

»Das befürchte ich auch«, meinte Heinrichs und bat den Polizeibeamten, der während des Verhörs die Tür bewacht hatte, Werner abzuführen.

34. Kapitel

TEMPUS FUGIT

Fünf Jahre später. Werner saß seine 25jährige Haftstrafe in der Justizvollzugsanstalt Trier ab. Durch sein Geständnis war ihm eine lebenslange Haft erspart geblieben, und bei guter Führung konnte er hoffen, in zehn Jahren entlassen zu werden. Darum bemühte er sich redlich. Er betätigt sich handwerklich, kümmerte sich um das Grundstück und trainierte eine Fußballmannschaft von jugendlichen Häftlingen.

Seine Frau hatte sich von ihm scheiden lassen, die beiden Gärtnereien verkauft und war zu ihrer Mutter nach Hamburg gezogen. Kinder hatten sie keine.

Die Aluminiumhütte in Ongalo war nach einer kurzen, pannenreichen Betriebsphase stillgelegt worden. Es hatte an erfahrenem Management, Fachkräften und Absatzmärkten gefehlt, und sie ging als eine der größten Investitionsruinen des Kontinents in die Geschichte ein. Eine gute Milliarde Dollar war buchstäblich in den Sand gesetzt worden. Die Anlage rostete vor sich hin, verschandelte die Landschaft und diente den Einheimischen als Selbstbedienungsladen für allerlei Material, das sie für ihre armseligen Hütten gebrauchen konnten. Der eigens für die Anlage vorgesehene Hafen war niemals fertiggestellt worden. Man hatte mit der Ausbaggerung begonnen, und nun türmten sich hässliche Hügel aus dem ausgehobenen Erdreich an der Küste.

Die beschlagnahmten Milliarden auf den vielen Alda-Konten in verschiedenen Ländern waren nach und nach freigegeben und nach Ongalo transferiert worden. Sie wurden stets von ermahnenden Aufrufen zu einer seriösen Verwendung durch die verschiedensten Organisationen begleitet. Nur ernsthaft kontrollieren oder überwachen konnte – oder wollte – das niemand. Auch die NGO *Global*

Transparancy beschränkte sich, wie so oft, auf ihren moraltriefenden Zeigefinger. Besonders heftig wurde die Schweiz von der Weltbank in einem *Monitoring-Bericht* kritisiert, nachdem sie die ersten 500 Millionen Dollar überwiesen hatte, die Ongalo schon budgetiert und teilweise schon ausgegeben hatte. Die Eidgenossen meinten, man könne das Land nicht zu einer Kontrolle zwingen, denn die Gelder gehörten ihm. Vor der Rückerstattung hatte die ongalische Regierung zugesichert, die Alda-Gelder für Entwicklungsprojekte zu verwenden. Eine Schweizer NGO berichtete jedoch, dass ein Teil des Vermögens versickert sei und die Hälfte von 54 geprüften Projekten nicht fertiggestellt oder halbfertig verlassen worden sei. Das Spiel ging weiter; die Kugel rollte wieder.

Nach jahrelangen Ermittlungen war inzwischen ein Verfahren wegen aktiver Bestechung, Korruption und Geldwäsche gegen die Eisen & Stahl AG eröffnet worden, Dauer und Ausgang ungewiss. Die beteiligten Banken waren alle ungeschoren davongekommen. Im Gegenteil: auch mit den blockierten Geldern hatten sie bis zu deren Freigabe ungeniert weiterarbeiten und Zinsen, Provisionen, Courtagen und Gebühren verdienen können, so auch die Luxemburger Blumenthal-Bank, bei der gut 1,3 Milliarden DM eingefroren worden waren.

Von den zurückfließenden Geldern überließ das neue Regime in Ongalo der Familie Alda 100 Millionen Dollar, da man eine kriminelle Herkunft nicht feststellen konnte! Auch in islamischen Ländern kann man sehr christlich sein.

Mohamed Alda, der jüngere Sohn des Diktators, war bereits vor vier Jahren vor seinem Haus in London erschossen worden; der Schütze konnte nie ermittelt werden.

Kem Alda, der ältere Sohn, wurde später verhaftet, als er einen größeren Geldbetrag bei der Deutschen Bank in Essen abheben wollte; man hatte demnach keineswegs alle Konten des Alda-Clans aufgedeckt, auf die auch immer wieder Erlöse aus dem Erdölexport geflossen waren, die der Herr Papa in die eigene Tasche geleitet hatte – lange vor dem Projekt mit der Aluminiumhütte. Die Polizei war in einem anonymen Anruf über den Aufenthalt des Alda-Sohnes in Nordrhein-Westfalen informiert worden. Kem Alda wurde an Ongalo ausgeliefert; über sein Schicksal durfte spekuliert werden.

Dr. Beit von der Eisen & Stahl war bei einem mysteriösen Autounfall ums Leben gekommen, der nie aufgeklärt wurden. Ein Banker aus Liechtenstein entging nur durch Zufall einem Mordanschlag, ein anderer aus Genf wurde allem Anschein nach vergiftet – auch hier blieb der Fall ungeklärt. Zawusis Liste wurde offensichtlich abgearbeitet.

Jäger war sozusagen spurlos verschwunden. Niemand hatte mehr Kontakt mit ihm, und keiner vermisste ihn. Das Einzige, was man zu wissen glaubte, war, dass er nach wie vor auf seiner einsamen Insel in Norwegen lebte und sich rund um die Uhr bewachen lies.

Wagenbach hatte sich einen alten Traum erfüllt und in der Düsseldorfer Altstadt eine Galerie für zeitgenössische Kunst eröffnet. Schon in jungen Jahren hatte er angefangen Kunst zu sammeln, und während seiner Bankertätigkeit in der Schweiz Ausstellungen für noch unbekannte Künstler organisiert. Sein *Gastspiel* bei Blumenthal erschien ihm wie ein böser Traum.

Für wen die Million bestimmt war, die man bei Zawusi im Kofferraum gefunden hatte, konnte nie eindeutig geklärt werden – Vermutungen waren jedoch erlaubt. Nach Abzug einer saftigen Geldstrafe und hinterzogenen Steuern wurde ein Restbetrag hiervon nach zwei Jahren der Familie zurückerstattet. Das Geld war eindeutig von seinem Konto Blumenthal in Luxemburg abgehoben worden. Und für sein dortiges Guthaben von ein paar Millionen konnte man keinen kriminellen Hintergrund nachweisen; es war aus Honoraren und Provisionen entstanden, die alle von bedeutenden Unternehmen gezahlt worden waren. Nur hatte Zawusi diese Gelder dem deutschen Fiskus verschwiegen, so dass es zu einer erheblichen Steuernachzahlung gekommen war.

Heinrichs war vor drei Jahren pensioniert worden. Er tat sich anfangs schwer damit, aber nach und nach arrangierte er sich mit seiner Situation. Er beriet einen Stahlkonzern in Duisburg in Sicherheitsfragen und hatte inzwischen seinen ersten Kriminalroman herausgebracht; der zweite war in Arbeit.

Rosanna Orlando hatte noch zwei Jahre vor sich bis zum

Ruhestand. Ob sie den Prozess gegen die Eisen & Stahl AG noch zu Ende führen konnte, war ungewiss.

Vor ein paar Wochen hatten sich Jürgen Heinrichs und Rosanna Orlando auf dem Standesamt getroffen, um sich das Ja-Wort zu geben. Sie lebten schon einige Zeit zusammen in der Drakestraße.

***

ANIMUS MEMINISSE HORRET
Meine Seele schaudert bei der Erinnerung

QUELLEN

»Radix enim omnium malorum est cupiditas«
Habsucht ist die Wurzel allen Übels
Aus »Vulgata«: Lateinische Bibelübersetzung in der Überarbeitung von Hieronymus (um 400 n. Chr.)

»Tempus fugit«
Die Zeit flieht
Vergil (Publius Vergilius Maro, 70-19 v. Chr.) Literat und Historiker

»Animus meminisse horret«
Meine Seele schaudert bei der Erinnerung
Vergil

NACHSCHRIFT

Ich danke Freunden, Bekannten und früheren Kollegen, die mich motiviert haben, dieses Buch zu schreiben. Einige haben mir geholfen, Wissenslücken zu schließen und Unklarheiten zu beseitigen.

Mein besonderer Dank gilt der Hamburger Journalistin Maria Hacks für die kritische Bearbeitung des Manuskripts und fachkundigen Ratschläge sowie Jasmin Bühler aus Gernsbach für die Reinschrift und Digitalisierung des Textes und ihre zahlreichen Vorschläge und wertvollen Anregungen.

Im Herbst 2008   Bernd J. Fischer

Vom selben Autor

Der Autor

Bernd J. Fischer studierte in Deutschland und der Schweiz Betriebswirtschaft. Sein Studium beendete er mit einer Promotion in Volkswirtschaft.
Nach einigen Jahren bei der Europäischen Gemeinschaft für Kohle und Stahl in Luxemburg, wechselte er in die Auslandsorganisation eines deutschen Stahlkonzerns und später in die Geschäftsleitung der französischen Tochtergesellschaft in Paris. Anschließend trat er in die Dienste einer französischen Großbank. Zunächst für den Bereich Fusionsberatung und Unternehmensvermittlung (mergers & acquisitions). Mit seiner Mitwirkung erfolgte der Aufbau von Niederlassungen in Deutschland. Im Anschluss übernahm er die Leitung der Filiale in Zürich.
Viele Jahre bei zwei Privatbanken in der Schweiz schlossen sich an.
Der Autor lebt in Baden-Baden.